魅丽文化 桃天工作室

反差人设 2

//// 吕天逸 著 ////

百花洲文艺出版社
BAIHUAZHOU LITERATURE AND ART PRESS

图书在版编目（CIP）数据

反差人设 . 2 / 吕天逸著 . — 南昌 ：百花洲文艺出
版社，2021.3（2022.2 重印）
ISBN 978-7-5500-4082-3

Ⅰ . ①反… Ⅱ . ①吕… Ⅲ . ①长篇小说－中国－当代
Ⅳ . ① I247.5

中国版本图书馆 CIP 数据核字（2021）第 003799 号

反差人设 . 2
FANCHA RENSHE 2
吕天逸 著

出版统筹	曾英姿
责任编辑	蔡央扬
特约编辑	刘思月　曾　枰
装帧设计	黄　梅
封面绘制	容那个容
出版发行	百花洲文艺出版社
社　　址	南昌市红谷滩区世贸路 898 号博能中心 A 座 20 楼
邮　　编	330038
经　　销	全国新华书店
印　　刷	湖南凌宇纸品有限公司
开　　本	880mm×1230mm　1/32　印张 9
版　　次	2021 年 6 月第 1 版第 1 次印刷
	2022 年 2 月第 1 版第 2 次印刷
字　　数	197 千字
书　　号	ISBN 978-7-5500-4082-3
定　　价	42.80 元

赣版权登字：05-2021-19

网址 http://www.bhzwy.com
图书若有印装错误，影响阅读，可向承印厂联系调换。

反差人设 2

/// 吕天逸 著 ///

百花洲文艺出版社
BAIHUAZHOU LITERATURE AND ART PRESS

图书在版编目（CIP）数据

反差人设．2 / 吕天逸著．— 南昌：百花洲文艺出
版社，2021.3（2022.2重印）
ISBN 978-7-5500-4082-3

Ⅰ．①反… Ⅱ．①吕… Ⅲ．①长篇小说－中国－当代
Ⅳ．① I247.5

中国版本图书馆 CIP 数据核字（2021）第 003799 号

反差人设．2
FANCHA RENSHE 2
吕天逸 著

出版统筹	曾英姿
责任编辑	蔡央扬
特约编辑	刘思月　曾　枰
装帧设计	黄　梅
封面绘制	容那个容
出版发行	百花洲文艺出版社
社　址	南昌市红谷滩区世贸路 898 号博能中心 A 座 20 楼
邮　编	330038
经　销	全国新华书店
印　刷	湖南凌宇纸品有限公司
开　本	880mm×1230mm　1/32　印张 9
版　次	2021 年 6 月第 1 版第 1 次印刷
	2022 年 2 月第 1 版第 2 次印刷
字　数	197 千字
书　号	ISBN 978-7-5500-4082-3
定　价	42.80 元

赣版权登字：05-2021-19

网址 http://www.bhzwy.com
图书若有印装错误，影响阅读，可向承印厂联系调换。

目录

C
O
N
T
E
N
T
S

第 一 章
策划老贼，想不到吧

翌日中午，叶辰携高然抵达真人秀节目拍摄地，与节目组工作人员成功会合。

真人秀节目的录制追求的是自然、不做作的效果，不需要烦琐的准备，到场即可开拍，嘉宾休息室中摄像机已就位，开始录制嘉宾进门的画面。

叶辰的航班早，他最先进入休息室。出于拍摄方便的考虑，他今天穿得很休闲，一件素净白 T 恤外搭深色衬衫，版型是宽松懒散的日式风格，布料垂坠感佳，流畅的褶皱与阴影将他的身形衬托得格外清瘦俊气，少年感爆棚。

叶辰冲摄像机招手，笑出两个招牌小梨涡，拣了个位子坐下，乖乖地等人。

在长达半个小时的等待期间，另外三位常驻嘉宾也陆续走进休息室，相互致意。

叶辰之外的另一位常驻男嘉宾，名叫周煜，身高一米九一，知名男模，由于颜值"能打"，"迷妹"众多，近两年开始涉足娱乐圈。之前他演过两部口碑"直抵地心"的烂剧，演技相当"硬核"，号称"人形读词机"，不得已转向综艺与真人秀节目。他认为自己在演戏方面最大的优点是心态好。

常驻女嘉宾有两位，一位叫江溪月，某大热音乐选秀节目的冠军获得者，外形细眉细眼，纤柔娇弱，十八般乐器样样精通，创作型才女，"直男"保护欲收割机。

另一位女嘉宾名叫顾悠悠，某著名相声大师关门弟子，能用脸吃饭，却偏要用嘴，登台表演毫无美少女包袱，靠反差萌爆红过一轮后，歪打正着跻身"流量"队伍，参演过两部喜剧界某泰斗级导演的电影，是一位颜值谜一样"能打"的人气谐星。

除去常驻嘉宾，节目组每集还会请来一位艺人或一个组合作为该集的临时嘉宾，以免从头到尾都是熟脸，令观众审美疲劳。第一集受邀而来的临时嘉宾是一个名为 AS 的四人男子偶像团体，包括四位帅气清爽但能逼死轻度脸盲症的流水线"小鲜肉"。

　　真人秀节目的领队张沁是某地方卫视当家主持人，常见于各类综艺节目，这次为期十五天的录制就是由她来全程跟进，向嘉宾们发布任务，主持活动。

　　"好，那么，现在我们原定的四位嘉宾已经到齐了。"张沁面对镜头拍拍手，试图在谜底揭晓前最后吊一次胃口，"在我们《悠闲的假期》第二季开拍前，关注了节目组官方微博的观众朋友们一定知道，节目组出于种种考虑，临时决定在第二季加入一位全新的重量级嘉宾，这位神秘嘉宾是首次参与真人秀节目的录制，可以说是专门为我们节目打破了'次元壁'……"

　　叶辰听这些套话听得心不在焉，甚至想偷偷玩会儿手机。

　　"……那么，接下来，有请神秘嘉宾入场！"张沁铺垫完毕，比出一个"请"的手势。

　　话音落定的同时，休息室的大门被人推开。

　　门口的神秘来宾霎时成为全场目光的焦点，叶辰也漫不经心地抬眼望去……

　　"啊！"顾悠悠毫无艺人包袱地大叫，"活的！"

　　周煜也不可置信地拖长声："哇——真的假的——"

　　江溪月眼皮微微抬了抬，同样很惊讶，但容色大抵还是恬淡的，人设立得极稳。

　　四个"小鲜肉"异口同声："天哪！"

　　——门后，沈默风将一件刚脱下的薄外套搭在肩上，身形颀长，倚墙而立。

见工作人员开了门，他向镜头递去一瞥，朝屋内几人挥了一下手，微笑道："你们好。"

现场顿时炸了锅，在场这几位虽说人气还不错，但"咖位"（娱乐圈中的地位）与资历都不够，与大奖小奖拿到手软的沈大影帝隔着几道分水岭，沈默风与他们一同录制真人秀节目，就好比名校研究生空降初中补习班听讲，令他们半是手足无措，半是受宠若惊。

一派喜气洋洋的欢乐景象中，唯有叶辰表情僵硬，纹丝不动，仿佛惨遭速冻。

叶辰："……"

……我好像摊上大事了？！

沈默风与几人寒暄片刻，转向叶辰，模样纯良地笑了笑，慢慢地道："好久不见啊，小朋友。"

是啊，是啊，二十四小时没见真是久啊！片刻前还在和顾悠悠贫嘴的叶辰忽然愣怔得像个人偶，舌头也直打结："啊，嗯，是啊……沈哥好。"

沈默风意味深长地看他一眼，坐到他身边的沙发上，什么都没再说。

感觉到熟悉的男士香水味从身侧沉沉地压来，叶辰无法遏制地回忆起昨天两人在车里的交谈。他想着想着，白净的面颊便在众目睽睽之下一点儿一点儿地红了起来，连正在讲解节目规则的主持人张沁都看出端倪，火上浇油地打趣道："咦，请问是我的错觉吗？怎么自从沈老师走进这间屋子之后，我们的叶辰小哥哥就一直在脸红啊？是有什么我们不知道的隐情吗？"

"没有，没有，"叶辰慌里慌张地捏住领口抖了几下，"就是有点热。"

张沁看热闹不嫌事大，反问道："欸？这里很热吗？"

"叶辰说热，那就热吧，我们又不敢有什么意见……"顾悠悠哆哆嗦嗦地扯过几个抱枕，全堆在自己的身上，做街边冻殍状，很调皮，简直就是顾皮皮。

张沁目光幽深："我已经被你们秀到忘词。"

叶辰扶额，淡淡地想死。

"幸亏我有记在本子上！"张沁说着，果真摸出一个小本子，继续讲解节目规则。

众嘉宾集结完毕，"悠闲的假期"正式开始。录制进行的第一天，他们将去距离集合地点两小时车程的云孚村做任务。一众嘉宾与主持人需要分乘三辆车前往目的地，AS组合四人自占一车，张沁、顾悠悠与江溪月三位姑娘共乘一车，最后一车本应是叶辰、沈默风与周煜共乘，岂料叶辰竟猥琐兮兮地溜到姑娘们的车旁，敲敲前车窗，双手合十地讨好道："沁姐，我能坐你们的车走吗？"

他的脑门上仿佛贴着"采花大盗"四个大字！

"这辆是女士专用车，"张沁笑道，"只有女孩子能上的。"

叶辰正欲抛弃节操在原地转性，后衣领却被人拎猫似的捏住了。

"往哪跑？"沈默风眸子漆黑，沉声道，"过来坐车。"

叶辰耷拉着脑袋，认命地被沈默风一路拎进车里，塞进后排。

后期剪辑时，此处的叶辰被PS上了一对蔫巴巴的兔耳朵和两道宽面条泪，脑袋上飘着一行字——"还我小姐姐！"

而抓走叶辰的沈默风则被PS上了一对狼耳朵和一条狼尾巴，脑袋上也飘着一行字——"没有小姐姐，只有沈老师。"

…………

嘉宾在车内的种种反应也是真人秀节目的一部分，因此，众人上车后，摄像机仍未停拍。叶辰不敢放开了说话，可再憋下去，他就要炸了，于是只好摸出手机给沈默风打字发微信，质问道："您怎么来了？！"

沈默风摸出手机，装模作样道："和你一样，工作需要，真巧啊。"

叶辰激烈地敲字，指尖几乎弄出残影："不可能，您从来不接综艺和真人秀节目，您是故意的！"

沈默风一笑，坦然地承认："嗯，找关系'空降'的。"

叶辰："您为什么啊？！"

沈默风沉吟两秒："因为吃饱了撑的？"

叶辰："……"

叶辰气结："行，就算您吃撑了，那昨天您怎么不告诉我？"

沈默风凉丝丝地瞄他一眼："你昨天如果老实一点儿，答应我来探班，或者答应我每天晚上视频，我或许就告诉你了。"

叶辰哑然："……"

沈默风阴森森道："坏小朋友，就得吓一吓。"

有摄影机录着，沈默风也不敢把玩笑开得太过火，何况他们方才微表情不断，傻子都看得出他们是在互发微信，也该收敛些了。

于是，沈默风将拳头虚握，抵在唇畔掩饰压不下去的笑意，与叶辰各自望向自己那一侧的车窗外。

············

两小时后，众人抵达本次目的地云孚村。

出于节目录制需求，一行九位嘉宾将集中入住当地的一户农家。这户农家有四间卧室可供分配，每间住二到三人较为合适。两个姑娘自然要住一间，男团的四个"小鲜肉"则分两组各住一间，周煜按惯例将团结友爱的目光投向与他同车来到这里的沈默风与叶辰，乐呵呵道："那我们三个住一间吧？"

沈默风不凉不热地看着周煜，没听清似的，发出一个上扬的鼻音："嗯？"

"我……"周煜忽地一阵毛骨悚然，及时把后半句咽了回去，打着哈哈去找男团"小鲜肉"们蹭房间。

叶辰羡慕地望着周煜小鸟般……雄鹰般自由的背影，不抱希望地打报告："沈哥……"

"什么事？"沈默风语气和蔼地问着，同时侧过身，将脸转到镜头拍摄死角。

叶辰："……"

沈默风似笑非笑地盯着他，做了个口型：你敢。

叶辰艰难地咽了口口水，道："没……没事儿。"

叶辰迫于淫威，只得拖上行李随沈默风进了房间。

…………

众嘉宾集合完毕，被张沁引着来到一片光秃秃的田地前。

"……虽然说我们名义上是来'度假'的，但我们节目的宗旨是，在座各位的每一份收获，都要付出相应的耕耘，举个例子，"张沁狡黠地一笑，道，"比如说今天的晚饭，就是需要大家通过劳作，通过自己勤劳的双手的付出来换取的。"

嘉宾们纷纷发出配合她演出的叫苦声——

"不会吧——"

"不是让我们插秧吧？"

唯有叶"小鲜肉"半点儿不慌，在田垄旁云淡风轻地负手而立，神情于憨厚中微露一丝嘚瑟。

"猜对了，大家请看那边的竹竿与彩带。"张沁扬手，遥遥一指。

远方的田地中插着一排长竹竿，与距离嘉宾几米开外的一排竹竿遥相呼应，竹竿与竹竿间连接着彩带，节目组就这样用竹竿与彩带围出了三块面积相等的长方形田地。

张沁高声道："你们需要在天黑前将竹竿围出的这三片农田全部种满花生，这样，这片田地的主人才会为你们准备晚饭！"

嘉宾们这次是真情实感地崩溃了——

"这么大三块地！全种满？！"

"啊！我不会种花生啊，我连吊兰都种不活！"

"我直接放弃挣扎行吗，还不如保存体力对抗饥饿。"

之前一直绷着没吭声的沈大少爷亦是表情复杂："……"

参加个综艺节目居然还得学会种地……

另一边，叶辰估算了一下田地的面积，眼底透出七分慈爱、三分宠溺，宛如一位纵容着策划宝宝用小玩具枪扫射自己的爸爸。

花生他上个月才种过，手法正熟练着。

"规则还没说完，"张沁笑看嘉宾鬼哭狼嚎，又抛下一枚重磅炸弹，"这边有三块面积相等的田地，这意味着在场的九位嘉宾要分为三组进行对抗。"说着，张沁亲热地拍拍身旁一位老大爷的肩膀，道，"这位刘大爷就是这片田地的主人，他会从种植质量与速度两方面对三组嘉宾进行评估与排名，在三组嘉宾全部成功完成任务的基础上，任务排名将会决定小组的晚饭质量，排名末尾的小组……"

嘉宾们紧张兮兮地盯着她。

张沁幽幽地道："……只能吃到咸鱼和窝窝头。"

嘉宾纷纷哀号。

"我已经是条咸鱼了！"

"本人咸鱼预订。"

张沁拍拍手："那么，接下来你们有三十秒的时间决定分组，倒计时开始！三十，二十九……"

沈默风立即宣示对小朋友的所有权："我和叶辰一组。"

"我也要叶辰！"顾悠悠疯了一般地冲过来，"叶辰辰，我来啦！"

叶辰微笑："好。"

其他六人云里雾里，不明白叶辰怎么突然这么抢手。

顾悠悠已抱稳大腿，有恃无恐，遂连珠炮似的道："刚才沁姐说话的时候，我就暗中观察你们，在你们哇哇乱叫的时候，叶辰是这个表情！"顾悠悠说着，拿捏着摆出一张农民老伯伯远眺庄稼的欣慰脸……

"就在你们哭天抢地的时候，叶辰居然是这个姿势！"顾悠悠说着，在田埂上做出一个"亚洲蹲"，小手往袖子里互相一插，标准"农民揣"，神情于憨厚中微露一丝嘚瑟。

沈默风乐了："哧……"

叶辰也笑了："哈哈！"

其实叶辰没做农民揣的姿势，但顾悠悠模仿的精髓不在动作，而在神韵，刚才的叶辰确实是手中无揣，心中有揣，所以，大家都成功地接收到了顾悠悠的点，纷纷心领神会地哈哈大笑。

顾悠悠斩钉截铁道："叶辰绝对经常种东西！"

"还好，平时有种花和果树的爱好。"叶辰谦虚地承认了，为等一下的大杀四方做铺垫。

于是，最后的分组结果是：男团中的三人一组，队长自立门户与江溪月、周煜一组，沈默风、叶辰与顾悠悠一组。分组结束，节目组又开始搞事，工作人员在嘉宾面前摆了三张小桌子，每张桌上放着一个倒扣的铜盆与一根擀面杖，三张小桌前的地面上则放着一堆农用铁锹与一堆鲜艳的儿童塑料玩具锹。

"工欲善其事，必先利其器。"张沁坏兮兮地道，"考虑到在座各位嘉宾可能没有太多的花生种植经验，节目组贴心地为大家设置了一个知识问答环节。在这个环节中，我会提问与花生种植相关的知识，三组嘉宾通过用擀面杖敲盆的方式进行抢答，答对得十分，答错不扣分，每道题有两次供人回答的机会，一组答错，必须更换另一组回答，如果两组都答错，我就会公布正确答案，答题全程禁止使用手机……"

江溪月弱弱地发问："请问这些玩具锹是给谁的？"

"塑料玩具锹，大家可以随意领取，"张沁一笑，"但每把农用铁锹都要花费二十积分来购买。"

众嘉宾："……"

也就是说，每组如果无法成功答对至少两道题，就会沦落到全组三人都使用儿童塑料玩具锹刨坑的境地！

这是节目组喜闻乐见的场面，惨归惨，但容易弄出笑点。

……这还不是随便问吗？策划老贼，撞老子枪口上了吧？！叶辰轻轻嗤笑一声，慢条斯理地把衬衫袖子挽起两折，露出一双瘦却不乏力量感的小臂，操起擀面杖，一时得意得六亲不认，扭头跟两名组员嘀瑟道："放心，哥保证让你们用上农用铁锹。"

顾悠悠虎目圆瞪，气势雄浑："靠你了，哥哥！"

沈默风表情乖巧，嗓音低沉："好的，小哥哥。"

"……"叶辰恍恍惚惚地转回头去，精神淡淡地错乱。

这时，抢答开始。

"请听题！"张沁语速飞快，"第一题，在地表温度高于多少摄氏度时可以开始种植花生？ A.10℃，B.12℃，C……"

咣！叶辰一擀面杖敲下："12℃！"

"回答正确！"张沁继续，"第二题，花生种植坑适宜挖到多深？ A.3厘米左右，B.7厘米左右，C.10厘米左右……"

"3厘米左右！"叶辰又是稳准狠地一敲擀面杖！

张沁："回答正确！"

"一把。"叶辰偏过脸，竖起食指朝组员们比了个"一"，示意已经到手一把农用铁锹。

沈默风真心实意地夸赞道："厉害。"

别管这些问题接不接地气，反正他一个都答不出，叶辰不仅答上来了，还抢答得挺帅，而且……

沈默风眼皮一抬，目光落在叶辰的耳朵上。

——叶辰的左耳戴着一枚耳钉，材质像黑曜石，式样简约，大约是刚才在农舍房间收拾行李时戴上的，沈默风之前都没看到过。

他甚至都不知道叶辰有耳洞。

戴耳钉半点儿没令叶辰显得阴柔，反倒为他增添了几分清丽、飞扬的少年气。

另一边，张沁暂停抢答，好奇地打量着叶辰："叶辰，你是不是种过花生啊？"

叶辰笑出两个小梨涡，嗫嚅道："在我家院子里种过，没多少，种着玩的。"

"哇，另外两组嘉宾听到了吗？人家叶辰是种过的，有经验，你们有没有危机感？"张沁"挑拨"了一下，随即低头念题，"第三题，每个种植坑中应该放多少粒花生种子？A.1粒……"

她选项才念了一个，被激发了危机意识的男团三人组就索性抢了答题机会，其中一个高声道："不管答案是什么，这道题，我们都选C！"

张沁摇头笑道："抱歉，C不是正确答案，现在这道题只剩一次回答机会了……"

她话未说完，嘉宾席又响起抢答声，叶辰拿着擀面杖，气定神闲道："不管各选项是什么，我都选择放三到五粒。"

他这竟是完爆了三位"小鲜肉"！

"回答正确！"张沁服气，"正确答案是B——三到五粒。"

接下来，张沁又念了总共十几道题，叶辰也不赶尽杀绝，从第四题开始，就主动把首答的机会让给其他组。第一组能蒙对，那算他们运气好；第一组蒙不对，他再抢第二次答题机会。很多题，他甚至不需要听选项，听个题干就能直接答。

凑够给三人换铁锹的六十积分后，叶辰轻拂衣袖，隐退江湖，笑看另外两组蒙答案。

其实让嘉宾"蒙"才是策划的真实意图，艺人对种地知识不了解很正常，设置这个答题环节只是为了通过问答的形式教艺人们怎么种花生，免得他们下地抓瞎，策划完全没想到嘉宾中竟然会杀出这么一朵农业奇葩……

最后，另外两组每组成功兑换铁锹一把，有四个人可怜巴巴地攥着儿童塑料玩具锹去种地了。

"我们也开始吧。"叶辰给两位组员发铁锹。

沈大少爷握住叶辰递来的铁锹柄，知道真要下地干活儿了，目光微微茫然，又透出些生涩的天真与好奇，道："你教我。"

"好。"叶辰向组员们演示了一遍种花生的完整流程，随即一边自己干，一边时不时纠正一下另外两人的小毛病。顾悠悠鬼机灵一个，上手很快，没多一会儿就与叶辰达成同步，沈默风却是天生没长干活这根筋，种得比他们两个都慢。叶辰与顾悠悠齐头并进，将另外两组嘉宾与原地暴躁打转的沈大少爷远远地甩开……

"呕——"忽然，沈默风丢了锹，大步走开，弓着背干呕。

"沈哥怎么了？"叶辰忙跑过去。

沈默风面色泛白，小臂的肌肉绷得像石头一样硬，条条青筋暴突，大声道："地里有蚯蚓！"

"庄稼地里肯定有，尤其是翻地的时候。"叶辰撸猫似的一下下捋着沈默风的背，"您深呼吸……喝口水。"

沈默风定了定神，直起腰，不可置信道："你不怕？"

"不怕。"叶辰今天被沈默风欺负逗弄了一路，毫无还手之力，见他沈哥遭受来自农田的制裁，竟有些幸灾乐祸，遂忍笑道，"您在旁边休息一下吧，我和悠悠两个人种，也能比他们快。"

沈默风静静地盯他片刻，眼睛微微一眯："……你憋笑呢？"

叶辰低头，垂下眼帘："没啊。"

沈默风弯腰，歪着头捕捉叶辰的表情，幽幽道："你眼睛里有笑……行了，嘴上也有了，甭忍了……呵呵，笑得合不拢嘴了，这是？"表情解说到最后，沈默风自己也跟着笑了。

摄像大哥很上道，逮着这一幕狂拍，还给弯腰偷看叶辰表情的沈默风推了个特写。

虽然组里有位大少爷拖后腿，但好在叶辰和顾悠悠两人足够勤劳勇敢，于是一小时后，叶辰组毫无悬念地拔得头筹。

又是大半个小时后，男团三人组也完成了"硬核"种地任务。

速度最慢的是毫无默契的周煜、江溪月组，等待着他们的将是无情的咸鱼和窝窝头。

第一天的拍摄在鸡飞狗跳中顺利结束，嘉宾们集体吃过晚饭，各自回房间休息。

翌日，九位嘉宾简单地吃过早餐，各自换上胶靴与宽松的连体捕鱼服，在一座鱼塘前集合完毕，坐等节目策划搞事。

叶辰今早借洗漱的机会穿过混沌宝宝设在洗手间的任意门回家检查了情况——饕餮宝宝睡得正酣，气泡上的裂纹也未明显增加，今天应该醒不过来。

不过，就算醒了，也不怕……叶辰望着沿厨房北墙整整齐齐地堆成两排的十袋大米和十袋面粉，心里微微踏实。

⋯⋯⋯⋯⋯⋯

鱼塘前，张沁高声道："在今天的任务开始前，我想问各位嘉宾一个问题——你们的早饭吃得饱吗？"

"不仅饱，还藏了仨馒头。"顾悠悠有恃无恐。

叶辰抬手，与她默契地一碰拳："我藏了仨煮鸡蛋。"

沈默风："……"

"哈哈，叶辰和悠悠很机智。"张沁大笑，"不过，今天的任务不需要分组，而是要九位嘉宾齐心协力来达成。今天刘大爷不会为大家准备午饭，也不会免费提供任何食材，在座各位所拥有的全部财产，就是你们背上的背篓、手中的捕鱼网，以及你们眼前的这座鱼塘——这座鱼塘，节目组已经为你们承包了，你们可以尽情地打捞。"

"那我们中午光吃鱼吗？"周煜问。

"抱歉，只吃鱼是不可以的。"张沁不紧不慢地挖着坑，"我们目前所处的省份以美食闻名天下，为了让各位嘉宾能够体验到当地的特色美食，节目组专门帮大家查阅了本地四道美食的正宗做法。今天各位嘉宾的任务就是亲手制作出花雕鸡、霉干菜扣肉、双皮奶与艇仔粥这四道美食。"

周煜发愣："这不就光有鱼吗？怎么做四道菜？"

叶辰小声道："卖鱼买菜。"

这就又触及他的专业领域了！

"叶辰说对了。"张沁放出大招，"嘉宾们可以将捕到的鱼运到镇上的市场进行贩卖，也可以与当地村民以物易物，换取你们需要的食材，如果用鱼换不到你们想要的东西……"张沁回身遥遥一指，远山连绵，青碧铺叠。

叶辰接话道："山上什么都有。"

众嘉宾："……"

张沁："没错，什么都有，认为上山寻觅食材比捕鱼卖鱼更便捷的嘉宾可以邀请刘大爷当向导。"

众嘉宾摆手："不了，不了。"

张沁笑了笑，道："总而言之，在座各位可以'不择手段'地搜集自己所需要的食材，唯一的规则是本节目禁止'刷脸'，说'我是艺人，我在录节目，能不能给我一些食材'这种话属于违规，违规次数积累到一定数量的话，我们的魔鬼策划就会在接下来的节目中加入更加'硬核'的挑战，所以希望大家尽量不要违规。"

众嘉宾举着捕鱼网，纷纷下水。

他们用的捕鱼网与那种大面积的渔网不同，更类似捕虫网，一根竿子顶端连着一个网兜，比起大面积撒的渔网更有趣味性。

"硬核"节目组未对鱼塘进行任何处理，力求捕捉到原汁原味的艺人吃瘪镜头，鱼条条活蹦乱跳，精神头十足。沈默风手疾眼快，率先捞到一条，正想着在小朋友面前一雪昨天被蚯蚓吓到吐的耻辱，那条膘肥体壮的大鱼却猛地蹿出网兜，鱼身一拧，鱼尾一摆，"啪"地抽了沈默风一记大耳光，随即"扑通"掉回水里。

"我……"沈默风咽下粗话，捂着半边被抽红的帅脸，不可置信地瞪着余波荡漾的水面。

"哈哈！"

"没事儿吧，哈哈！"

"哈哈，这鱼太刚了！"

一帮年轻的艺人也顾不上"咖位"大小了，一个个笑得气都喘不上来。

"沈哥没事儿吧？"叶辰是唯一一个没笑的，他飞快地蹚着水过去扯开沈默风捂着脸的手，见只是有点红，才放心地笑起来，可以说是相当有良心！

见沈默风有点挂不住，叶辰敛起笑容，在他的肩上拍了拍，安慰道："您这个正常，其实我也经常被我家的鱼揍。"

身上被冉遗鱼踹一脚能痛好几天！

要是被抽一耳光，那直接就能破相！

沈默风淡淡地欣慰道："你为了安慰我，也是什么鬼话都能说出口了……"

"真的。"叶辰"嘿嘿"一笑，把捕鱼网往肩上一搭，低着头在沈默风身边转来转去，"刚才那条鱼那么大，估计是鱼王……等我给您报仇。"

刚才打我沈哥那条鱼呢？叶辰释放出伏羲之力,恐吓满塘的鱼。

——伏羲血脉最大的效用是加速牲畜的生长速度，驭兽方面则鸡肋得很，普通的兽，叶辰没机会驭，而冉遗鱼这种灵兽受伏羲血脉的影响有限，他勒令它们慷慨赴死，它们是不肯听的……所以，他也就能在鱼塘里对普通鱼耍耍威风了。

忽然，浑浊的水面下隐隐透出一抹白，是那条鱼迫于伏羲之力前来自首。叶辰也不和它客气，一网捞起来，捏住网兜开口把它困死了，然后才递到沈默风的面前，道："看大小估计就是这条，您要不要还手？"

片刻前求生欲满满的大鱼在叶辰的手上安静如咸鱼。

"……"沈默风，"不用了。"

"这鱼死了吗？"顾悠悠凑过来，"也没死啊，怎么这么老实？"

"它不老实。"叶辰语带威胁。

网兜里的大鱼一秒扑腾起来！

叶辰无情地把配合演戏的大鱼丢进背篓，继续捕鱼，连绵不绝的伏羲之力弥散在鱼塘中，大鱼小鱼八方来朝，在其他嘉宾为围剿一条小鱼哇哇乱叫、出尽洋相时，他这边捞得挑挑拣拣，个头太小的，索性一脸嫌弃地丢回水里。

"天哪！叶辰都捞上来大半筐了！"忽然，顾悠悠发出一声尖叫。

其他嘉宾闻讯纷纷赶来，惊讶又羡慕地望着叶辰的鱼篓。

"怎么做到的？！"

"人家叶辰一直兢兢业业地捞，你们哇啦哇啦就顾着瞎玩……"

顾悠悠又探头看沈默风的鱼篓，不敢相信道："沈老师的都满啦！"

沈默风悠悠地道："我帮叶辰背的。"语气中透着一丝骄傲。

目前最佳单人成绩只有三条的其他嘉宾顿时被暴击到吐血。

"哇——这不是兢兢业业的问题了吧，根本是被碾压了啊！"

"叶辰，你是不是隐瞒了真实的身份，你其实是人鱼王子什么的，能控鱼……"

"说叶辰是人鱼王子，我信，他不捞鱼、不种地的时候真的有王子范。"

"没别的，就是手法比较熟练。"叶辰对着镜头笑出小酒窝，给出合理的解释，"我在我家院子的小池子里养过鱼。"

顾悠悠一根根掰着手指："来、来、来，我给大家捋一捋啊，已知叶辰在他家院子里种过花、果树、花生，还在小池子里养过鱼，求问叶辰他家院子和我们要吃的柠檬有多大……"

嘉宾们愣怔片刻，集体发出了柠檬精的声音！

"我酸了……"

"天哪，想去叶辰家里参观。"

叶辰满脸谦虚地连连摆手，急忙岔开这一话题。

接下来，一众"小腿毛"嘉宾紧密团结在叶辰的大腿周围，只见他身姿帅气矫健，网无虚发，捞到鱼就往其他人的鱼篓中放，凭一人之力轻松愉快地"带飞"全场。

上午才过去一半，鱼塘已经被叶辰掏空了，每位嘉宾的鱼篓中都装着至少小半篓鱼。

考虑到嘉宾们要去镇上卖鱼，节目组贴心地为他们准备了一辆电动小三轮，除了颜色，与叶辰四合院里那辆几乎一模一样。

"这个……有人会骑吗？"周煜一桶桶往车斗里放鱼，迟疑道，"跟骑自行车差不多吧？没人敢骑的话，我骑。"

"会骑自行车的话，骑这个其实更难。"叶辰骑上小三轮，怕周煜嫌自己抢戏，耐心讲解道，"两个轮子和三个轮子的转弯和平衡方式不一样，骑惯自行车的人身体有自动调节平衡的反射，突然骑三轮车比根本不会骑车的人还别扭。"

沈默风失笑："连这你都懂？"

莫不是……骑过？

沈默风忽然想起昨晚叶辰说的那些话。

什么工作都做过，怕自己会瞧不起他……

作为艺人来讲，承认骑过三轮车的画风就未免过于清奇了，叶辰沉吟两秒，在镜头前从容地一笑，还是采取了更加装×的说法："嗯，与机械相关的东西，我都比较感兴趣。"

什么播种机、耕地机、联合收割机……

都是机械，他确实都感兴趣。

"不用所有人都去，去一半人就行了，全去的话，坐不下，剩下的人用没搬上车的鱼在村里跟老乡换东西吧？"顾悠悠安排道，"我和叶辰去卖鱼，还有谁想去？"

周煜和另外一个男团"小鲜肉"举手。

"我也去。"沈默风道。

叶辰怕他嫌摆摊丢脸，忙劝道："您留下也行。"

"我陪你。"沈默风长腿一抬，一步迈进小三轮的车斗，也不"事儿精"了，在满车腥味扑鼻的水桶中逮了个空隙就坐下。

另外三个要去的也挨挨挤挤地钻进车斗，小三轮欢快地"嘟嘟"着一骑绝尘，被叶辰开得又快又稳。

本来筹谋着让嘉宾们在骑三轮车环节大出洋相的节目策划："……"

这叶"小鲜肉"，什么情况？！

能抓鱼种地就算了，三轮车也骑得这么溜？

骑着小三轮在乡道上纵情飞驰的叶辰在心中怪笑："……"

策划老贼，想不到吧？

爸爸王者……不，亡者归来了！

节目组的车一路慢悠悠地驶在前面，兼顾开路与拍摄的任务，叶辰骑着小三轮跟在节目组的车后。迎面而来的风将他的额发吹得尽数向后，小巧的脸庞一览无余——那眉眼深黑浓密，神色明烈飞扬，脊背也挺得近乎矜持，如果把下方的骚粉色小三轮截掉，看起来简直像是哪国的小王子在骑马……

"……"摄像大哥眨眨眼，恍惚间几乎以为自己在拍偶像剧。

一行人风风火火地杀到菜市场。

虽然节目组禁止"刷脸"，可前有跟车摄像机大张旗鼓地进行拍摄，后有满载"流量"明星的小三轮，更别说其中还有沈默风这种再不关注娱乐圈的路人也有所耳闻的大腕，想把明星效应降至零是不可能的。

"那咱们就开卖吧？"周煜满以为路人会给自己面子，拎起一桶鱼，在众目睽睽之下走开几步，堵住一位看热闹的阿姨，文质彬彬道，"阿姨，您好，请问买鱼吗？"

阿姨却只顾着笑，连连摆手。

周煜又拎着鱼桶走远了些，拦住一位大爷，从桶中拎出一尾鱼，礼貌道："大爷，您好，请问买鱼吗？"

大爷也笑着躲开摄像头。

"……这也没人买啊。"周煜四顾心茫然，求助地望向叶辰，"小叶子，咱们来的是个假菜市场吧？"

节目策划："……"很好，就这么犯着蠢，不要停！

"不急，青铜局，"叶辰镇定道，"哥带你们飞。"

沈默风默不作声，只在一旁望着他。

"我们先摆摊。"叶辰把袖子挽到手肘上方，动作麻利地把水桶从车上往下卸，又把节目组为他们备好但根本没指望他们用的电子秤、案板、打鱼棍与杀鱼刀依次摆开，俨然一位俊俏的卖鱼郎。

水产摊摆好，叶辰不知从哪翻出昨天抢答用的铜盆和擀面杖，把盆拎在手里当锣敲了两下。

顾悠悠乐不可支："哇，你来真的！真吆喝啊？"

叶辰狡黠地一笑，回味了一番早市水产摊的卖鱼话术，祭出这几个月卖菜练出的厚脸皮，大着嗓门娴熟地吆喝起来："卖鱼喽！上午新打的鲫鱼、花鲢，保鲜保活——一斤七块钱，两斤十二块钱，管杀管收拾！卖鱼喽！"

魔鬼策划："……"

这位叶"小鲜肉"究竟是什么魔鬼？！

"……"沈默风低着头，笑得肩膀直颤。

叶辰吆喝一轮过后，顾悠悠震惊不已："你怎么连卖菜都这么熟练？！你……你不要告诉我你在你家院子里卖过菜！"

叶辰清了清嗓子，道："以前做群演的时候演过。"

顾悠悠："演过？"

"对，"叶辰顺手立了一个敬业人设，深沉道，"为了演卖菜小哥，我去市场观摩过。"

顾悠悠："天哪……"

周煜和另外一个男团"小鲜肉"不太能接受这种接地气的卖鱼方式，臊得脸蛋儿通红，讪讪地迎接来自四面八方的目光。顾悠悠适应性相对良好，别扭了一会儿，就模仿着叶辰吆喝起来。

叶辰喊了几嗓子，围观群众被他营造的市井气氛感染着，渐渐就不那么介意摄像机了，陆续有人壮着胆子上来询价挑鱼。

"一条花鲢——"叶辰一边高声念着，营造自家小摊位生意红火的氛围，一边攥住鱼尾巴拎出水桶往地上一摔，一棒子敲晕了丢到秤上，"给您称好了，四斤一两，收您二十四元……要收拾吗？"

"不用，不用，别动刀了，再划了手。"买鱼阿姨乐呵呵道，"我女儿可喜欢你了。"

见有人顺利地从明星摊位买到了鱼，其他人也就更敢尝试了，鱼摊旁一时人头攒动。

有些人纯粹是为了能和明星近距离接触一下才来买鱼，买了却不知道怎么做，叶辰就很接地气地传授吃鱼经，用手在鱼身上比画着："这鱼您回去之后用飞刀这么斜着切，抹上盐腌一会儿，红烧和清蒸都好吃。"

周煜他们嘴皮子和手脚都没叶辰利索，而且也放不下偶像包袱，打破头抢着干收钱找钱的活儿。沈默风冷眼观望一会儿，在叶辰拎起一条花鲢准备敲晕时，拿过他手里的棍子，轻咳一声道："我来。"

你，不许动！叶辰立刻偷偷对企图垂死挣扎的花鲢进行伏羲警告，怕他沈哥再被鱼欺负了。

"……"啪嗒，花鲢肚皮一翻，躺平任踩躏。

"……它本来也晕了吧？"沈默风闹着玩似的轻轻敲了一下鱼头，拎上秤，蹲在秤边，抬眸望向来买鱼的女孩子，文绉绉地念数，"二点三千克，二十七点六元。"

"好……好的……"这女孩子大概与叶辰同龄，大学生模样，脸蛋儿还挺清秀，被沈默风这一眼看得僵立在原地，脸红得要爆炸。

叶辰凑过去，"中译中"道："二十七块六元，收您二十七元。"

"哦，好。"小女生被拽回现实，低头摸钱包，向沈默风告白，"我和我好几个同学都特别特别喜欢您……"

"谢谢。"沈默风微微一笑，英俊非凡。

小女生原地"爆炸"："啊——"

叶辰提着杀鱼刀，插嘴道："小姐姐，这鱼要帮你去内脏吗？"

"呃，不用了，谢谢。"小女生愣了一下，怀着"万一撞大运"的心理小声地问沈默风，"请……请问方便要您的微信号吗……"

叶辰目光真挚："不去内脏，那要去鳞吗？"

小女生几次三番被打断，精神恍惚："……什么鳞？不……不用。"

沈默风忍住笑："抱歉，不方便。"顿了顿，他用公事公办的语气背诵叶辰对其他顾客说的话，"鱼用飞刀斜着切，抹上盐腌一会儿，红烧或清蒸都好吃。"

小女生面红耳赤地拎着鱼走了。

他一走，摊位上忽然没人说话了，安静持续了几秒。

"掌柜的。"沈默风呼唤叶辰，嘴角噙着笑。

叶辰模样纯良："怎么了，沈哥？"

"你刚才是不是……"沈默风扫了眼摄像机，没补完后半句，只语焉不详道，"嗯？是不是？"

叶辰："不是。"

沈默风笑得有点痞，道："不是，但是知道我问的是什么。"

叶辰搓搓耳朵："不知道您问什么……您称条鲫鱼，要大的。"

"欸？什么情况？"顾悠悠眼珠晶亮，"你们打哑谜呢？"

"没有，没有。"叶辰忙岔开话题。

接下来，叶辰负责招揽顾客与算账，沈默风负责捞鱼、敲鱼、称鱼,手法从一开始的生涩渐渐过渡到熟练,当他们两个同框时,看起来简直就是一对俊俏的卖鱼兄弟。

· · · · · · · · · · ·

满满一车鱼被围观群众抢购一空,几人拿着卖鱼钱逛了一圈,买了做四道菜需要的食材,满载而归。

食材集齐,九位嘉宾分四组做那四道菜,叶辰自告奋勇地选了看似难度较大的花雕鸡,与沈默风一组,顾悠悠则跑去做双皮奶了。为了让节目效果能"炸裂",叶辰心机深沉地偷偷换了鸡,把从市场买来的普通鸡换成周步初帮忙处理好的灵鸡,瞒天过海地换好了,才交给沈默风剁成鸡块。

叶辰没做过花雕鸡,只是全程一板一眼地按菜谱来,虽然没什么特殊的亮点,但在灶台前利落娴熟的一通操作还是把那群连菜刀都没怎么握过的温室花朵秒杀成了渣渣。

· · · · · · · · · · ·

夜幕四合。

一群艺人闹哄哄的,把节目要求做的四道菜做好了。

嘉宾们中午都没吃东西,这些显然不够吃。叶辰在做花雕鸡之余,还搜罗起他之前在市场刻意买多了的菜,都搬到摄像机拍不到的死角,趁沈默风不注意,指挥隐身的狐宝宝分批次偷偷运回家,再为他换来相同品种的等量灵植。

叶辰用这些自家产出的灵植做了几道简单的家常菜,晚上开饭时,与任务菜品花雕鸡一起端上桌。

他添的几道菜中一道是地三鲜,三种主要食材全是灵气产物,土豆块、茄子块被滚油炸过,一块块泛着细腻晶亮的油光。茄子表皮被炸至酥脆,咬下去有微弱的咔嚓爆响,内里却软烂微甜,与咸香软糯的土豆块相得益彰，堪称"下饭神器"。

还有一道西红柿炖牛腩，西红柿是叶辰亲手栽种的，牛腩则是市场买的。灵气西红柿被文火炖得烂透，丝丝缕缕皆化入汤中，成为那黏稠红汁的一部分。牛腩肥瘦适中，被烹煮得软而嫩，刀功规整的四方块，每一道肌理的纤维缝隙间都浸饱了酸甜浓郁的西红柿汤，连汤带肉地舀上一块，香得人连舌头都要吞下去。

作为任务成果的花雕鸡亦不令人失望，灵气鸡肉吸足了花雕酒的精华，香而不腻，肉质的香与花雕的淳厚相融，却奇异地碰撞出一种清甜爽滑的口感。这三道主菜加上灵气玉米摊出的玉米烙饼，灵气番薯叶做出的炒青菜……被香惯了的沈默风还算淡定，从来没吃过灵植的另外七位嘉宾吃得眼泪都要掉下来了。

"我的天哪，叶辰你……你还能更全能一点儿吗？！"

"神仙做菜，神仙做菜。"

"这个番茄汤太好喝了吧，花雕鸡也绝了，连玉米饼都这么好吃！完了，我一想到节目录完就吃不到叶辰哥做的菜，我现在就想哭了，啊……"一个男团"小鲜肉"哀号道。

"想哭 +1。"

"+2。"

"+3。"

——男团四人默契极了，就像他们的长相一样默契。

"……第三碗！"江溪月柔柔弱弱地端着一海碗冒尖的饭，从电饭锅前折回桌边，巴掌大的小脸上五官皱缩，悲切道，"今天我苦心经营多年的人设算是崩在这了，叶辰，你赔我形象！回头我非得上你家蹭饭去！"说着，她夹起一块土豆，泪流满面，"呜……真香。"

叶辰顺着她的话开玩笑，故作凄凉道："我还想让你赔我原来的小姐姐呢，都幻灭了。"

"你们男生不懂，"顾悠悠也起身盛饭，"我们女孩子平时吃得少只是因为东西不好吃，遇到好吃的，都会长出第二个胃。"

叶辰笑道："怕了，怕了。"

叶辰做的几道菜太好吃，分量又足，另外七位嘉宾费了九牛二虎之力做出的三道菜几乎没人碰，连他们自己都嫌弃，可见叶辰做的菜是真的受欢迎，不含表演成分。摄影机忠实地记录下了众嘉宾被叶辰的厨艺折服，纷纷化身"辰吹"的一幕。

这简直就是心机"小鲜肉"玩手段"艳压"全场……

娱乐圈之黑暗可见一斑！

第 二 章
再次遇猪，惨遭滑铁卢

第一处拍摄地的录制工作完美结束，翌日清晨，节目组开拔前往下一处拍摄地。

在长达三个小时的车程后，节目组顺利抵达一家特种黑猪养殖场。

这家养殖场的主人此前成功引进了一种国内无人饲养的特种黑猪，并用这种黑猪带动当地村民脱贫致富，因为这个上过中央电视台七套的《致富经》节目，在当地无人不知、无人不晓。这黑猪养殖场也是越做越红火，是十里八乡规模最大的。

……策划究竟是有多喜欢猪！叶辰不禁腹诽。

但能再次来到与猪有关的拍摄地其实正中叶辰的下怀。上次被猪拱上热搜的仇，他还记得，这次他正好可以把猪调教得服服帖帖，扬眉吐气一把。这次的热搜关键词，他都想好了——"叶辰驭猪有术"。

一众明星在养猪场门口集合，张沁对上过央视的养猪场进行了一番介绍，随即引着众嘉宾进入养猪场内部并开始宣布第一个任务："接下来，各位嘉宾将迎来一项很可爱的任务……大家可以先往四周看一下，好了，有没有什么发现？"

叶辰抬眼，环视一番。

几米开外的泥土地上，一只滚瓜溜圆的黑猪宝宝正叉着四条稚嫩的猪蹄仰躺着，粉白的小肚皮毫不设防地被太阳烤着。

"吭吭……"猪宝宝舒服得直哼唧。

不止它一只，叶辰定睛一看，发现这个相对封闭的小院里到处都是正在玩耍、晒太阳的黑猪宝宝。

"满地都是小猪。"有人回答。

"对啦，这里是专门供猪宝宝玩耍休闲的娱乐区域。"张沁道，

"那么，各位嘉宾今天的第一项任务就是，每人认领一只猪宝宝，并且负责照顾这只猪宝宝一整天的'饮食起居'。"

这些猪宝宝都处在猪生中短暂的可爱阶段，身体长度大约相当于叶辰的小臂，四条细腿支撑着圆筒状的扎实身体，一身皮毛被饲养员收拾得干干净净，黑亮得仿佛抹了油，模样都挺招人喜欢。原本精神紧绷的嘉宾们都松了口气，一个个跃跃欲试。

——策划再"魔鬼"，也没忘了这是在做节目，任务安排得讲究一个张弛有度。如果从头到尾都是为难人的任务，一直让嘉宾疲于奔命，观众不仅看得累，而且情绪一直缺乏起伏，容易麻木，所以，必须得安排一些悠闲的任务，在放松的状况下给嘉宾挖大坑。这样，挖坑的效果才会凸显出来，而眼下照顾猪宝宝的任务就是为了放松节目的节奏。

小院里正好放置了九只猪宝宝，嘉宾们四散开来抓猪，猪宝宝们见有陌生人来逮自己，纷纷吭哧吭哧着撒蹄狂奔。周煜手长脚长，却没什么运动细胞，跑动起来最笨拙，被一只从前方横穿而过的猪宝宝绊了个跟头，其他嘉宾哈哈大笑，小院中洋溢着猪叫与猪叫般的欢乐笑声……

叶辰锁定了那只露肚皮晒太阳的猪宝宝，朝它走近几步，装模作样地哄道："猪宝宝乖，让哥哥抓一下。"

猪宝宝警惕，一骨碌爬起来。

叶辰很有心机地打算让摄像机拍下猪宝宝主动朝自己走来的画面，遂暗地向猪宝宝释放伏羲威压，默念道：过来。

由于和猪结过梁子，叶辰相当享受这种驭猪的快……感。

"……欸？"叶辰从万猪来朝的幻想中猛然醒过来——那只猪宝宝竟纹丝不动，视伏羲威压如无物，只是瞪圆了黑豆眼，定定地望着他。

叶辰再次释放伏羲威压，霸道总裁似的命令道：猪，给我过来。

"吭！"猪宝宝"嗖"地一转身，朝叶辰撅起猪屁股，贱兮兮地扭了扭。

"哈哈，它还会气人呢！"周煜抱猫似的抱着他抓来的猪宝宝，屁颠屁颠地跑来看热闹。

叶辰："……"

叶辰不信邪，拼命向猪宝宝输出伏羲之力，恐吓道：过来！再不过来，炖了你！

"吭哧！"猪宝宝扭头，黑豆眼眯成狡黠的细缝眼，狠狠地瞪了叶辰一眼。

有那么一瞬间，叶辰仿佛在这只猪宝宝眼中读到了名为嘲弄与恼火的神情！

叶辰："……"

你这？！

一只猪情感这么丰富吗？！

此时，另外八位嘉宾都已抓猪成功，叶辰急了，干脆不管什么伏羲不伏羲，一个箭步扑上去就要徒手抓猪。猪宝宝愉悦地吭哧着，圆柱般的身体诡异地一扭，以一个几乎不可能的刁钻角度躲开了叶辰的手……

叶辰又扑，猪宝宝又躲，一人一猪在小院中你追我赶。猪宝宝灵活得惊人，稚嫩的小蹄"噔噔"地敲着地面的硬土，冲刺、折返跑、急转弯、钻裆、绕树……它躲得游刃有余，与其说是在逃避叶辰的追捕，不如说是在逗着他玩。

没多一会儿的工夫，叶辰竟是被一只猪崽子耍得满头大汗，挂着膝盖气喘不已，面颊涨红得像小番茄。

其他嘉宾起初还以为叶辰是为了节目效果卖萌装蠢，因为这两天叶辰十项全能的形象太深入人心，他们默认了节目组的任务难不倒叶辰，结果越看就越觉得好像不是那么回事。

正在他们犹豫着要不要上去帮忙时，叶辰撩起 T 恤下摆抹了把脸上的汗，扭头望向沈默风，求助道："沈哥，帮帮忙。"

沈默风把自己的猪塞给周煜，又拍拍另外两个男团成员，淡淡地道："都帮叶辰抓一下。"

顾悠悠也把自己的猪宝宝丢给江溪月看管，撸起袖子上阵支援，五人合围一头猪。这猪宝宝狡猾得要命，叶辰正欲和他们制定一套战术，顾悠悠却一弯腰，玩似的把猪宝宝按住了。

叶辰惊悚得像见了鬼："你……"

顾悠悠也是一脸蒙："它自己撞到我腿上的……"

自己抓了半天没抓到的猪，别人一下就逮住了，显得自己多不行似的……叶辰恨得磨牙，从顾悠悠手中接过猪宝宝。

岂料在顾悠悠手中温顺乖巧的猪宝宝一碰叶辰的手，就瞬间发出杀猪似的号叫："啊——啊——"

"别叫了！"叶辰崩溃，又释放一次伏羲之力，猪宝宝仍然不吃这套，叫得撕心裂肺。

"猪哥，猪哥，我错了还不行吗……"叶辰被魔音穿脑束手无策，举着猪宝宝认了个尿。

猪宝宝鼻孔扩张，傲然道："吭哧。"

它竟是接受了道歉。

小院一秒安静下来。

顾悠悠忽然想起什么，道："我记得《悠闲的假期》第一季的时候，叶辰是不是……也被猪拱过来着？"

叶辰欲哭无泪："……是。"

"你说你，种地、捞鱼、卖菜、做饭，什么都行，就逮猪逮不着。"顾悠悠乐了，"你是不是命里犯猪啊？"

叶辰干笑两声，恨不得现场做一份烤乳猪。

他万万没想到，身具伏羲之力、令百兽臣服、誓要在节目上大开"金手指"一雪前耻的自己，竟然第二次在猪身上遭遇了滑铁卢……

难道是伏羲之力不好使了？叶辰想着，忽然紧张，扭头看看沈默风怀里的猪宝宝，暗暗命令道：动左耳朵。

沈默风怀里的猪宝宝立刻乖乖地动了下左耳朵。

叶辰：动右耳朵。

沈默风的猪宝宝也照做了。

叶辰又低头看看自己的猪宝宝，释放伏羲威压，命令道：动左耳朵。

猪宝宝耳朵不动，只是轻轻地叫了一声："吭哧……"

那声音，莫名像是人类憋不住笑时发出的扑哧声。

叶辰急忙一个深呼吸稳住："……"

你是猪妖吧？！

接下来，节目组给嘉宾们安排了一系列照顾小猪的任务，包括亲手喂小猪吃食、陪小猪做游戏、帮小猪梳毛……其他人的猪崽子都还算听话，唯独叶辰这只动不动就尥蹶子，叫它往东，它往西，叫它趴下，它站着，叫它吃食，它拉屎，叫它喝水，它拉尿……

我是哪里得罪它了啊……叶辰痛苦万状。

沈默风也看出叶辰的这只猪特别调皮，趁没人注意，偷偷把叶辰扯到镜头死角，要跟他换猪。

"别了，这猪……它要是欺负您，"叶辰有气无力，"到时候我都救不了您，就让它欺负我一个人得了，反正我这命里犯猪的人设估计是稳了。"

沈默风偏过脸，笑骂一句，道："瞧不起谁呢？我还能让猪欺负了。"

叶辰看他一眼，幽幽道："连鱼都欺负您呢……"

沈默风："……"

九位嘉宾一人一个小猪浴盆，在镜头前排成一排，各洗各的猪宝宝。

叶辰被在浴盆里撒欢打滚的猪宝宝溅了一脸水，低吼道："坐下！别动！"

"吭吭？！吭哧！"猪宝宝黑豆眼一瞪，竟是凶了回去！

叶辰强按捺住火气，好声好气道："你坐下。"

"吭！"猪宝宝霍地人立而起！

"哥，猪哥，猪哥……"猪哪会用后腿像人那样立起来？

叶辰一秒屁如狗子，怕他猪哥在镜头前再干点什么惊世骇俗的事情，急忙把猪宝宝摁趴下，压低嗓音用气声哄道："小弟错了，知错了。"

猪宝宝傲然睥睨他，仰躺在盆里，抬起一只猪蹄。

"……哥，什么吩咐？"叶辰"狗腿"地问。

猪宝宝居然使了个眼色："吭。"

叶辰隐约领会到它的意图，从百兽之王化身"弟中弟"，忍着满腔屈辱，为猪按摩。

"是这意思吗，哥？"叶辰问。

猪宝宝点点猪头："吭。"

叶辰："……"

这个死猪崽子绝对是成精了！

怕猪宝宝在镜头前添乱，叶辰忍痛做小伏低，拿出平日哄沈默风的劲头哄猪。

"您看您这一身肥膘，"叶辰摸索着吹猪的"彩虹屁"，用小毛刷顺毛，夸赞道，"不切开也知道铁定是五花三层的，漂亮！还有您这鼻子，鼻孔圆得多规整、多霸气……"

猪宝宝颇为承情，在镜头转来时，用猪鼻子轻拱叶辰的手，乖乖地配合他玩耍。

叶辰给它刷完背，它就骨碌一躺，四蹄朝天露出肚皮，与之前判若两猪。

沈默风在一旁听了半晌，忽然道："叶辰。"

叶辰："嗯？"

沈默风不凉不热地盯着他，缓缓地道："你哄猪这语气，我听着耳熟。"

叶辰心虚道："您想多了。"

沈默风不置可否地一笑："小马屁精，哄我的时候是不是也这样？满嘴没一句真话，拿迷魂汤灌我。"

"没，"小马屁精垂着眼不敢看人，"走真心的。"

他之前吹沈默风"彩虹屁"，虽说是为了稳固粉丝人设，但说的也都是实话，他沈哥确实人又帅、演技又好，吹得不亏心啊！

沈默风啧啧："男人的嘴，骗人的鬼。"

叶辰赧然："不是……"

沈默风沉声道："你等着。"

猪宝宝听着他们说的话，再次乐出猪叫："哄哧。"

叶辰："……"

如此这般，叶辰总算是把一天的拍摄糊弄过去了，晚上送猪宝宝回猪栏时，他多了个心眼，暗自记下从猪崽繁育室到嘉宾住处的路线。

于是，凌晨时，由神兽宝宝组成的偷猪小分队隐身潜行，神不知鬼不觉地来到了猪崽繁育室。

猪栏内，老母猪鼾声如雷，身侧浮光涌动。

这浮光来自睡在它身旁的一只猪宝宝，那滚圆的小身体周遭萦绕着淡若蛛丝的灵气，只有神兽看得见。

"它好像是神兽。"蒲卢宝宝低声道。

"外形就是猪呀，当康、狸力，都不长这样……"犰宝宝蹑手蹑脚地走过去，盯着呼呼大睡的猪宝宝看了一会儿，笃定道，"是猪，可能是灵猪吧。"

身上有灵气的生物不一定就是神兽，也有可能是灵兽，或普通动物因机缘巧合得到修为开了灵窍。

穷奇宝宝走过去，揪揪猪耳朵。

"哄？！"猪宝宝猛然醒来，一骨碌爬起来。

"跟我们走一趟。"穷奇淡淡道，"辰哥要见你。"

猪宝宝盯着穷奇宝宝，黑豆眼中是浓浓的诧异："……哄？"

穷奇嘴角一扯，露出锐利的乳牙："我劝你老实点儿。"

十分钟后，四合院内。

偷猪小分队低眉顺眼地排成一条直线走在前面，猪宝宝威风凛凛地在后面撵着他们，哪个神兽宝宝走慢了，猪宝宝就发出严厉的猪叫，走得慢的神兽宝宝就赶忙加快步子。

犰宝宝跨进混沌印记，觉得即将有倚仗，委屈地哼唧道："呜……我要叫应龙爷爷打你……"

猪宝宝嗤之以鼻："哧。"

趁沈默风熟睡偷偷溜回四合院等猪来的叶辰听见响动，急急地道："带回来了吗？呃……"

三只神兽宝宝垂头丧气地在墙根下站成一排，不敢吱声，攥在他们身后的猪宝宝则"噔噔"地朝叶辰跑近几步。

"你们怎么了？"叶辰看看三个神兽宝宝，又看看猪宝宝，郁闷道，"你到底是什么？"

那猪宝宝"吭吭"冷笑，猪嘴一张，竟口吐人言！

猪宝宝："你跟谁说话呢？"

竟是北方大汉的声线与口音，还是低音炮。

叶辰惊得一蹦，忙祭出保命金句："我没瞅啥。"

"……没问你瞅啥。"猪宝宝逼近，"知道我是谁不？"

"不知道。"叶辰定了定神，解释道，"其实我让他们带你过来，就是想问你这个，没什么恶意。"

"我给你看看哦。"猪宝宝说着，周身流过光芒。一眨眼的工夫，叶辰面前就多了一头体型健硕、肌肉结实的公猪。比起养殖场的家猪，这公猪体型更像野猪，头大，前半身魁梧雄壮，后半身细窄强健，两颗卷曲上翘的獠牙森然从口中伸出，四条猪腿下方不是猪蹄，而是禽类的利爪，指甲刚劲锋利，在地面上轻轻一划，石板就多出一道浅浅的印痕。

"你是……"叶辰恶补过《山海经》，一眼就认了出来，"狸力？"

"吭吭。"狸力哼哧两声，猪脸微露讥讽，不满道，"还叫三个小崽子来抓我，还想拿那点伏羲血脉来压我，啊？瞅你那损样。"

竟是东北狸力。

被狸力这么一说，叶辰确实觉得自己有点理亏，也不纠结措辞，双手合十地拜了两下，赔礼道："有眼不识泰山，不好意思，但是……"他苦着脸，对活了上千年的老神兽换上敬语，"您装猪干什么啊？"

好不容易逮着一次在镜头前扬眉吐气的机会，结果摊上一只神兽狸力，还是成熟体！

简直没地方说理了。

狸力先是没答，而是四下张望片刻，道："你是山海境的新主人？不然，这几个小崽子怎么都归你管。"

"我是，才继任了几个月。"叶辰开始说明情况，"周步初……犼狓说你们这些神兽或多或少都受伤了，在各地休养生息，您这是……"他细细地把狸力打量着，看不出受伤或衰老的迹象，"痊愈了？"

狸力猪鼻子翕动，心不在焉道："我伤得本来也不重，在地底下睡了二十多年，前几个月就出来了。"

"那您在养猪场做什么？"叶辰嘴上问着，心里却隐隐有了答案。

狸力言简意赅："装猪。"

——处于全盛时期的神兽可以在一定范围内变化外形，除去"标配"的人形外，外形与猪高度相似的狸力还能够在猪宝宝、老母猪、种猪、豪猪等形象间自如切换。

叶辰同情道："是去蹭饭吗？"

狸力鼻孔扩张，许是有点不好意思，粗声道："啊，那家养猪场条件好，天天好吃好喝地伺候，还什么都不用干，闲着没事儿就在院里躺着晒太阳，换你，你不去啊。”

“……”叶辰客套道，“哈哈，换我，我也去。”

被狸力叔叔罚站的犰宝宝软软地和其他宝宝咬耳朵：“……饕餮过几天就醒啦，她要是把哥哥又吃穷了，我就去养兔场装小兔子，你们装什么呀？”

穷奇大哥“啧”了一声：“你让她去养羊场装羊呗，饲料还管够呢。”

犰宝宝脸红红：“听周叔叔说，饕餮是个小妹妹呀，周叔叔说我们七个男孩子得宠着她，还得往死里宠才行的，不能让她去装羊。”

穷奇不屑：“她位列四凶，还用人宠？辰辰哥哥要实在喂不起了，就把她扔海里，让她自己抓鱼去呗。”

然而，另外几个神兽小哥哥已经摩拳擦掌准备把饕餮往死里宠了……

穷奇宝宝受到了孤立！

…………

“山海境现在怎么样了？”狸力望向叶辰晾在房檐下的几串灵气小红辣椒，“我记得之前全毁了，连根草都没剩下。”

“目前就修复了一丁点，”叶辰也不磨蹭，爽快道，“我带你进去看看吧。”

与貔貅和应龙相处过这些日子，叶辰明白山海境对神兽而言是重要的故乡，狸力来都来了，自然得赶快让人家回家看看。

接着，狸力随叶辰进入山海境。

时隔多年再次踏上故土，狸力与周步初当时的反应很相似，低头以獠牙轻触地面，发出两声柔和的猪叫："吭，哼哼。"

那就仿佛在说：我回来了。

叶辰在旁看着，一时不知该先感动，还是先笑。

狸力直起身，一秒锁定叶辰的庄稼，直来直去道："你这种了不少灵植啊，给不给咱们神兽吃？"

"可以给。"叶辰回想着境灵科普文章中关于狸力的介绍，比画道，"您看那绳子，用绳子划分出来的那片灵植的所有产出都归貔貅和应龙，我还有神农血脉，种这些现世作物都是以十倍速生长。"

听见十倍速，狸力眼睛都直了。

叶辰大大方方地摆出条件："但他们都帮我工作，周叔帮我种地、植树，应龙爷爷帮我下雪，那些灵植是我给他们的酬劳……您如果想要灵植，也得帮我工作。"

"那没问题。"狸力吞了吞口水，"都多少年没吃过灵植了，这么着，我先预支几棵大白菜，以后肯定帮你干活儿，放心吧。"

语毕，还不待叶辰回答，狸力就疯了一般地狂奔到菜地，用猪鼻子拱倒一棵水灵灵的大白菜，咔嚓咔嚓大嚼特嚼起来。灵气白菜被他啃得汁水飞溅，叶辰隔着好几米远都闻得到那股清甜的味道。

"吭吭……"狸力吃出猪叫声，怕叶辰担心，一边拱白菜，一边急三火四（方言，指非常匆忙）道，"说吧，小弟，打算让我干啥工作？包住不？你要不包住，我还住养猪场，你让那混沌给我开个门。"

"包住也行，就是……"叶辰犹豫了一下，"家里就正房有两张床，一张我平时睡，一张是那些小神兽睡的，这几天我在外地录节目用不上，你就睡他们的床，然后让他们睡我的床吧。"

他原本想说让狸力睡自己的床，可被娱乐圈带偏后，他的思维方式已然变得污浊，心想狸力也是有人形的，让他睡自己睡过的床不太合适，遂及时悬崖勒马，改口让他睡神兽宝宝的床。

狸力咽下一口白菜，耿直道："这么大院子就两张床？你是不是挺穷的？"顿了顿，他又道，"刚才吃你几棵白菜，瞅把你吓的……"

叶辰捂住胸口，刚想说最近也没那么穷了，跟进来看热闹的狐宝宝就急忙维护他道："辰辰哥哥可穷啦，狸力叔叔别让哥哥买床好不好？"

叶辰刚粘好一点儿的尊严又摔了个稀碎："……"

"不买，不买，别害怕。"狸力意犹未尽，又拱出一个大萝卜，咔嚓咔嚓啃着道，"你这儿这么多树，我自己弄张床就得了，还有那几个……七个小崽子吧？我给你们打七张儿童床，别在一张床上挤了……你还有别的木匠活儿没？盖房子、钻井，我也会。"

叶辰眸子一亮，知道自己捡到宝了。

《山海经》中说狸力"见则其县多土功"，意思是说狸力出现的地方常常大兴土木，根据境灵更详细的说法，狸力擅长建房子、挖掘、做木工，在古时的某几个朝代还当过工部尚书。

想到那个老早就想有的东西，叶辰兴奋不已，声调都拔高了几度——

"那您能帮我打一排鸡舍吗？"叶辰问。

西厢房的养鸡量已经饱和了，但如果有数量足够的鸡舍，叶辰还能再养两百只！

当晚，养猪场丢了一只猪宝宝，叶扒皮的四合院里则多了一位长工。

为保证公平，叶辰丈量过划分给周步初与老龙的菜地，将面积除以二，用麻绳与木棍圈出这么大一块菜地承包给狸力，今后这块圈地中的一切产出皆归狸力所有。

面积本就不算大的一片庄稼地，竟呈三足鼎立、群雄割据之势！

狸力做木工活儿得变成人形，叶辰抽空去夜市地摊上淘了两套男装给狸力，又去家附近小学对面的文具店买了一堆花里胡哨的廉价文具，还照着狸力列的需求清单网购了全套木匠用的工具。

四天后，一个沉甸甸的大号包裹抵达四合院。叶辰接到快递小哥的电话，专程趁午休的空当瞬移回来收快递。那纸箱被卖家用胶带裹成纸箱界的木乃伊，叶辰便取下门框上挂的穷奇的乳牙，一插一划，密密匝匝的几层厚胶如嫩豆腐般无声地破开，里面满满当当地塞着锉刀、锯条、刨子之类的工具。

"李叔，东西都到了！"叶辰捧着纸箱走进东厢房。

狸力的人类名叫李力，人形外观在三十岁左右，是个身高一米九三的铁血壮汉，一身肌肉精壮剽悍，穿衣自带紧绷效果，不动时像座铁塔，动起来就像一座会动的铁塔，五官英俊刚毅，面部线条硬朗得不似刀削斧凿，倒似能削刀凿斧。

叶辰进屋时，李力正坐在一张摇摇欲坠的旧木桌前，用小猪佩奇笔和喜羊羊格尺在小马宝莉系列草稿本上绘制鸡舍的图纸，视觉效果好似一位巨型小学生。听见叶辰招呼，他头也不抬，只专注地绘图，沉声道："知道了，放在地上。"

叶辰就把快递箱放在墙角，墙角堆十来根斩断的圆木，大约有碗口粗细，是叶辰早前种下的那批幽檀树。

幽檀是山海境本土灵植，果实的味道微甜，但口感松散干瘪如锯木屑，每结一批果子，叶辰就采了剁碎掺进粮食里喂鸡。这种幽檀的用处在于木材——木质坚硬轻巧，在潮湿的天气里也不糟烂、霉变，遇火不燃，且常年散发的天然幽香可驱赶蚊虫、白蚁，不怕蛀蚀，是绝佳的建筑材料，幽檀之名也正是来源于这种幽香。

李力打算先给自己打一张床，再在山海境中打一排鸡舍，鸡舍打完了，再慢慢给神兽崽子们和叶辰打床、打桌椅板凳，这四合院担得起"家徒四壁"这几个字，急需添置一些像样的家具。

叶辰蹲在墙角，拆卖家缠在工具上的气泡膜，拆着拆着，手机忽然传来提示音，他漫不经心地低头瞄了一眼，一秒进入战备状态！

那是山海境应用的推送通知。

——"饕餮幼崽现已苏醒，请即刻前往照料。"

"饕餮醒了！"叶辰腾地跳起来，语气神似"狼来了"。

"快去！"李力催他，"小崽子饿急眼了别把种子啥的给吃了。"

李力话音未落，叶辰已进入与东厢房时空重叠的储物空间，微光闪烁的黑暗中，小羊羔似的饕餮宝宝正精神十足地叉着四蹄站着，仰头望着飘浮在半空的灵植种子流口水，一副跃跃欲试的样子。

"欸，您可嘴下留情！"叶辰风速冲至近前，一把捞起饕餮宝宝。

饕餮宝宝："吸溜。"

叶辰好玩道："你的叫声就这样吗？"

饕餮宝宝奶声奶气地叫："吸溜溜！"

叶辰："……"

可以，这很"饕餮"。

饕餮宝宝大约只有叶辰两个巴掌大，长着一身橙白相间的蓬松卷毛，毛色排布类似虎纹，下面四只小黑羊蹄，头顶上有两个卷曲粗壮的绵羊角，两侧的嘴角隐约露出一截獠牙的小尖。由于毛厚，饕餮宝宝看起来很肥，可用手把她压紧变扁了，就知道毛底下其实是小小的一只，撑死也就两斤重，按照体重的五十倍计算饭量，饕餮宝宝一天只需消耗不到一百斤食物，就算全靠花钱买粮食喂，一天一百来块钱也喂饱了。

"吸溜。"饕餮宝宝脑袋瓜一探，一口咬住叶辰前胸的衣服。

"松开！"叶辰惊得脸都青了，"不听话不给好吃的！"

"吸……"饕餮宝宝害怕地松口，衣服没破，只是留下了两排湿漉漉的小牙印。

叶辰双臂平举，让饕餮宝宝悬空，一边做自我介绍，一边把她带出储存空间。

七个神兽小哥哥听说饕餮醒了，都巴巴地等在门外，见小妹妹出世，神兽宝宝们的七双大眼睛倏地变得水亮水亮的，感叹声此起彼伏——

"喔——"

"叫……玄……"

"是小妹妹呀。"

"玄……"

"真可爱！"

"哥……哥……"

"认识一下，这是饕餮，你们的小妹妹。"叶辰把饕餮宝宝高高举着，不敢放下，活像狮子王里举着辛巴受万兽朝拜的老狒狒，"饕餮感觉像男孩的名字，要不叫你桃桃吧？"

饕餮宝宝吞着口水，歪着脑袋瓜道："吸溜？吸溜？"

什么桃桃？清脆爽口的桃桃，还是软糯多汁的桃桃？

叶辰试探着叫："桃桃。"

饕餮宝宝："吸溜？"

甜吗？

这个名字，她好像挺喜欢的。叶老父亲欣慰地想。

"哥哥把她放下来吧，我们看着她，不会让她乱吃的！"犼宝宝急着要和饕餮宝宝玩。

"那你们也得看得住，可别让她把你们也给啃了……"叶辰扭头呼唤李力，"李叔，能不能帮我看下小饕餮？给她焖几锅米饭什么的，我待会儿还得回去录节目。"

看孩子，周步初比较熟练，可金融大鳄这两天工作繁忙，叶辰不好意思耽误他赚钱。

李力放下笔："来了，来了！"

见李力来了，叶辰把饕餮宝宝放下，小东西四蹄刚一着地，就以雷霆万钧之势一头朝地面栽去，"吭哧"一口啃向她馋了半天的石砖！

"别吃！"叶辰抓狂。

"咔嚓"，石头碎裂的响动脆得人牙疼，饕餮宝宝"咯嘣咯嘣"嚼着石砖，被李力一只手提起来，她怕被人夺食，急忙把嚼碎的石屑"咕咚"咽下。

"……"犼宝宝低头看看残留着牙印的石砖，又抬头看看桃桃小妹妹，不禁陷入"将来究竟是谁宠谁"的沉思。

"小羊崽子再乱吃一个？"李力威吓道，"削你哦。"

饕餮宝宝满脸不忿。

叶辰还想再盯一会儿，奈何沈默风发微信来催，只好满心忐忑地瞬移回去录节目。

李力拎着饕餮宝宝的脖颈进厨房，笨手笨脚地给她焖米饭，厨房中时不时传出李力疯癫般的咆哮——

"这灶台……角呢？角呢？！我就转身两秒钟，你那嘴也不闲着！

"这锅底咋还让人啃个窟窿呢？

"得了，反正也啃出窟窿了，你把这锅吃了吧，下次可不行了啊。这迷毂果看到没？带电，危险……让你看！没让你吃！"

…………

"不行，我得先给你整个狗笼子去。"李力被饕餮宝宝气得七窍生烟，正想去打个木头笼子，走出几步，却又一拍脑门，"气傻了，气傻了……关你那笼子就得先遭你的毒手，不是，遭你的毒嘴。"

饕餮宝宝无辜极了："吸溜。"

李力纠结片刻，灵机一动，把饕餮宝宝往自己的脑袋上一放，威胁道："不许离开我脑袋，要不削你。"

饕餮宝宝眨眨眼，缓缓地低头，偷偷衔住李力的一缕头发……

…………

真人秀节目拍摄过半，四位男团"小鲜肉"前几天已离场，飞行嘉宾换过几轮，今天换成了一位叫何臻的"流量小花"。

上午插秧的任务将嘉宾们折腾得够呛，按照惯例，下午的任务设置得很轻松，是在河边用鸭肠与迷你钓竿钓河虾，任务目标是在傍晚之前钓够做一盘油爆虾的量。

河水澄澈清透，映着游移的云与天光，叶辰钓着虾，正心不在焉地想着家里的神兽，耳边忽然传来"哗啦"一声响，紧接着，周围爆出尖叫声。

叶辰抬眸，只见面前河中白浪朵朵，是有人落水。

河水很浅，众人还未来得及着手救人，落水的何臻便"哗"地从河里站了起来。叶辰离她最近，忙伸手去拉她，她湿漉漉地被他拽着一步登上岸，回应众人的嘘寒问暖道："没事儿，没事儿，石头太滑了……我就想离近点儿看看钓没钓上，结果没站稳。"说着，她转向叶辰，道，"谢啦。"

"不客气。"叶辰望她一眼，脸微微一红，匆匆背过身，下意识地为她挡掉几个工作人员的视线。

——何臻上身穿的是一件白色半袖衬衫，轻薄的布料被河水浸透，内里贴身衣物的轮廓与颜色一览无余。

在场工作人员大半是男性，女孩子狼狈成这样，心里不知有多尴尬。叶辰不假思索，立即把上衣脱了，保持背对她的姿势，反手递给她，小声道："挡一下……套上也行。"

"啊……谢谢。"何臻一怔，随即连声道谢，用叶辰的衣服遮住前胸，被工作人员簇拥着回住处换衣服。

"哇——"顾悠悠赞叹道，"叶辰太绅士了吧。"

叶辰帅气地一笑："应该的。"

他身上也就那么一件，但男的打打赤膊无所谓。

叶辰的身材虽没沈默风那么雄性荷尔蒙爆棚，但好在够瘦，皮下脂肪少，肌肉虽单薄，但也能显出形，所以腹肌还是有的。

但有腹肌也没什么用……那腰仍然细得泛着一股脆弱感，让人见了就想伸手握一把。

"我也回去穿件衣服……"叶辰正说着，一件衣服已从天而降飘到他的头上。

那衣服散发着沈默风惯用的香水味，冷冽的、清寒的，和他此时此刻的音色差不多："穿上。"

片刻前还在女孩子面前耍帅的叶辰被沈默风的气息笼罩，秒变小结巴："不……不用，您……不用给我。"

沈默风二话不说，亲自动手，把衣服往叶辰的头上一套。

叶辰像小孩子似的被沈默风摆弄着，半推半就地套上衣服。

这里是热带大岛，才初春，衣服就穿不住了，大家出门都是一件半袖或背心，这么一来，打赤膊的人就变成了沈默风。

叶辰前脚刚穿上衣服，小何后脚就凑上来了，胳膊上搭着两件备用的上衣，问："沈哥，穿哪件？"

长年给事儿精少爷当助理，小何早已练就一身哆啦A梦的本事，随身携带一个家，备用衣物自然不在话下。

"这件吧。"沈默风随手拿了一件套上。

叶辰的视线落在另一件上，支支吾吾道："另外一件，能不能……"

沈默风端详他片刻，使坏道："没穿完呢。"语毕，他顶着堪比北方盛夏的高温，把小何拿来的另一件也穿上了。

叶辰："……您不热吗？"

沈默风一脸泰然自若："沈老师年纪大，怕冷。"

顾悠悠忽然一转身，和江溪月嬉闹互捶。

当天的节目录制在晚饭后宣告结束。

叶辰担心饕餮宝宝搞事，收工后，衣服都没敢换，怕回房间遇上沈默风就走不开了，急急忙忙钻进厕所找混沌印记，回四合院查看情况。

神兽崽崽们在院里玩凤凰抓小鸡，唯独饕餮不在，东厢房中迷穀果光华四照，叶辰还没进屋就听见里面"喀喀"的锯木头声。

"李叔做鸡舍呢，桃桃表现怎么……"叶辰迈进门，被李力锃光瓦亮的脑袋惊掉了后半截话。

"吸溜……"饕餮宝宝郁郁地叫，不住地随李力低头抬头的动作挪动四蹄，在因寸发不生而格外光滑的光头上维系平衡，好似马戏团里踩球的狮子。

"你个小羊崽子，我弹，弹你！"李力把饕餮宝宝抓下来，往结实的羊角上弹了两下，向叶辰告状道，"把你的灶台吃掉一个角，我过几天打个木头角给你补上……还吃了你一口大铁锅！"

叶辰早有心理准备，也没多惊讶，只无力道："人家吃铁锅炖大鹅，你吃炖铁锅……行吧，当补铁了。那您这头发？"

李力继续告状："我看我这也盯不住啊，就把她放在脑袋上了，寻思着她这不就哪也够不着了吗？她可倒好，头发都给我啃了！"

饕餮宝宝被弹羊角了，不太高兴，鼓起小腮帮子。

叶辰不舍得训斥他家小姑娘，噎了片刻，卑微道："啃得还挺光溜，也算是不剩饭……"

美德，美德。

"……你？！她啃得跟狗啃的似的！这是我自己剃的！"李力瞪圆眼珠子，恼了几秒，想着还指望叶辰种灵植，泄气地指指光头，"算了，我不和你扯，我可是帮你看孩子看秃的，算工伤不？"

叶辰忍住笑望他一眼，略感愧疚——原本好端端一位英俊的型男，现在配一条遇水即浮的金链子就能上门帮人要债了。

"算。"叶辰轻咳，"那两棵长成的青丝木，您挑一棵砍了吧。"

青丝木在《山海经》中并无记载，是叶辰为做两千棵植树任务筛选出的四种灵木之一，如今已有两棵完全成熟，第二批栽下的几十棵也在成熟的路上，剩下的几百棵都是树苗。

青丝木的树干生得矮小、敦实，完全成熟后，树身高度也只能达到一米五，但树冠格外丰茂，呈圆形铺展，直径可达六米，绵延如绿云，树形宛如巨大的平菇。树身成熟后，枝条上会开出青丝花，若无外力毁坏，花开可延续整年。那花瓣不似寻常花朵呈片状，而是呈细丝状，条条缕缕柔韧光滑，有风拂过时，花丝摆荡纠缠，除了色彩缤纷之外，其余特质都像极了人的头发，因此得名"青丝木"。

这青丝木有一种相当特别的功效，它的树身与枝条可如滋养花丝般滋养毛发，有刺激毛孔，催动并加速毛发生长的神奇作用，如果使用得当，一周即可见到明显的生发效果。

这年头，脱发、失眠、鼻炎、肥胖已成为当代青年四大"绝症"，微博上若有哪位"大V"抱怨自己秃头，往往会起到"一秃百应"的效果。年纪轻轻的男男女女如英国人习惯聊天气一般，开始习惯性地交流生发的经验与脱发的怨念，大有"没被脱发困扰过的人不足以谈人生"的架势，医疗、IT、设计等领域的从业者更是"脱中脱"，此等生发神物如果普及，不知能救多少绝望的中青年脱离"秃海"。

然而，叶辰面临着一个成本上的问题——

他此前阅读过关于青丝木的种植资料，还抽空用自己小腿上的腿毛做过测试，确认了青丝木对毛发的催生是建立在"灵气大量滋养"的基础上。可青丝木被砍伐后会从活树变成死木，蕴含在木头中的灵气是有限的，散发完就没了，脱发患者想用到出效果需要耗费大量的青丝木，所以，不管叶辰以什么形式售卖，成本都会是巨大的，售价很难压得下去。

更加坑人的是，青丝木不能包治百病，如果导致脱发的根本问题不解决，生发后仍会复秃，毕竟青丝木只是作用于皮肤表面的毛孔，治标不治本。像李力这种意外秃的，用它催生着长一次就完事了，但如果导致脱发的病灶顽固，那患者就得一直烧钱用着青丝木，性价比太低，所以，这东西除了极少数不把钱当钱的土豪，可能不会有几个人买。

李力摸摸光头，道："送我一棵青丝木……行吧，不亏。"

"对了，李叔，正好有个事想请教您。"叶辰没抱太大的希望，只是都说到这了，就把青丝木盈利难的顾虑和李力说了一下，想着万一他有什么办法。

岂料李力一听就乐了，压根就没把这个当成问题："小事一桩，好解决，你早说啊。"

叶辰又惊又喜："我问过周叔，他说不知道怎么办。"

"他能知道什么，他除了赚钱，其他都不会。"李力得意扬扬，"用青丝木做个聚灵阵就得了，青丝木先通过聚灵阵吸收天地灵气，再通过木头本身释放出来，就完事了。"

"聚灵阵？"叶辰忐忑，"那应该挺复杂吧，实际操作起来方便吗？"

"不复杂。"李力摆手，寻觅措辞，过了几秒，灵光乍现道，"金字塔知道吧？我就用青丝木削几根小木棍，然后拼成一个金字塔，戴在脑袋上，就生发。"

叶辰顿时回忆起前段时间微博上很火的一条淘宝"沙雕"商品合集，转发量上万，其中一个商品就是"金字塔能量发生器"，是一种由金属条组成的小型镂空金字塔，可以戴在头上，据店家说是用来帮助修行者加速修行，辅助冥想的，与生发无关。可由于"发生"与"生发"二字太接近，许多网友看成了"金字塔能量生发器"，很是吐槽了一番，就算没看错的那部分网友也都觉得金字塔能量辅助修行实在太"沙雕"了，店主被微博观光团"哈哈"得够呛。

叶辰："……"

我这是真要卖金字塔能量生发器了吗……

叶辰不可置信道："聚灵阵就是金字塔？"

"对啊。"李力乐呵呵道，"不然，但是能不能聚灵，聚完了具体有什么效果，还是得看材料。拿灵木做的金字塔才能聚灵，马路边上砍棵杨树做的金字塔就聚不了。"

只要生发效果真的好，再"沙雕"也不怕，传播时"槽点"说不定还能起到正面作用，毕竟人类的本质是哈哈党……叶辰沉吟片刻，道："那您能先帮我做一个样品吗？我得试试效果……将来如果真的能卖这个，每做一个，我都给您提成。"

灵植是李力做鸡舍和家具的报酬，以后可能还会要他叶辰挖矿，但批量生产产品的话，就不好仗着那一块菜地让李力白做了，况且做一个就有一份回报，他工作起来也有动力。

"行！"李力爽快地应下，美滋滋道，"这回我也赚钱了，省得周步初总说我没钱没钱的，怎么样，老子以后不仅有钱，还能花，眼馋死他。"

生发器的事情暂时敲定了，叶辰着手解决另一个麻烦。

他和饕餮宝宝约法三百章，把什么能吃、什么不能吃给饕餮宝宝讲了一遍，讲完了就开始考试。

叶辰："米饭能吃吗？"

饕餮宝宝兴致勃勃地点头："吸！"

能！

叶辰："地砖呢？"

饕餮宝宝蔫蔫地摇头："溜……"

不能……

"树。"

"溜……"

"馒头。"

"吸!"

…………

为了填饱自家小姑娘的小肚子,还要尽量给小姑娘多吃点好的,这几天如果沈默风醒得晚,叶辰早晨就会偷偷回家组织神兽宝宝们赶海。

是的,回家赶海。

——掌握了这片海域的潮汐规律后,叶辰思来想去,觉得把海开在区区几百平方米的小院里未免浪费,于是干脆让混沌宝宝收起院中的混沌印记,去山海境中找了一片远离庄稼和树林且地势呈盆形的低洼地,让混沌宝宝开了个更大的印记,人工造出一片小型海洋,而且不设禁制。这样一来,每日涨潮时,海水就会裹挟着各式贝、螺、小螃蟹等海鲜涌入境中,退潮时留下一地在黑色腐殖土中满脸发蒙找沙子的海鲜,叶辰与神兽宝宝们有空就来捡一捡,连渔网都省了。

叶辰穿着从剧组顺来的胶靴,将与海水混合的泥土踩得啪啪响,从地上揭下一只大海星,又从泥里抠出一只海螺,丢到盆里。

神兽崽崽们也各自拎着小桶,在泥地里挖各种爱钻洞的贝类生物,或突然掀起石头,捕捉石下惊慌失措的小螃蟹。

饕餮宝宝也不甘示弱,用蹄子到处刨,刨着刨着,刨到一枚硬刺海胆。

饕餮宝宝不假思索,将海胆一口吞进嘴里,牙齿不怕,舌头却被扎得不太舒服,于是她气得"噗"地吐出海胆,猛地一低头,用坚硬度超过金石的羊角把海胆一角砸成了海胆饼！

——也是个暴脾气"萝莉"。

"桃桃过来，吼吼哥哥有好吃的！"犼宝宝眼尖又机灵，是众小哥哥中挖到海货最多的。他拎着装满的儿童塑料桶蹲在海边，用小胖手抓着一枚贝壳浸入水中，搓洗上面的泥沙，洗干净后，往饕餮宝宝的嘴边一递，饕餮宝宝就"咔嚓咔嚓"连壳带肉一起嚼了。

犼宝宝怜爱地抚了抚饕餮宝宝的羊角，小小声地争宠："吼吼哥哥是不是所有小哥哥里最好的呀？"

饕餮宝宝用角蹭蹭犼哥哥："吸吸。"

穷奇宝宝不太擅长找这些小东西，想用海货铺满桶底都难，遂黑着一张面团脸，把塑料桶丢在一边，趁叶辰不注意，化作原形扑通跳进海里。

"辰辰哥哥！"犼宝宝看见，连跑带跳地去告状，跑得兔耳朵一颠一颠的，"奇奇下海了，要被鲸鱼吞掉啦！快把他抓上来呀！"

叶辰嘴角一抽："你们是不是又……"

他斟酌着不知道该用什么词，"争宠"太成人化了，但这几天他看出来了，桃桃在家里基本是个土皇帝，七个小哥哥成天像宫斗似的，都争着给她弄好吃的，连一身傲骨的凤凰都能忍辱负重地去鸡窝偷蛋了，何况嘴硬心软的穷奇。其中最可怜的非玄武与仆累莫属，空有宠妹妹的心，却连偷偷去趟厨房都费劲，只能就哥哥好感度排序的"谁是倒数第一名，谁是倒数第二名"缓慢地进行 battle（战斗）。

非常真实的"七个哥哥往死里宠"。

QQ 空间诚不我欺。叶辰想。

他不太担心穷奇，随着生长发育，神兽宝宝们的能力越来越强，穷奇现在能在陆地上单挑冉遗鱼，海里的普通鱼想必也打不过他。

果然，没多一会儿，穷奇就叼着一尾目测三斤左右的肥鱼蹿上岸，把鱼往桃桃的面前一丢，一声不吭，甩了甩毛就走了，看似从容"高冷"，实则紧张得连翅膀都绷着。

"吸溜——"桃桃乐得直蹦跶，弃犰哥哥的小贝壳于不顾，狼吞虎咽地生啃掉一条海鱼。

"吸溜？"里面还有好吃的吗？啃完鱼，桃桃探着小羊脑袋往海里瞧，见叶辰在逮螃蟹，不到两斤的小毛团无声无息地潜入水中。

⋯⋯⋯⋯⋯

远在万里之外的利古里亚海中，一条成年海鲈鱼正机警地寻觅着猎物。它性情凶悍，体长逾一米，重三十多斤，是这一小片海域中的掠食者阶级，以体型较小的鱼虾为食。

远处，有一团体型娇小的生物游弋在水中，海鲈鱼从没见过如此怪模怪样的海生物，但只看体型，这小东西完全可以成为它的盘中餐，于是，凭借本能朝那小不点游去。

与此同时的另一边，首次捕猎的饕餮宝宝也锁定了她的猎物，顺应着刻在本能中的战斗天性，她把头深深埋下，使弯曲坚硬的羊角朝向正前方。随即，与公牛在冲刺前刨地的姿势如出一辙，她也用前蹄有力地刨了刨水⋯⋯接着如鱼雷般急速冲向海鲈鱼！

海水翻卷，银沙般的气泡打着旋浮出海面，海鲈鱼被饕餮接连几次撞得翻了白，随气泡一同上升，饕餮宝宝轻轻叼住鱼尾，划动四蹄，向山海境的岸边飞射而去。

⋯⋯⋯⋯⋯

岸上众人心情复杂地望着被饕餮宝宝拖上岸的大号海鲈鱼，忽然意识到这几天的赶海除了好玩之外，没有任何意义！

饕餮的饭量达体重的五十倍并不是没有道理的，她的力量会随胃袋的充实程度呈正比增长，饥肠辘辘时只是一只弱小无助但能吃的小羊羔，吃饱喝足时却能徒角击杀比自己大十余倍的敌人。叶辰本来想等她大一些再放她自己去打猎，万万没想到，她这么刚，出生没几天，就敢自己偷偷下海抓鱼……

腹黑的犼宝宝貌似纯真地叫："奇奇呢？奇奇来看大鱼呀！"

然而，装×如风的穷奇大哥已溜出山海境。

为做到心中有数，叶辰决定用水中的冉遗鱼评估饕餮宝宝的战斗力。

目前浣水中的冉遗鱼已繁殖到近百条，数量看着多，实际上也就够饕餮宝宝吃十天，不能当她的主食，只能用来解馋。

冉遗鱼在水中的战斗力会明显增强，不同个体的实力相差不大，可以作为一个直观的战斗力计量单位。下水之后，穷奇宝宝目前的战斗力估计也就是二分之一条冉遗鱼；狸力的战斗力是十条冉遗鱼；周步初不肯下水测试，怕钱被打飞，他本就不擅长战斗，目测最多能单挑三条冉遗鱼；其他神兽宝宝和叶辰本人更不必测试，下水就会被揍成孙子。

"看看我们的小桃桃能打过几条。"叶辰把软嘟嘟的饕餮宝宝轻轻放进水里。

饱食度满点的饕餮宝宝仰起小脑袋吸足一口气，羊角对准一条精悍的雄冉遗鱼，前蹄哗哗刨两下水，随即一路疾风般破开水体，一对羊角直直地撞向冉遗鱼的……腰！

"哒！"冉遗鱼怒吼，还未来得及回身反击，又被羊角挑住狠狠地撞向池壁，挣扎片刻便不动了。

周围的冉遗鱼见状，一拥而上围攻饕餮宝宝。饕餮宝宝敏捷地穿梭在鱼群中，滑出一道道银亮的水线，瞅准机会就斗牛般急急地冲过去突然一刺，用羊角猛顶，水面渐次浮起五具翻白的鱼尸。

"李叔，捞一下桃桃。"见桃桃即将不敌，叶辰连忙唤李力救场。

"吭哧！"李力化作原形跳入水中，用大爪撕开重围，将杀到眼红的饕餮宝宝一把捞起，在岸边手动甩干。

"吸溜——"湿漉漉的羊毛团子被甩得七荤八素。

"桃桃吃饱时战斗力是五冉遗鱼。"叶辰宣布测试结果，猥琐兮兮地蹲在岸边，趁机用小网子捞那翻白的五条鱼，乐呵呵道，"晚上炖鱼汤。"

目睹过饕餮的战斗力后，叶辰允许饕餮宝宝在饱食状态下去海中打猎，除非神话中的北海巨妖降世，否则，她在浅海基本是横行无忌的状态。

为防万一，叶辰与饕餮宝宝约定了打猎的距离和时间范围，饕餮宝宝只能在混沌印记附近有限的一片海域中寻觅猎物，限定区域探索完毕后，就算一无所获，也必须回来休息。饕餮宝宝行事风格虽"硬核"，但肯听山海境主人的话。叶辰给立了规矩，她就乖乖地遵守。

除了安全方面的考虑外，叶辰还吩咐高然归纳总结了一份意大利珍稀海洋动物图鉴，里面囊括了利古里亚海中各类濒临灭绝的珍贵海洋生物与相关法律禁止捕捞的其他海产品，令饕餮宝宝熟练背诵全图鉴，生怕家教不严，养出一只熊饕餮，对现世生态造成破坏。

高然机械地为叶辰完善着珍稀海洋生物图鉴，脑洞开得一发不可收拾。

辰哥打算去意大利度假？那也犯不着查这个啊。

辰哥家的院子别是连着地中海吧？！

……不会的，不会的，我最近真是网络小说看多了……

高然晃晃脑袋，果断地把真相甩了出去。

…………

另一边，工具齐备后，李力打出一张单人床放在东厢房，还以一天三个的超神速度打造鸡舍，鸡舍被放置在山海境的庄稼地附近，排列得整整齐齐，每天都不断有灵鸡乔迁新居。

叶辰探头进西厢房，雷厉风行道："九十一号到一百二十号，打包行李，列队。"

轮到今天搬家的三十只灵鸡用喙叼住自己的草编窝，静默无声，分列两队。

"跟我走，路线踩准，踩偏就要掉队。"叶辰在前面领队，用奇门遁甲计算出的入境路线带鸡们进入山海境。

李力不愧是当过工部尚书的人，连鸡舍都设计得恢宏大气：对开的活木板门，上雕祥云百鸟纹，四角流檐飞翘，整体坐北朝南……

"这帮鸡都是登基待遇了。"叶辰酸溜溜地感叹。

更令叶辰这凡人心生不忿的是，李力出品的鸡舍不止在设计与雕工方面让人惊艳，幽檀本身的木质也能吊打现世一众木材：那乌檀底色上遍布纯天然的赭色木纹，纹理变化奇异，流畅诡艳，且棵棵不相同，如虎皮、如山水、如蛛丝……不一而足。如果盯着那纹理凝神静看五秒以上，纹理便会如有生命的活物般缓缓流动，玩赏性颇高。

如果不是难以提供木材的品种、产地与合法来源证明，过不了林业部门这一关，叶辰都恨不得直接去建材市场租个摊位卖木头。

"……这么好的鸡舍住着，要是还达不到每只鸡日均产蛋三个，你说你们对得起谁，嗯？"叶扒皮向众鸡施加业绩压力。

众老母鸡精神紧张，遍地鸡毛零落。

——苛刻的甲方，令人头秃。

安顿好现存的一百多只成鸡，又打出八张儿童床后，山海境中成材的幽檀已是被李力砍伐一空，打造家具的计划只得暂且搁置，等新种下的一批幽檀成材再说。西厢房空出来后，叶辰索性又从网上批发来一百只小母鸡苗，准备再养一批产蛋鸡，双倍鸡蛋，双倍快乐。

除了鸡舍与床，李力还抽空用青丝木做了几个生发器样品，这东西极其好做，只要把青丝木劈成木条，刨成光滑均匀的细木棍，再将八根细木棍首尾粘或楔在一起，搭成金字塔形即可，如果要卖相好看，还可刷层清漆，不影响吸收天地灵气。

李力这几天从早到晚都顶着金字塔生发器干活，这生发器设计得轻巧且使用方便，唯一的不足之处就是造型"沙雕"。戴着生发器干活的李力远看就仿佛一个傻子，近看就会发现不是错觉，确实像个傻子。

由于李力本身就不存在脱发问题，毛囊健康状况良好，青丝木生发效果也格外好，一周不到，他的头发就长了三厘米，而且不知是不是心理作用，叶辰隐隐觉得他的眉毛和睫毛也变得浓黑了些……

我们家的生发器还附赠睫毛加粗加黑功能呢……叶辰摆弄着生发器，已经开始想广告词了。

…………

转眼间，已是真人秀节目录制的最后一天，有叶"小鲜肉"坐镇，节目各环节的进展魔鬼般顺利，不需要查缺补漏，因此，最后一天拍摄结束得格外早。叶辰悄悄溜回山海境，在幽檀林中巡视。

为方便观察长势，这近两千棵树木，他都是按照栽种日期排布的。他将每天栽下的树木列成种植距离相对紧密的方阵，方阵与方阵之间有固定的距离，方便知晓哪批树大约是什么时期种下的。

周步初栽的树与叶辰载的隔着浣水，浣水东面的是叶辰种的，浣水西面的是周步初种的。叶辰有空时也会去给周步初种的树浇水施肥，参与种植，给予一些神农之力，催动灵木生长。

是我的错觉吗……叶辰打量着这一片半个月前亲手栽下的幽檀，揪下一片细小的叶子，蹲在树坑边攥在手里搓着，暗自思忖。

——近半个月来，境中新栽树木的长势较之以前都算不上凶猛，甚至有些发育迟缓，不止这一片幽檀。只是叶辰这半个月忙得厉害，没太把树的长势放在心上，况且，他也确实看不出树木有什么健康问题，病虫害明显不存在，可能性较大的是肥力不足——随着种植面积扩大，灵鸡粪肥越来越不够用，这批新树，他施的都是买来的普通肥。

可能和肥料有关系？买来的肥效果肯定比不上灵鸡粪肥……叶辰暗暗点头，自觉已找出问题的关键，并决定利用接下来电视剧进组前的几天假期好好料理一番自家树林，重新施一轮肥料。

第 三 章

流动资产轻松破万

翌日，《悠闲的假期》节目组众嘉宾依依惜别，各奔东西。

沈默风主演的电影下个月开机，这次是他一向偏爱的先锋文艺片，注定叫好不叫座。他是奔着拿奖去的。

叶辰接下来要拍的是一部都市爱情轻喜剧，他是男一号，戏份较重。好在两个剧组的主要拍摄地点都在京海，不需要像《问鼎》那样连续两个月跑到山旮旯取景，干什么都不方便。

分别的前一天晚上。

沈默风单手支着头侧躺在床上，挺不爽地道："这破节目组，还不公布神秘嘉宾……我憋一肚子素材，发不了。"

"……您憋什么素材了？"叶辰小心道。

"这段时间你的段子……"沈默风啧啧道，"我三天发一条微博，够发到节目播完。"

叶辰脑仁嗡嗡的。

叶辰讷讷地道："三天……发一条？"

沈默风挑眉："嫌少？"

叶辰："不、不、不！不嫌！"

沈默风一本正经地征询意见："你说我发微博用不用带超话的tag（标签）？带tag，他们方便找。"

"什么、什么tag？"叶辰嘴都吓"瓢"了，"您别瞎闹！"

他知道这九成九是玩笑，可沈默风行事风格实在太强势，带tag对沈默风来说也不是什么绝对做不得的事。

沈默风一笑，伸手拉了一把叶辰胳膊，把他拉近了，道："我过几天进组……明白我什么意思吗？"

"我有空去给您探班？"叶辰恭敬道。

"一两次就算了，如果来得太勤了……"沈默风刻意为难道，

"不怕狗仔？"

叶辰无奈："怕。"

沈默风唉声叹气："各拍各的吧，别互相探班了。"漆黑的眸子藏着一丝促狭。

忽地，叶辰嗅出一丝异常，紧张道："您是不是……有什么计划？"

沈默风"哧"地乐了："你说呢？"

叶辰回想起沈默风"空降"真人秀节目组的骚操作，不信邪道："那您总不可能也'空降'我下一个剧组吧？"

沈默风揶揄道："怎么不可能，我什么事干不出来，说不定我就把那女主角顶了，和你演对手戏呢？"

叶辰几乎被噎死："……"

直到最后，沈默风也没告诉叶辰他要做什么，唯一能确认的是"空降"剧组顶替女主角是开玩笑的。

叶辰幽幽地道："幸亏不是真的，不然我还得抱着昏迷的您在雨中奔跑，肌肉又得拉伤……"

毕竟一个沈哥约等于一个铸铁井盖！

节目结束后，有几天难得的假期，叶辰逮着周步初加班加点，在一天内完成了二号修复任务剩余的植树量，两千棵灵木正式栽种完毕时，任务时间还略有富余。

"我这边第一千九百九十九棵了啊。"周步初一边往树坑里填土，一边严谨地记着数。

周步初话音未落，叶辰负责的最后一株树苗也同时在树坑中立稳了。"嚓"的一声轻响，叶辰反手将铁锹插进土中，又摘掉劳保手套"啪"地往地上一摔，激动道："两千！种完了！"

"我的山呢？我的矿呢？！"叶辰把湿透的额发朝后捋去，急吼吼地摸出毫无动静的手机。

他将屏幕解锁后，山海境 App 的图标呈无法点击的暗色，图标下方是四个白色小字——正在更新。

"……境灵还带系统更新的？"叶辰愣住。

周步初凑过去看，道："估计是灵脉又修好一点儿，境灵解锁新能力了。"

叶辰："境灵 2.0 呗？"

周步初："哈哈，应该是。"

过了大约一分钟，山海境的图标重新亮起，叶辰忙不迭地打开应用，看到屏幕上弹出一个更新提示框。

本次更新内容——

一、修复了境灵无法凝聚出实体的 bug（漏洞）。恭喜用户！境灵可以具现化出实体，与您面对面说话啦！用户可在客服界面召唤境灵的实体！

后面还跟着一个贱兮兮的卖萌颜文字。

叶辰面无表情："……"

其实用户也并没有很想看你的实体……

二、提高了山海境一览功能的精确度与自由度，从今天开始，用户可以在山海境一览中对灵植、建筑、山脉与水体等的位置进行移动，更好地对山海境的布局进行调节，现实中的相应实物会随之移动，目前一天仅可使用移动功能一次。

叶辰缓慢地点头："可以。"

这个功能还算有用，至少对强迫症患者很友好，哪里的作物种歪了，哪座山放的位置不满意了，都能慢慢调。

三、增加了神力泽被范围查看功能。温馨提示：用户神力泽被范围已达上限，请尽快对神力进行巩固增强。

"……什么东西？"叶辰蒙了，忙点击确认，进入应用界面。

界面上确实多了一个"查看神力泽被范围"的选项，叶辰急急地打开。

神农之力泽被——

青丝木 568 棵。

檀木 492 棵。

…………

现世苹果树 10 棵。

现世大白菜 10000 棵。

…………

神力余额：0。

伏羲之力泽被——

成年灵鸡（母）140 只。

成年灵鸡（公）10 只。

…………

神力余额：1327。

叶辰恍然大悟，失声叫道："啊！"

怪不得最近半个月他栽下的树苗生长势头渐趋缓慢，原来是神农之力枯竭了？他种植的作物比豢养的牲畜多得多，而统计中仅作用于动物的伏羲之力确实还剩不少，作用于植物的神农之力则空了，完全对得上。

想想也是，叶辰思索着，即便是神力，那也是一种力量，总得有什么驱动它生成的基础，使用肌肉的力量要靠身体燃烧卡路里，那么，使用神力时想必也有某种对应的、类似"燃料"的东西……

"神力……怎么增强？"叶辰呼唤境灵。

神力不够用，叶辰面临的不仅是作物生长速度减缓的问题。作为只有几个月经验的种植萌新，他之所以能种什么活什么，不被种子成活率束缚，仰仗的就是神农血脉的力量。如果不让他"开挂"（作弊），那些尚未栽种的珍稀灵植种子与幼苗能否一次种植成功就要看概率，运气不好的话，一些灵植可能会因没成活而原地灭绝。

境灵慢声念道："……神农作陶冶斤斧，以垦草莽，五谷与助，百果藏实……尝百草之滋味，一日而遇七十毒……"

境灵："这说的是古神农为凡人做出的功绩。他制作农具，使粮食丰收，果树结实，又尝百草，为人治病，凡人因从他栽种的作物中受到种种益处，而对他心生感激，崇敬膜拜他，信念凝聚成神力……"

叶辰一点就通："我也要用我栽种的作物让凡人受益，对我感激？"

境灵："没错。"

叶辰急道："那我卖的那些冬绒花枕头,帮人不失眠,不算吗？"

"当然算，"境灵道，"不然，半个月前你的神力就清零了，而不是到现在才清零。"

叶辰舒了一口气。

枕头的产量已达到最初的三倍，但一直是上架几分钟内就被抢购一空的状态，是个稳定的神力收入来源。

"帮谢顶的人生发，也能积累感谢的吧？"叶辰谨慎地确认，"按这么说，凡人吃到我种出来的灵植，应该也会增强我的力量吧？

神农不是也教凡人种庄稼了吗？"

境灵确定道："是的，都可以，神农之力覆盖的范畴很广泛。"

叶辰摩拳擦掌，准备待会儿就把生发器上架，这几天李力利用零碎时间就做出三十多个了，集中产出一定更为高效。

"我明白了，那我的山和矿呢，可以领了吧？"叶辰心里有底，暂时将这事抛开。

境灵："可以，请用户自行领取鸟鼠同穴山大礼包。"

叶辰打开山海境一览，右侧的道具栏果然多出一座山与一条河的图标，应用升级后，界面画质也有所提高，山水作物较之前粗陋的图形多出一些细节，不再歪七扭八。叶辰将全境缩略图局部放大，发现菜地与树林也根据植物品种被细化出了不同颜色与大概的形态。

简而言之，大约就是从幼儿园简笔画升级成了像素风农场游戏的感觉。

位置不满意，还有机会改，叶辰就没太纠结于选址，随手将道具栏中的鸟鼠同穴山拖动到一块距离现有资源较近的空地上。他按下确认键后，境中对应区域无声地隆起一座约有三百米高的小山。山体与境中绵延万里的平原一样，秃得惹人怜爱，毫无生命迹象。

虽说眼下是秃的，但经适当改造后，栖息地位于鸟鼠同穴山的灵兽们就能在山中繁衍生息了。

叶辰抬眸打量片刻，又将记载中发源于鸟鼠同穴山的渭水拖到山上，拖动完成后，原本圆润的山顶立即被削平了一小块，这渭水在山上大约是类似天池的效果。

毕竟现在只有它一条河，也没地方可流，只可能让它往浣水里流，可《山海经》里也不是那么写的，两种毫不相干的水体混融，冉遗鱼怕是要活不下去……

"矿在山体东面……"叶辰茫然，"这里哪面是东？"

天上八轮残日胡乱飞，靠太阳东升西落原则或植物阴阳面来辨认方向根本不可能。它们的运行规律混乱得就像八条不牵绳的哈士奇，叶辰几个月都没摸清。刚开始他还忍不住乱操心，怕它们在天上撞车，再炸个太阳，但转念一想，自洪荒时期后羿射日并把残日一股脑地倒进山海境后，几万年过去都没撞过车，现在肯定也是不会撞的，于是心里也就踏实了。

"我带你过去，鸟鼠同穴山我熟，我在那儿挖过矿。"正在附近砍青丝木的李力把斧头一丢，脱了衣服，化作猪身禽爪的原形。

当真是"丰年留客足鸡豚"，鸡也是你，豚也是你……

叶辰翻身上猪，李力迅猛平稳地跑起来，没一会儿便绕到山体东侧。此处的土质与其他地方有些差别，土色青灰，土壳坚硬光滑。叶辰从李力的身上下来，见他一爪抓下，土壳应声碎裂，露出一点儿蜜色的原石。

"快、快，李叔，给我挖一块。"叶辰目光灼热，"等过几天进组，我给我的经纪人看看，我说我家有矿，他不信。"

李力哼笑，用锋利的指甲生生地抠出几块原石，小的只有拳头大，大的堪比脸盆。随即，李力用指尖刮下外层的石壳，内里露出的白玉柔润光洁，打眼看去，简直像是蚌类从壳中翻出的一丝晶莹的软肉。

叶辰从李力的爪中接过白玉石，喜不自胜地摩挲着，喃喃道："白玉怎么卖呢……肯定得做点东西，直接卖玉石，打不开销路。"

待会儿查查这种玉石有什么功效，最好能保证又赚钱又赚神力……叶辰想。

亲眼看见玉矿，叶辰心里安稳下来，不急着研究与玉石相关的新产品，而是回房间打开笔记本电脑，动手做生发器的宣传图，打算先把现有的商品上架再说。

这段时间他卖枕头攒了一万元，阔绰地办了宽带，已不必再去咖啡店蹭网了。

············

两小时后，生发器宣传图制作完毕，叶辰一番娴熟操作，在店内上架，登录微信小号开启忽悠模式……

家有一老如有一宝："各位朋友，今天本店从厂家购进一批全新产品，是一款负离子理疗生发器，有脱发困扰的朋友请留意一下。"配上生发器图片。

春华秋实："怎么像金字塔？生发的原理是什么？"配上捂嘴笑图片。

家有一老如有一宝："这款生发器融合了德国最先进的负离子技术，它的外形看似简单，材质却经过专门的离子化处理，能够通过不断产生负离子来达到养护头皮、刺激毛囊、促进毛发生长的作用，只要每日连续佩戴十小时以上，七天之内即可见效，无效或效果不明显的话，我们是可以给您全额退款的。"

家有一老如有一宝："一个生发器的价格是三百一十八元，给群里老客户的优惠价是二百八十八元，让利三十块钱！自己用完，还可以借给亲戚朋友使用，相当划算，借给十个人用，平均每人只要二十八块八毛钱即可生发，比动辄几千上万的植发手术划算百倍。我的叔叔原本饱受谢顶困扰，自从用上这款负离子理疗生发器，头发长势喜人，发质也好，你们看看，这哪像一位老年人的头发？"

说着，叶小骗子很缺德地发了一张李力被桃桃啃秃之后的照片，旁边是宋体正红描金边的三个大字：使用前。

接着，他又发了一张今早给李力拍的照片，仍旧有着配色辣眼睛的三个大字：使用后。

在沈默风以外的人面前，叶小骗子忽悠起人并不眨眼，一套行骗词说得顺畅如行云流水，一泻千里。

人生如茶："非常相信你们辰辰健康养生坊的产品！（配上点赞表情）但是上年纪了，不太关注脱发的问题了。"

寻一份风景："习惯了烫头，也能显得发量多。"配上微笑表情。

人过半百，脱发问题普遍存在，但由于过度普遍，又不痛不痒，中老年人的生发诉求明显不如年轻人迫切，购买热情远逊于催眠枕。

叶辰眼珠一转，将炮火转向另一群体……

家有一老如有一宝："现在年轻人普遍学业工作压力大，有些二十几岁的小年轻，脱发问题比我们这些上年纪的人还严重。"

——十九岁的小年轻如是说。

你们不要生发，你们的儿子女儿还不要吗？！

明天会更好："说得没错，我闺女寒暑假一回家，家里哪哪儿都是头发。"

淡然："我儿子也天天嚷着什么发际线高。"

叶辰充分沉浸到老父亲的角色中："是的，像我们家族就是有这方面的遗传，我儿子年纪轻轻的，头发就已经不多了，他和他叔叔一样，都在使用自己家的产品，一来见效快，二来仪器是通过理疗的方式生发，无须涂抹或服用，不担心药物带来副作用，用起来更放心。"

玄武宝宝正扁扁地趴在叶辰的腿上打盹儿，是脸盆大的原形，叶辰抚摸着玄玄光溜溜的乌龟脑袋，拿起桌上的生发器轻轻扣到玄玄的小脑袋瓜上，良心得到滋养。

见煽动得差不多了，叶辰沉稳地打出亲情牌："年轻人比我们更注重外表，但又不像我们懂得照顾自己的身体，为子女买一份好用的生发产品，子女就算嘴上不说，心里也都记着，现在下单还会获赠精美生发器收纳盒一个，收纳盒数量有限，是送完即止的。"

零零星星的，开始有人下单了，下单势头不算猛，但由于店铺有口碑基础，前几天又荣升五心店铺，还是比最初卖枕头时顺利得多。

叶辰在群里煽风点火巩固了一会儿，复制下聊天记录，辗转到另外几个中老年群中粘贴群发，一直忽悠到三十七份存货售空才罢工。

二百八十八一个，三十七份的营业额就是一万零六百五十六元钱，除去收纳盒、外包装、快递，及给李力的百分之十五的营业额提成，叶辰能到手七千多，流动资产轻松破万！还有帮助凡人解决脱发困扰收获的神力。

叶辰号叫起来："嗷——"

玄玄吓醒，"咻"地龟缩入壳，龟脑袋全缩进脖子里，只外露一双圆圆的眼睛，紧张地盯着叶辰。

穷奇大哥忙把玄玄抱起来，一下一下地抚着龟壳，淡淡地道："别怕。"

"哥哥卖金字塔赚了多少钱呀？"狁宝宝探过来小兔头，把圆脸蛋儿往叶辰的小臂上一搭，研究手机屏幕上的数字。

"喀，七千多吧。"叶辰虚虚地握拳抵在唇上，摁住不老实的嘴角，深沉道，"小场面，哥哥这半个月拍的真人秀节目一季片酬一千五百万元……就是到不了哥哥的账上。"

穷鬼也是有装 × 需求的好吗!

"一千五百万元等于多少冰激凌哪……"犰宝宝正掰着小胖手算数,却与其他宝宝一起被叶辰抱出门外,放到院子里。

"小朋友们在外面玩一会儿,哥哥还有工作没做完。"叶辰严肃脸,并将门反锁。

两分钟后……

叶辰从地板上爬起来,面颊潮红,头发凌乱,种地专用旧夹克上还残留着夹克主人片刻前满地飞旋滚动蹭上的灰。

"咦,嘻嘻!"他甚至露出了坏笑!

…………

一个个做工细致的生发器被收纳入盒,又被连盒放进印有"辰辰健康养生坊"字样的厚实包装袋中,在快递小哥手中一道道接力,送入顾客家中。其中一个包裹便来到了一位名叫林玉梅的女士手中。

这位林玉梅女士家在一线城市,是当地土著,早年投资过几套小房子,搭上了房价飙升的顺风车,闲钱多,又无事可做,眼下兼职收租,全职养生,是各式神奇三无保健产品的忠实拥趸。

她正蹲在门口拆快递,下楼遛狗的儿子就回来了。

张邵远今年二十四岁,职业游戏主播,颜值在众多游戏宅男里算高的,奈何祖传的秃顶在他这一代或许是受熬夜、吸烟等不良习惯影响,发病异常早,二十岁即初见端倪,二十四岁已是惨不忍睹。他到处求医问药,甚至忍痛尝试规律作息,然而都收效甚微。

他的秃,是被写在基因里的。

"快来,快来,"见儿子回来,林玉梅忙招呼道,"这是从德国进口的生发器，据说运用的是负离子理疗原理，一天佩戴十小时，七天之内就能见效……"

"……"张邵远瞥见那"沙雕"玩意儿，头皮一紧，顿觉毛囊又阵亡一片，"这不就是几根破木棍吗？您说吧，这回这骗子又忽悠走您几千元？"

"什么几千元，才二百八十八元，实惠，还送收纳盒！"林玉梅出手如风，把生发器"嗖"地往儿子头上一扣，警告道，"你给我戴着啊，不满十小时不许摘。"

张邵远嘴角抽搐。

他妈没少为他的英年早秃奔波，可惜都没奔到正地方，求发心切，常常挨宰：之前花几万元给他买过"包治百病自然也能治疗秃头"的频谱房，其实就是一间配电暖风的窝棚；买过三个疗程的祖传生发液，抹一次就约八百块钱，头皮越抹越光洁细腻，似乎起到了紧致毛孔的功效，发根愈发"自闭"；最离谱的是，还买过几千块钱一顶的等离子生发帽，号称能通电加热，强势激活毛囊……

强势！

张邵远："妈，您知道什么是等离子吗？他要真能把这帽子加热成等离子态，我这脑袋估计也完了，妈。"

林玉梅静静地盯他片刻，瞄准，上膛，一枪爆头："要不是你天天熬夜玩手机，我需要操这心吗？天天就知道熬夜玩手机！不玩手机，你能秃成这样吗？！"

张邵远："……"

这次好歹是负离子，不是等离子，张邵远想，大不了进屋就偷偷摘了。

"这和你说好用的那个枕头是从同一家店买的，枕头那么有效果，生发器肯定也不能差了。"林玉梅补充道。

张邵远瞪大眼："枕头那家啊？"

他常年熬夜，睡眠质量较差，有时熬过头了，干脆一宿都盯着天花板睡不着。结果两个月前，林玉梅偷偷把他的枕头换了。他猝不及防夜夜睡如死猪，还当是每天坚持出门遛狗十五分钟的运动开始见效了，直到一个月后林玉梅得意扬扬地透露自己偷偷给他换了保健枕，他才恍然大悟。

那枕头是他妈前前后后共花了二十多万元买的众多保健品中，唯一真正有效果的东西，才八十九元一个，卖家岂止是有良心，简直就是有一颗金子般的心，现在他们一家三口人手一个保健枕。

如果是那个卖家……

张邵远回房间，把生发器摘下来，还是怎么看怎么"沙雕"，犹豫片刻，想想堪称奇效的枕头，决定试试，反正再坏，也不会比现在坏。

于是，张邵远摘下了出门与直播必戴的假发套。

他是地中海式秃顶，头顶光可鉴人，四周的毛囊倒还坚挺。他对头发有执念，两边的舍不得剃，也不大舍得剪，留得略有些长，四舍五入，约等于双马尾。

他把生发器戴在摘掉假发后的头上，开始动手剪辑游戏视频。

…………

一周后。

晚上九点直播时间到，张邵远顶着一头精神的圆寸打开直播间的摄像头。

他是某著名游戏视频平台的人气主播，前段时间账号刚突破百万粉丝大关，视频接通的一刻，"水友"（看游戏直播的观众）们都惊呆了。

"欸？之前的日系小哥哥哪去了？怎么剃得这么短？"

"圆寸啊！圆寸才是男人的浪漫啊！"

"……你们是来看游戏，还是来看人的？"

"爱剃什么剃什么呗，今天玩《××》吗？"

张邵远轻咳一声，拿起生发器扣在头上，坦荡道："以前那都是假发，现在短归短，都是真的。"

他也喜欢长一点儿，不过现在中间就长出这么长，而他已经迫不及待地要向"水友"们炫耀了。

熟悉他的粉丝并不惊讶——"张邵远秃头"在游戏直播圈都被玩成哏了，起因是他总在微博上抱怨脱发严重，还隔三岔五晒他妈买给他的各种"坑爹"生发产品，在直播间现场展示等离子帽和包治百病的频谱房，边用边疯狂吐槽，欢乐贫逗比相声还好笑。等离子帽那个吐槽试用视频还获得过"微博万转"成就……所以，他虽然没晒过秃头照，但粉丝都知道他脱发严重，全靠假发维系颜值。

"我不是一直脱发严重吗，"张邵远在头上比画了一下，"以前这儿，这一片，全是空的，结果上周我妈又给我买了个生发器，说七天保证见效，我就背着你们暗地戴了一个疗程。令我没想到的是，我妈居然搞到真的了……"

"搞到真的了？"

"怀疑主播不知道'搞到真的了'是什么意思，哈哈。"

"哈哈，'沙雕'主播戴的什么'沙雕'东西。"

"这不是之前微博上那个金字塔能量发生器吗？店主加大加粗

强调'是能量发生器，不能生发'那个。"

张邵远摘下生发器，在镜头前展示了一下细节，解释道："和那家的不一样，这个真是生发器，而且我以人品担保，真的有效。我之前还想再给你们做一期保健品吐槽的视频呢，做不了了。"

这时，有人现身说法道："我妈前天也给我买这个了，逼我戴，平均十分钟冲进我卧室检查一次……但是确实有点用，我斑秃那几块地方今天早晨长了一点儿头发，我打算用满七天试试。"

见又有人现身说法，有同款困扰的"水友"们开始询问店铺名了。

张邵远大大方方地道："叫'辰辰健康养生坊'，他家神了，店里就卖两样东西，一个生发器，一个能催眠的枕头，枕上三分钟，让你睡成死狗。但那个好像限量，一个月卖不到两百个……你们肯定抢不着，我妈加的那个中老年群，里面那帮大爷大妈都定闹钟抢。"

"主播，你说实话，这店是不是你家开的？"

张邵远就知道有人会这么问，淡定道："不是，我要是宣传我家的店，货肯定得多备吧？那家店生发器的库存显示就一百多个，你们看着吧。以这店家的风格，卖完估计就得等。"

弹幕还是零星有几个人说他是收钱打广告了，他也懒得多解释，他与脱发奋战多年，深知那种四处求医却收效甚微的无奈，以及自信被这种令人啼笑皆非的原因缓慢蚕食的痛苦。他也没想太多，只是想给同病相怜的人带去一点希望。

"这个店名好亲切。"

"亲切+1，还以为是我家小'爱豆'（偶像）开的，哈哈。"

"+1，而且店里就两种商品，其中一种还每月只上架不到两百个，也不像是为了赚钱而开店的啊，容我放飞一下脑洞……"

"噗，一秒解码！想象了一下那个谁背着经纪公司偷偷开网店包装'沙雕'生发器的样子，傻中竟然透着一丝萌。"

"前面的，敢说那谁傻，那谁谁三天之内干掉你啊！"

"哈哈，是那个为了那谁连呛媒体三条的那谁吗？"

"……前面的，注意弹幕礼仪，不要刷无关人员，专注生发，啊，呸，专注主播。"

…………

传说中的"那谁"对此毫不知情。

他只知道从十分钟前开始，他网店应用的后台突然之间毫无预兆地炸了！

订单忽然大量涌入，生发器库存锐减，区区十分钟内，几十位买家陆续来咨询，聊天界面卡爆。

这是电视剧开机后的第三天，当日拍摄已经结束，叶辰正在回家的路上。由于与顾秋同坐后排，他不敢让喜悦流露得太明显，忍笑忍到肌肉酸痛，运指如飞地解答买家们的疑问。

在为顾客们提供产品答疑的同时，叶辰也顺手做了一下传播渠道调查。

客服辰辰："冒昧地问一下，亲亲是通过什么渠道知道我们小店的呢？"

——"你被游戏主播推荐了，哈哈！"

——"著名秃头兔仙人今天晚上直播的时候推你家生发器了。"

叶辰于百忙之中抽空打开某视频应用，搜索账号——兔仙人。

拥有一百万粉丝的人气主播。

叶辰面部肌肉微微抽搐，忍住笑，忍住笑，再忍住笑："……"

哇！要有钱了啊！

顾秋目光如刀，这么一会儿已经把叶辰从头到脚刮过几遍，见他脸都快憋得抽筋了，终于忍不住开口："你……"

是不是谈恋爱了？

精妙的忍笑平衡遭到外界干扰，叶辰一秒破功："嘻！"

顾秋："……"

一秒后，叶辰火速管理好表情，转向顾秋，无辜道："怎么了，秋哥？"

顾秋"生无可恋"脸："谈恋爱必须向公司报备，你敢瞒着，到时候出问题了，别说我没提醒你。"

沈默风"空降"真人秀节目组的事，顾秋也是后来才知道。之前沈默风对叶辰的照拂尚可解释为业内前辈随手提携看得顺眼的新人，可素来挑剔、高傲的沈默风竟会接下这档以花式戏弄嘉宾为卖点的真人秀节目……

顾秋回忆起前几天沈默风发的那张自拍照。

四十五度角的俊美侧脸，刻意露出左耳上的一枚黑曜石耳钉，配文只有两个字。

——抢的。

顾秋在炸裂的评论区里看到组合粉狂发叶辰在综艺节目中右耳戴同款耳钉的截图，下方是整齐划一的评论——"妈妈不允许，罚你赔给辰辰一百对。"配上怒和抓狂的表情。

顾秋思来想去，越想越怕，生怕姓沈的来他家拐小孩。

显然，顾秋的思维方式已经被粉丝们彻底带歪了……

叶辰笃定："真没谈，您放心。"

这么一会儿工夫，又是几十条消息轰炸，叶辰不敢晾着买家"爸爸"们不管，又怕顾秋窥视，遂将上半身缓慢地旋转九十度，拧着腰与顾秋保持正对，埋头激烈地敲字，眸子水亮水亮的。

顾秋恨得直磨牙，在脑内揍扁了一百个老流氓。

客服辰辰："是的，全国包邮呢，亲亲。"

客服辰辰："质量绝对有保障的，七天无效，全额退款呢。库存只剩最后十二个，现在不下单，可能就要等补货了，亲。"

叶辰敲字不停，心算了一下这批生发器的利润，这批顾客都没有微信群截图，是以三百一十八元的价格买的，叶辰能净赚三万多。

由于在中老年群中推广效果平平，叶辰没催促李力囤货，满以为两百份够卖个把月，没想到会有良心主播帮忙免费推。

估算完这一大笔进账，叶辰激动得面颊透红，顾秋冷眼端详着，又急又怒："……"

这个老流氓跟我们小孩子说什么"骚话"了？！顾秋的脑洞越开越大，懊丧地抓着头发，恨死了当初鼓动叶辰抱大腿的自己。

这时，车停在了叶辰家门口。

叶辰抬眼，见顾秋愁得抓耳挠腮，掏心掏肺道："秋哥，你是了解我的，我跟你向来有一说一，从不撒谎，我说没谈恋爱，就是真没谈恋爱。"

顾秋啐道："喀——退！"

叶辰跳下车，从后备厢里搬出一块大石头，屁颠屁颠地转回来，往顾秋的腿上一搿："你猜这是什么？"

"……"顾秋怒目，"你别告诉我是你家挖的矿！"

叶辰理直气壮："就是我在我家矿场挖的矿！你翻面看看！"

顾秋猛力一翻，大石背面被锋利物削去少许外壳，露出巴掌大的一片玉料，质地细腻柔润，白如凝脂，夜色下荧然有光，再不懂玉的，也能看出这一大块原石能卖不少钱。

"我不是说过有机会就给你捎块原石玩玩吗？"叶辰慷慨道，"送你了。"

顾秋一时失语："……"

叶小骗子无耻地道："言出必行就是我的人生准则。"

"去、去、去，拿走、拿走！"顾秋搬起原石往叶辰的手里一塞，"甭贿赂我，少背着我搞事，我就谢谢你了……都快让你气出高血压了。"

叶辰沉吟片刻，诚恳道："这玉，能降压。"

顾秋"砰"地摔上车门，小轿车绝尘而去。

叶辰抱着鸟鼠同穴山产出的降压玉，屹立在车尾气中："……"

我好不容易说句实话，他居然不信！

·············

生发器一夜之间销售一空，库存清零，商品自动下架，叶辰在店铺首页发出公告，表示明天会再上架一批。公告一上，店里清静下来。

叶辰催促李力补货，与他约好明晚八点前产出至少五十个，同时趁网络热度未退，登录微博小号做宣传。

网店通过审核后，叶辰注册了一个全新的微博号，打算用来做网店运营，微博 ID 就叫"辰辰健康养生坊"，里面的内容干净得很，不怕被扒"马甲"。

微博上，游戏主播兔仙人碰巧发了一张戴着生发器双手合十的自拍照，配文是：连睫毛都变浓密了是我的错觉吗？

下面的"亲"粉丝："是的，宝贝。"

"是错觉。"

"建议挂眼科。"

辰辰健康养生坊："不是错觉哦，小店的生发器在一定程度上也可以加速睫毛的生长，感谢您用心的评价。其他对小店生发器感兴趣的朋友，可以戳进主页看一下，有抽奖活动哦。"

"亲"粉丝们："欸，你怎么为了做生意不要诚信的？"配上狗头的表情。

"啧，虚伪！"

"刚下完单，最好是真的有用……"

叶辰斟酌片刻，编辑了一条抽奖微博，对生发器的原理一笔带过，怕口碑没稳住，先被人质疑，重点展示了目前仅有的几条买家真情实感的好评截图、生发器的高清"沙雕"大图，以及上架时间，至于抽奖的奖品……

辰辰健康养生坊："……七天后抽取十位幸运用户，赠送店铺十元优惠券；三位幸运用户，赠送店铺三十元优惠券；一位幸运用户，赠送店铺五十元优惠券！"

反正不管中了几等奖，都得来店里买东西！

"……"大家都被叶辰惊天动地的抠门震惊了。

"Hello？连一等奖都是优惠券吗？"

"我真傻，真的，我只知道某家网站转发抽奖一块钱就是最抠门的了，我不知道还有更抠的，一块钱都不给……"

"我不是想抽奖，转发一下罢了。"

无论目的如何，这条微博算是被趁热转起来了。

"对了，抽屉都做完了，给你安上了。"李力加班加点地刨着青丝木，"纸箱里那堆耳钉，我都给你倒进抽屉里了……你买那么多耳钉干啥，你店里还要卖耳钉啊？"

"不是。"叶辰耳朵倏地一热，"朋友送的……"

快递是昨天邮寄到家的，一百对男式耳钉，各种牌子、款式，没有重样的。

内附手写卡片一张："他们罚我赔你。"

李力乐道："就那谁送的呗。"

东北人说话总是那谁、那啥、那什么，常常不说明白，但彼此能听懂。

叶辰左右看看，指尖挠挠面颊："嗯……叔，我帮你刨木头吧，你教教我，明天上架，多卖一个是一个。"

第 四 章

不怕贼偷，就怕贼惦记

第二天，身为男一号的叶辰又是一整天的戏。

与影帝合作过两个多月的对手戏，还时常被沈老师小班授课，这种时装剧，叶辰驾驭起来游刃有余，甚至还能稍微带一带其他演员。

与他搭戏的女主演叫毕安安，人气相当极端，粉丝狂热，忠诚度高，可除去规模庞大的粉丝群体之外，剩下的不是"专业黑"，就是"路人黑"，被曝光的黑料多得几乎能写本书。

叶辰和毕安安不熟，进组前没见过真人，但这么短短几天接触下来，对她印象倒不坏，只是觉得她……有点奇怪。

"咔！"导演大手一挥，"过了，准备下一场。"

下一场是叶辰与毕安安的对手戏，叶辰去休息区找人。

毕安安在一把风格慵懒的藤条躺椅上正襟危坐，低头看书。见叶辰过来，她"啪"地把书本一合，塞进脚边的包里。叶辰眼尖，认出那是一本物理教科书。

还是初二（上）的……

叶辰想起关于毕安安流传最广的一条黑料：那是她去年上综艺节目时，节目中有一个难度并不算高的答题环节，她在这个环节中暴露了智商——她不知道牛顿是谁。

"牛顿！"主持人声嘶力竭，"牛顿！万有引力！你没听说过吗？！"

毕安安嘴唇微微张着，目露痴呆："没啊……"

主持人捂脸大叫："这世界上居然会有人不知道牛顿！啊——"

此事一出，毕安安又被全网嘲笑了一番，有的说她肯定是连初中都没念完的"小太妹"，有的说她立傻白甜人设立崩了，而她从未对此事进行过回应。

叶辰装作没留意那本物理书，笑笑道："下场戏要提前对一下吗？"

"呃，好。"毕安安点头。

叶辰坐到她对面的椅子上，对戏对得心不在焉，目光止不住地往她脚边的包包上瞅——粗制滥造的淘宝爆款，目测单价不会超过一百元……

不是真的吧……叶辰心头一颤，蓦地涌起一股穷鬼惜穷鬼的亲切感。

钱——这是毕安安的另一大槽点。

她自出道后，一直致力于公益事业：前年某省七级地震，她购买帐篷、药品、速食，花了几百万元；到处援建希望小学，投入不计其数；她有以自己的姓名命名的妇女儿童权益基金，为遭受家庭暴力的妇女儿童提供诉讼费用与短期生活费……如此种种，不一而足。

虽说都是好事，但她做得太高调，甚至被曝出过因捐赠过多导致生活无以为继，在演艺工作空档偷偷做送餐小妹的猛料——大多数人不相信世上真有人会蠢到这种地步，纷纷认定是她作秀卖惨炒作，骂她是虚伪的圣母骂得不亦乐乎，可她坚持我行我素，被骂得再狠，也没断了做公益。

难道真干过送餐……卖菜小哥背两句台词，就忍不住偷瞄对方一眼，很想和送餐小妹兄妹相认一下。

放在以前，叶辰不会在意这类捕风捉影的传言，只会认为是造谣，抑或是毕安安特立独行，性格与常人不同，但自从接手了山海境，他想事情的维度就被拓宽了，任何不太合常理的现象在他眼中都多了一种可能。

自从在养猪场意外地捡回李力后，"有一些伤愈的神兽正流落在外"的确切认知令叶辰的警觉性再升新高，而"连狸力的人形都是英俊的型男"的事实则令他看见一个颜值高的活人就恨不得扒了人家的"马甲"逮回家种地，实属"叶扒皮"。

其实，按颜值来初步判断的话，沈默风的嫌疑相当大，可灵气食材他吃不出来，神兽宝宝站在他眼皮子底下，他也看不见，被排除嫌疑。

沈哥比神兽还好看，但肯定和神兽没关系，叶辰无比笃定。

叶辰专注地搜索起毕安安的八卦，分析她的行为模式。

从凡人的角度来看，神兽的一些怪癖是难以理解的，譬如周步初视财如命，凡人看了，可能会认为他就是性格吝啬，但叶辰知道，神兽的一些怪异行为不是因为性格，而是出于本能，甚至是生理层面上的客观限制，难以随环境变化或年龄增长而更改，所以"行为"是识别神兽的关键之一。

如果看名字——毕安安，根据谐音，接近的神兽有两种……如果是那种神兽，行为也就差不多能解释了……叶辰翻着毕安安的八卦帖子，脑洞大开。

当然，叶辰不会因为这些就认准毕安安是神兽，但他想试试——境灵的第三个修复任务很艰巨，那个坑货给了他一张鸟鼠同穴山被夷为平地前的详细鸟瞰图，勒令他在四个月内还原鸟鼠同穴山的生态环境，包括灵植植被的分布、大致数量以及几种灵兽，还要成功地繁殖渭水中的几种灵鱼，奖励则是……另外一座大山。

叶辰算是看明白了，境灵给的山水地形既是任务奖励，也是任务本身。他得到的地形越多、越广阔，任务也越艰巨，所以，他急需抓神兽壮丁，宁可是自己想太多，也不能放过。

叶辰揣回手机，打算明天给毕安安带几个灵气苹果，试试她吃不吃得出异常。

可怜的毕安安完全不知道，坐在她对面的貌似绅士礼貌的叶"小鲜肉"，满脑子都是想着抓她去种地……

…………

毕安安演技不差，与叶辰搭档还算顺利。电视剧拍摄节奏快，导演的要求也没有电影高，两人一鼓作气过了几场戏，转眼已是中午，生活制片拉着一车盒饭来了。

毕安安仿佛老远就闻到饭香，昂着头，眼珠贼亮，活脱脱就是几个月前吃不饱饭的叶辰。

"辰哥，几盒？"高然小声问。

叶辰扫了毕安安一眼，怀疑更甚，道："一盒就行。"

小日子越过越滋润，他已经不需要让神兽宝宝们蹭剧组的盒饭吃了，毕竟也不怎么好吃。

叶辰一边心不在焉地吃着饭，一边忍不住给沈默风发微信，问今天能不能去他剧组探班。

沈默风："我这边刚收工。"

显然是夜戏熬了一整宿加一个上午。

叶辰："那您快回家休息，我明天去探班，可以吗？"

沈默风坐在车后排，咬着烟嘴笑了一下，吩咐司机改道。

"黑风老妖"要吃小孩子了！

叶辰："那明天见？"

沈默风："我现在过去，一点钟到，方便吗？"

叶辰难得在沈默风的面前强硬一把："不行，您马上回家休息。"

片刻的安静后，沈默风干脆一通电话打了过来，玩笑道："行啊，小朋友，敢指挥我了。"

"不是，"叶辰不安地绞着衣角，"是怕您累。"

沈默风的声音压得很低，还有些闷，像是用手拢着嘴巴和手机："我困过劲了，现在回去也睡不着，不如上你那转转。"

叶辰攥紧手机，乖顺道："好。"

"给你带好吃的，中午想吃什么？"沈默风的语气软下来，"……吃完了？剧组的盒饭？不用给我留……我给你带点心，回家慢慢吃？"

．．．．．．．．．．．

一点钟，叶辰去外面把沈默风带进剧组。

剧组在这边取景的戏份少，拍摄地用不了多久，加上叶辰比较好说话，休息室也就安排得敷衍，两位主演合用一间。叶辰见沈默风不带助理，还戴着口罩，猜他不想张扬，便提醒他休息室可能有别人。

沈默风闻言，四下扫视一圈，推开道具间的门，探头看了一圈，笃定道："这里没人。"语毕，他把叶辰拽了进去，晃晃手里的餐盒道，"你最爱吃的那家点心。"

"我……"叶辰视线无意识地一转，恰恰对上角落中的一双眼睛，顿时惊得差点把舌头吞下去，"有人……"

"哪呢？"沈默风不信地回过头。

这屋子很空，他方才一眼就看了个遍，别说人了，连道具都没几件，还都是些没人要的破东西，明显是闲置状态。

——然而，此时此刻，毕安安确实正坐在墙角。

她双腿并拢，平放在地上，腿上叠放着两摞共七份盒饭，手里还拿着一盒，腮帮子鼓得像只仓鼠，嘴巴油汪汪的，一双杏眼瞪得溜圆，半根鸡骨头叼在嘴里，不敢进，也不敢出。

沈默风的视线从她的身上扫过，毫无波澜，最终停在距她不远的塑料假人道具身上，眉梢微微一抽，道："……那个假人？"

叶辰微怔："……"

——沈默风看不见毕安安。

——毕安安一人单挑八份盒饭，还不敢去可能有人进出的休息室，溜到闲置的道具间，隐身偷偷吃。

要来我家种地吗，小姐姐？叶辰的眸子倏地亮了。

一人能吃八份盒饭，力气小不了，想必种地也是一把好手！

叶辰语气急转弯，冲沈默风笑出一口小白牙："……呃，看错了，不好意思。"

…………

把沈默风送走后的这一下午，叶辰都不知道自己是怎么熬过来的，一到空闲就和毕安安疯狂地眼神交流。

在几场戏的间隔，叶辰与毕安安用微信简单说了几句。当日拍摄结束后，叶辰第一时间赶回休息室，毕安安已卸好妆，跷着腿坐在矮桌上等他。

叶辰打开话题："我们互相之间应该没什么可瞒的，我就不和您绕圈子了。"毕竟这边种地的事情很急，"请问您是神兽吗？"

"是。"毕安安用一种逗孙子的慈爱语气道，"小朋友猜猜我是什么神兽呀？"

叶辰看着她，猜测道："急公好义，庇佑黎民，您是狴犴？"

"对了。"毕安安惬意地双眼一眯，对认出自己的凡人颇为满意，"不过，我这名字也是好猜。"

真是狴犴……叶辰委婉地提出憋在心中大半天的疑惑："传说

狴犴好讼，我还以为您会在公检法部门呢。"

"讼不动，讼不动了。"毕安安缓缓摇头，目露绝望，"你是凡人，你不懂……我活过那么多朝代，每逢改朝换代，律法条文就要从头来过，我从《甫刑》背到《法经》，从《秦律》背到《开皇律》，从《唐六典》背到《大清律例》又背到《中华民国民法》……受伤之后，我在深山老林养丹，一觉睡了几十年，再醒过来……"毕安安机械地掰着手指头，表情渐趋呆滞，"我要从事法律行业，非得参加司考不可，要参加司考，就得学你们这群小年轻制定的《法理学》《法制史》《刑法》《民法》《商法》《行政法》……一本抵过去五本。"

历经千年不改其志的法学"大牛"，败倒在现代司法考试的威压之下……

同为不擅长考试的人，叶辰感同身受："我懂您，我高中时政治成绩最差，及格都难。"

"是吧，是吧，"毕安安深沉地捋了捋头发，"我们'法学狗'苦啊，我都背了几千年，你们凡人的法律条文朝朝代代改来改去，姐姐真的倦了……为了我脑袋上这点儿皮毛着想，我要远离司考。"

"那您进娱乐圈，"叶辰大约猜到，"是因为来钱快，方便行善？"

"聪明，"毕安安一笑，"法庭，我可以不上，但路见不平叫我袖手旁观……"她捂住胸口，痛苦道，"我要急出心梗。"

说不定是字面意义的真的心梗……叶辰想。

毕安安将他上下打量一圈，好奇道："你知道这么多，肯定是山海境的新主人了。山海境还在那个四合院里吗？我去年还翻墙进去看过，里面什么都没有。"

"我也才接手几个月。"叶辰简略地介绍了一番自己被境灵选中的来龙去脉以及目前收编的神兽们。

"那周步初就是貔貅？我没见过他真人，不然早看见他身上的灵气了，这个老东西又换张脸，肯定是忽悠了谁的钱没还。"毕安安说着，双眼缓缓地亮起，迸发出渴望金钱的光芒，"他那一身毛都是真金白银，要是给他剃个光头……"

她说出了叶辰一直不敢细想的事，两个穷鬼你看看我、我看看你，俱是炯炯有神。

"呃，这个我还是不参与了。"叶辰清清嗓子，怕被毕安安带偏了，话锋一转，着重说明起眼下山海境修复工程面临的困难，"……如果您能过来帮忙，我也给您圈一块地，这块地产出的全部灵植归您所有，我用神农之力辅助它们生长。如果您还会做东西——都是简单的手工活，刨木头、抛光什么的，李叔可以教您，我按百分比给您算提成。"

毕安安"啧啧"搓手："我要是把周步初给……喀，我做东西还有提成？"

"……"叶辰，"有。"

毕安安拍板："这事儿就这么定了！"

叶辰正欲应下，毕安安却补了一句："但老周他们是一人那么大一块，我们兄弟姐妹九个，你得给我们圈九块地吧？"

"……九个？！"叶辰愕然，又迅速反应过来。

古有"龙生九子，不成龙，各有所好"的传说，狴犴是龙的第七子，那毕安安他们可不就是兄弟姐妹九个吗！

家里一口气多出了九张吃饭的嘴，但相应地，劳动力增长幅度也从量变飞跃到质变，稳赚不亏。于是，初步交涉后，当晚叶辰就带毕安安回到四合院，参观各项种植养殖项目。

"浣水东边这一片，我集中种植冬绒草，总共三万五千株，产出的冬绒花用来做保健枕，一直供不应求。"叶辰遥遥一指，"西边我们目前用扦插技术栽种了合计两千多棵橡木、迷穀、幽檀和青丝木，李叔用青丝木做灵气生发器，网络上刚刚打开销路，也不够抢，现在原材料又长成一批，就是人手不够……"

毕安安负手而立，不住地颔首，宛如视察生产基地的老干部。

不远处的田埂上，周步初犁地犁出一身汗，裸着精壮的上半身，叼着自己卷的玉溪烟，一边用一条"巾龄"目测十年以上的斑秃毛巾擦汗，一边讲电话，儒雅磁性的声音模模糊糊地传来。

"是的，目前国际上一些大型的并购侧重于这些新兴领域……"周步初走开几步，眯眼观察菜心的长势。

"估值非常高，会有上十亿美金……"说着，他又揪下几株杂草。

"它对整个行业的版块都形成了一个推动……"他单手铲起一块粪肥，"啪"地甩进种植坑里。

叶辰上前，接过周步初手里的铲子，默契地让他专注于分析十亿美金的大生意，自己驾轻就熟地搅拌着肥料，低声向毕安安介绍："这都是自家沤的灵鸡粪肥，您看，同样品种的高脚菜心，同样是我亲手种的，那片用的是从市场买来的肥料，它们就比这片的矮一截。到时候您这边九位龙子中出一位专门帮我养鸡，灵鸡的养殖规模再扩大，粪肥供应上，这么大一块地的灵植，您放开了吃都吃不完。"

"嗯，"毕安安思索，"那就让眭眦专门养鸡，他心细。"

"您再尝尝这个。"见毕安安的灵气奶油草莓吃光了，叶辰抬手拽下两个灵气苹果，一个塞给毕安安，一个自己吃。初春晚风清寒，果实被吹得有些冻手，可甜似冰糖的苹果汁水凉得恰到好处，几口咬下去，便是好一阵餍足的快意。

"好吃，好吃！"毕安安不顾形象，捧着那脆生生的苹果啃得咔嚓作响，面颊沾着几点飞溅出的淡白色果汁，"多少年没吃过带灵气的东西，都快忘了灵植有多好吃了……"

凡人吃灵植只觉得异常美味，神兽吃灵植却多了一重增进修为、填补灵气的功效，一份灵植，双份快乐。

毕安安正吃得欢，周步初打完电话回来，狠狠地瞪了毕安安一眼，横眉冷对道："少趁我不注意薅我的毛。"

毕安安一愣，随即凛然地振一振衣袖，朗声道："怎么可能，我主刑狱，平生最恨偷鸡摸狗之辈。"

周步初叽叽歪歪地向叶辰告状："你别看她说得义正词严的，就她偷鸡摸狗最厉害，北宋大旱那阵子，她趁我睡觉，偷剪我的脚趾甲，拿去开粥铺赈济灾民，还有……"

叶辰沉吟两秒，顾左右而言他："这粥得是个什么味？"

"小兔崽子！"周步初瞪眼，"我一枚脚趾甲，那就是白银万两！我拔几根腿毛给你，够你吃一年！"

"……"叶辰本来惦记着沈默风探班时给他带的点心，闻言，一下就不馋了。

"再说了，那阵子我连手指甲都让她偷偷剪去帮人修河道了，我还没赚够银子长回来，她就又惦记上了……"周步初恨得跺脚，"狂犭犬！你贼喊捉贼！你……再也不许了啊！"

不怕贼偷，就怕贼惦记。

毕安安"哧"地乐出声。

该看的都看得差不多了，毕安安在树后褪去衣物化出原形。她的人形才九十斤出头，纤纤瘦瘦的，原形却足有一层楼高，体态好似雄狮，茂密的银鬃根根笔直锋利，质地坚如金石，她稍稍一动，满身银针般的毛发就冷冷作响。

"让你没事儿就薅我，我也得薅薅你……"周步初念着，上前揪下一根狴犴毛，展示给叶辰看，"看，她一身毛都是针。"

叶辰好奇，摸了摸，果然扎手。

周步初双手发力，狴犴的毛"嘎嘣"一声，被掰折了。

狴犴性情耿直，仗义执言，就连一身毛都是宁折不弯。

"吼——"狴犴伏地，啸叫连绵，"吼——"

音浪无形，可叶辰清晰地感觉到周身被某种波浪似的东西挤压着滑过，像是空气密度忽然增大，紧接着又减小了。

周步初讲解道："他们九个龙子有血脉联结，互相间能千里传音，她给另外八个喊话，让他们过来，用不着手机……"

叶辰目露羡慕，与周步初异口同声道："话费都省了。"

…………

几十年前的大战中，毕安安在九位龙子里算是伤得较轻的，也是复苏后入世最早、最知道赚钱的那个，一拖八，"带飞"兄弟姐妹。

至于另外八位龙子，有些还窝在山旮旯儿，睡得不知今夕何夕，饿了就浑浑噩噩地爬起来找几口吃的，吃完再钻回地下、山洞、湖底……睡上几年、十几年。龙子们栖身之所异象频出，常被当地村人误传为阴魂山魈作怪，举头三尺处往往被过路的热心僧道左拍一道符，右糊一张印，一脑袋瓜禁忌，仿佛千人转、万人踏的微博表情包。

有三个和狴犴一样苏醒得早的龙子，混得都不怎么像样——毕竟是活了上千年、跳脱尘世中的神兽，不是个个都在意凡人鼓捣出来的"钱"这一概念。

　　叶辰听毕安安讲，嗜好负碑的老六赑屃正在数千里之外某著名旅游城市景点驮石碑，他把之前驮碑的赑屃石像砸碎了"抛尸"荒野，自己顶上，白天身躯石化，装得像座石雕，被石碑压得爽歪歪，晚上景点无人，就偷偷放下石碑，在功德池里捞硬币。

　　热爱焚香与坐着不动的五姐狻猊，被帮麒麟养丹的亚洲赌王秦文生雇去给盲眼老母镇宅，日常在院中装石狮子，面前的香炉日夜不息地燃着，一动不动就有人养，只要偶尔化出人形喂秦先生的老母吃速效救心丸即可。

　　容貌最为俊美的睚眦与毕安安是前后脚复苏，毕安安在圈内站稳脚跟后，本想引荐二哥入圈拍戏赚钱，奈何睚眦性格过于睚眦必报，业内某大佬家的小富二代看他长得好，欲"潜规则"之，"潜"到一半没成，反被睚眦给……"潜"了。

　　"……姐，"叶辰弱弱地举手示意，"这段是不是有点问题？确定没记错吗？"

　　毕安安淡然地道："他向来这样，以眼还眼，以牙还牙。"

　　"哦，"叶辰乖巧道，"好的。"

　　结果睚眦与缺心眼富二代好像直到现在都还没掰扯清，睚眦适应不了凡人的工作，又偏偏与另外两个平和淡泊的龙子不同，他对凡人的花花世界抱有向往，不乐意回山沟沟里抓兔子。他靠毕安安养了一段时间，目前在家做游戏主播自力更生，圈名叫"再看一眼弄死你"。最近他热衷于玩"吃鸡"，因为太小心眼儿，不慎火出圈了——谁打他一下，他能追杀对方到天涯海角，安全区外三米，就差几步，不进！宁可吃毒吃死同归于尽，也绝不放弃把对方摁倒在圈外的机会，名言是"去他的吃鸡！老子今天就要废了你！"……

叶辰大惊："我看过他那个视频！"

竟是那位知名"狂犬病"主播！

剩余的五位龙子都还没醒，不过，几十年过去，没痊愈的也都养得七七八八，能下地干活了。

…………

几天之后，除了因亚洲赌王不给批假而走不开的狻猊，其他八位龙子龙女在山海境中齐聚一堂。

他们兄弟姐妹之间也是阔别多年，只闻其声，不见其人，因此，每位龙子来报到后，都要先与手足们寒暄一番，行动迟缓的赑屃最后一个到来后，叶辰由着他们八个叙旧，待在一旁摸鱼。

"××山风景区赑屃石雕离奇失踪……"

叶辰用微博小号点进这条微博新闻，在热评中某个猜测赑屃长腿跑了的楼中蹦跶，疯狂地带节奏，引导科学发展观。

特甜红富士一斤十二元："你们脑洞太大了，其实就是被人偷了。"

特甜红富士一斤十二元："富强，民主，文明，和谐……"

特甜红富士一斤十二元："赑屃怎么可能是真实存在的呢，哈哈。"

就在他为落跑赑屃"洗地"时，那边赑屃慢吞吞地蹲下，左手抱起看热闹的玄武宝宝，右手抱起背着小药壳的仆累宝宝，难掩伤感道："玄武和仆累……都变得……这么小了……还记不记得……你们两个陨落前……我们仨并称……境中三慢……"

这仨还慢出名号了……叶辰只要幻想一下境中三慢互相battle的场景，就是一阵呼吸困难。

玄武宝宝听着飖凤说话，乌溜溜的眼睛缓缓地燃起一束光。

穷奇宝宝察言观色，代言道："玄玄想问你，他什么时候说话能像你一样快。"

玄玄悠悠转动眼珠，向穷奇投去感激的一瞥，道："对……"

飖凤爽朗地大笑："哈……哈……哈……"

叶辰焦灼得深呼吸："呼——"

飖凤："等你们……长到一百岁……就能像我……一样快……啦！"

"那个，安安姐？"叶辰打开缩略版的鸟鼠同穴山复原图，决定残忍地中断境中三慢叙旧，"我们要不要开始分配一下任务？"

…………

有毕安安做劳动中介，叶辰与龙子们的沟通还算顺畅，最终决定让囚牛与能辟火的螭吻负责日常养护灵木区与冬绒草区，在养林护林的同时，学习灵木扦插技术，着重扩大青丝木与幽檀的种植范围。

嘲风与蒲牢则向叶辰学习农耕技术，在叶辰的亲切指导与帮助下开垦几位龙子的专属灵植农田。

飖凤与负屃，着重于鸟鼠同穴山的重建，与叶辰共同进行山间作物的种植。

毕安安混娱乐圈，又要做慈善，没他们那么闲，她可以抽空与李力一起做网店产品，并定期给龙子们开会。

叶辰对龙子们的工作有任何意见或改动，都可以通过毕安安传达，不怕得罪人。

至于最难搞的睚眦，叶辰不敢和他打交道，怕一句话没说明白就被小心眼儿记恨上，正左右为难着。毕安安看出他不想与睚眦接触，遂自作主张地替他拍板了："二哥，你就接之前貔貅和狸力的一部分活儿吧，难度小，应该是最好学的。"

听说好学，睚眦眉梢轻挑，冷傲道："可以……我正好懒得学。"

毕安安胆大包天："那二十个鸡舍看到没？里面有两百四十只灵鸡，你的任务就是每天……"毕安安把耳朵凑到叶辰的嘴边，低声道，"每天都干什么来着？"

睚眦："怎么？"

我妹怎么回事儿？

叶辰偷瞟睚眦一眼，和撑腰的嘀嘀咕咕。

叶辰叽咕几句，毕安安复述几句："二哥每天清理鸡粪、拌鸡食、捡鸡蛋，不让母鸡抱窝……还有涴水里的冉遗鱼，一天喂两顿鱼食加切碎的煮鸡蛋，别让它们打打杀杀的，有打架的就抓出来扔水缸里关小号，看见鱼卵就捞出来单独放到洗脸盆里，别让卵在涴水里冻着……过几天等狸力把猪圈修好，圈里养上两对小当康，你也捎带喂一下，铲铲屎，怎么样，简单吧？"

睚眦目眦欲裂，磨牙道："死丫头！帮外人欺负你二哥！"

几千岁的死丫头慢条斯理道："这两年，你家里蹲，是谁养你的……再说，小叶算什么外人，山海境是我们的家，他就是家主。理论上，他可以号令天下神兽，不用我帮着他欺负你，小叶哪天心情不好了，给你下一道禁制，这山海境，你连门都进不来。"

睚眦"嗖"地一记眼刀刺向叶辰，一字一顿道："你、敢？"

叶辰亦目露凶光，回敬以眼刀，一字一顿道："我、不、敢！"

真男人，就是屃，也要屃出个铁骨铮铮的样子来！

毕安安："……"

睚眦从来没见过像叶辰这样的，一时陷入沉思，竟不知该怎么凶他了："……"

堂堂龙子竟面临养鸡、喂猪的窘境，睚眦憋屈不已。他明白山海境重建才起步，境中资源匮乏是客观事实，想要灵植，就得用劳动换，可他天生小心眼儿，道理都懂，却仍旧憋屈，想找个出气包泄愤，奈何叶辰怼得如此果决，他也不方便接着凶。

忽然，一阵微风拂面，将睚眦懒得打理的额发吹得动了动。

睚眦总算找到一个能肆意欺凌的仇家，鼓起面颊，迎风吹气："呼——呼——"

风敢吹他，他就吹风！

跟风都能较上劲……叶辰叹为观止。

"他有病，你平时少搭理他。"毕安安与叶辰咬耳朵。

神兽们齐聚一堂，叶辰打算晚上做一桌大餐为他们接风洗尘，明日再正式开工。几位神兽自告奋勇地在后厨帮工，洗菜、切菜、看火候，睚眦嗜杀，负责宰鸡抓鱼。

睚眦捏着一只活鸡走进厨房，问人要碗接鸡血，叶辰忙不迭给这祖宗递碗。睚眦把碗放在厨房门外的地上，五指如猫，猛地弹出五个刀刃般尖锐的指甲，那鸡看出大限将至、鸡命难保，不知哪来的力气，探头在睚眦的手上狠狠地一啄。

睚眦震怒："……"

叶辰怕他拆房子，哄道："睚哥，别气，咱不和鸡一般见识……"

"敢啄我，嗯？"睚眦充耳不闻，捏住鸡喙，一双眼角微微飞翘的漂亮眼睛危险地一眯，脖子一伸一缩，惟妙惟肖地学着鸡样，用人嘴啄鸡，恼火道，"老子也啄你！啄死你！"

但人的嘴是啄不动东西的，睚眦的原形也一样——没有喙，啄与亲吻的区别不大。大公鸡临死前竟被人按着猛亲了一通，晚节不保，呆若木鸡。

叶辰默默地挪开视线，由着睚眦啄鸡。

睚眦宰掉几只灵鸡，又去抓冉遗鱼。他多年不曾与冉遗鱼对战，轻敌托大，一次引上岸八条雄鱼。雄鱼们出于战斗本能，自觉地组成三队分头包抄劲敌。睚眦没防备间被扇了一巴掌，气疯了，怒吼着现出原形，一爪一条把它们全揍得老实了。

"睚哥……鱼好了吗？"叶辰拿围裙擦着手，探头去窗外看情况，只见八条冉遗鱼在墙根下蹲成一排，以鱼翅抱头，活脱脱一个被警方擒获的犯罪集团。

睚眦揉着脸，暴喝道："道歉！"

冉遗鱼："呔！"

"还敢骂我？"睚眦以食指怒戳鱼肚子。

叶辰："……"

男人就要厚得够硬气，所以叶辰果断地决定先做别的菜！

⋯⋯⋯⋯⋯

叶辰的保健品"黑工厂"与"黑农窑"自此步入正轨。

有人帮忙，耕地面积大规模扩张，品类也多出许多，叶辰颇为享受丰收的快乐，每天拍完戏回家都要换上工作服，背着菜篓收获劳动果实。饱满鲜亮的西红柿坠得枝条微弯；空心菜被镰刀咔嚓切过，脆嫩的茎叶散发着清爽的气息；抓住一把鲜绿的萝卜缨子，手腕用劲，橙黄水灵的一根根胡萝卜就破土而出，拿水冲冲，掰成两截，脆甜得能当水果吃……快乐的菜农吃着菜视察菜地，见哪片长势不妙，就亲手侍弄一番，用神力催熟。

这晚，叶辰和毕安安收工早，两人在李力的工作间帮忙刨木头条，当红"鲜肉"与"流量小花"一边干木匠活，一边对明天要拍的戏，刨几下木头，扫一眼剧本，场面魔幻"硬核"。

刨好的木头条堆成小山，神兽团子们在一旁的板凳上规规矩矩地坐成一排，用小胖手分别抓着砂纸与刨好的木条，打磨掉上面粗糙的毛刺。

玄武宝宝打磨着，被自己缓慢地重复着机械运动的双手催眠，眼皮越来越沉……

玄武宝宝："呼——"

几秒钟后。

玄武宝宝："噜。"

穷奇宝宝摇摇头，把玄武宝宝的头按到自己的肩膀上，偷偷拿走他放在小短腿上的六根未完工的木条——那是他今晚给自己定的目标——一声不吭地帮他磨着。

神兽崽崽每磨好三根小木条，就能在李力叔叔那盖一个小蜜蜂勤劳章，一个小蜜蜂章兑换一块糖，五个小蜜蜂章能兑换一个冰激凌。小蜜蜂章是李力叔叔规则体系下的产物，所以他们能无视辰辰哥哥制定的"崽崽每日零食标准"，让李力叔叔随时无条件兑现。

穷奇宝宝手速迅猛，磨好六根小木条，若无其事地放回玄武宝宝的腿上。

玄武宝宝的小胖腿一阵痒痒，缓缓醒转，惊愕道："哎……呀……是……你……"

"继续磨吧，"穷奇宝宝又塞给他一根没磨的，"你的第七根。"

"但……是……"玄武宝宝牵动肌肉，徐徐地皱眉。

穷奇宝宝瞪他一眼："闭嘴。"

玄武宝宝企图把磨好的六根还回去："我……不……"

穷奇宝宝捂着耳朵，"噜"地挪开一米远，让玄武宝宝追不上：

"不听，不听，王八念经。"

"……"确实是那啥念经没错啊，叶辰忍住笑，揉揉玄武宝宝的脑袋瓜，"玄玄啊，拿着吧，说谢谢奇奇哥哥。"

玄武宝宝慢吞吞地复述了一遍，这次穷奇宝宝没打断，耐着性子听他说完了，犄角尖与耳朵尖都有些软，梗着脖子道："行了，不用谢。"

早已化出人形的仆累宝宝脸上的假眼睛一眨不眨，直勾勾地目视前方，脑袋上的两根须须使劲地往下垂着，盯着手里的木棍看，见状，委屈道："我……也慢……啵唧……"

"……那也给你弄六根。"穷奇和玄武宝宝最要好，但身为大哥，他必须一碗水端平，不能让小弟们心理不平衡。

"累累，你记着眨眼睛。"叶辰叮咛道，发现仆累宝宝脸上长着的好看的假眼泛红，有些血丝。

"呀……"仆累宝宝连忙闭上假眼，笑弯了须须，"昨天……睡觉……忘闭……啦。"

反正假眼也看不见东西，仆累宝宝常常会忘掉脸上还长着眼睛。

穷奇宝宝磨好六根，想起还有没化成形的小妹，便对趴在毕安安腿上试图把一块废铁啃出芭比娃娃形状的桃桃道："也给你弄六根，馋了就找叔叔兑换糖。"

桃桃晃着小羊角，甜甜地道："吸溜。"

推出生发器后，辰辰健康养生坊荣升两钻商铺，并火速朝三钻逼近，生发器每日晚八点上架，至少有五十个，多的话甚至能上架七十到八十个，每天最少一万五千多元的流水，将杂七杂八的费用刨掉，叶辰一天能赚小一万。

手头宽裕后，叶辰添置了一台平板电脑给神兽崽崽们玩游戏，还花五千块钱购入一台四十英寸的液晶电视，并财大气粗地开通平台会员，三百八十八元包年畅看。液晶电视安装完毕的第一晚，神兽崽崽们在电视前按高矮坐成两排，观赏《小猪佩奇》，不时发出奶里奶气的感叹声。

"辰辰哥哥不穷啦！"

"哥哥请大哥哥来家里看电视吧！一个迷穀果子够看一晚上呢！"

"哥哥还有叔叔给打的新床呢，请大哥哥来困觉好不好呀？"

"喂，"叶辰轻轻揪了揪兔头军师的耳朵，"从哪学的困觉？小孩子不能说困觉。"

犰宝宝拽回耳朵，拼命举着短胳膊抱住头，语调软绵绵，眼珠贼溜溜："辰辰哥哥，我错啦。"

我下次还敢！

神兽们齐心协力做工，一晚上就产出了七十个产品——生发器。

生发器卖爆之后，叶辰隔空收获到大把来自秃头人士的感激情绪，神力稳定上涨，目前每日增长量正好能覆盖神兽劳工们每天新栽种的灵植，但想要让增长达到质变的程度，还是困难。

"神力与灵植催熟"的收支平衡并不是叶辰的终极目标，境灵App升级到2.0版本后，文献库中多出了关于古神血脉的详细资料与数据参考，他系统地查阅过，意识到自己目前获取的神力还远远不够。

叶辰听过的一些神话传说中有一种服食其果实可使人不死的灵木，而境灵的内部资料表明，山海境中确实有这种不死树，由于异常珍贵，境灵破天荒地保留了十株不死树幼苗存放在空间中。一棵不死树一季结出的全部果实共计可使凡人肉身年轻十岁左右，理论上，只要种得够多，树的主人人可以将生命延续到与天地同寿、日月同辉。

因此，山海境的历任主人中，除去在战乱中不幸殒命的上一任，大多已利用境中的灵物修炼得道，跳出三界外，不在五行中了。

作为一位念书时常常在自习课上偷看小说的普通男生，叶辰自然也会有修仙飞升的幻想，不盼着大杀四方，但至少想多活些年，否则，吃这些苦，种这些地，他图什么？况且，他也不是光为了自己，到时候他如果真的顺利地让不死树结果，他第一个就要把果子拿给沈默风吃。

……我不着急返老还童，我比沈哥小七岁，叶辰想，沈哥都奔三了，先给他吃。

可不死树没那么好种，这东西如果能插在地里就活，那人间到处都是"老不死"了。种植不死树的难点除了树本身对湿度、温度、养料等条件的苛刻要求之外，最要命的就是神力供应。一株不死树在没有神力加持的情况下，一季的结果周期近百年，但它的果子只够让人多活十年，普通人根本等不到多活十年就先挂了，何况百年漫长的生长期内难保没有天灾人祸干扰树的生长。

更困难的是，越是高等灵木，受到神力的影响就越小，所以，叶辰要想在有生之年吃上不死树的果子，就得拼命向树苗输出神力，想让一棵不死树在几年内被催熟成功，需要的神力几乎是天文数字。叶辰现在这么点儿神力与之相比根本是杯水车薪。

首先是把保健品做大做强，等劳动力和钱多了，再研究其他赚神力的渠道……叶辰心态平稳，乐呵呵地一下下刨着木头，十分脚踏实地。

转眼又是一周过去。

在制作期间，《悠闲的假期》节目组一直对神秘嘉宾身份严防死守，直到开播前日才砸下重磅消息，底气十足地揭开谜底——在官博大串天花乱坠的溢美之词下，赫然是沈默风身着工装、脚蹬长靴、肩扛锄头的一张乡村时尚硬照……

悠闲的假期V："……这位国民男神，身价百亿的影帝，即将在节目中展现出自己不同的一面！"

微博炸了。

官博公布嘉宾身份的微博被转到起飞，有人难掩激动，拉开架势准备舔屏，有人捶胸顿足，遗憾影帝自降格调。反应最大的当属"风叶女孩"，超话十几分钟即被刷爆，满屏尖叫，自带声效。

"众所周知，风哥从来不接综艺节目，不接广告，不接真人秀节目！这是为了什么？！"

"不只不接，老沈刚出道那时候，还嘲讽，说真人秀节目怎么怎么的。我以为他会一直这么刚烈坚贞，没想到现在居然自己打脸，哈哈！明晚八点第一集，我准时锁定！"

"笑死我了，看见有人说只是因为真人秀节目片酬高才接的，想喊他去查查去年亚洲富豪排行榜，沈廷不只是广大网友心目中的爸爸，还是风哥的亲爸爸……"

"姐妹们冷静，稳一点儿，我们什么大风大浪没见过？不就录个真人秀节目吗……我——啊——冷静不了啊。"

在官宣后，沈默风转发了节目组的微博。

大少爷早年出道时恣意妄为，嘴毒得厉害，确实出言讥讽过一些粗制滥造的真人秀节目。见粉丝们调侃不绝，他索性顺着他们自嘲，转发语只有两个字……

沈默风V："真香。"

"谁香，哪里香，请你说清楚。"

"哈哈，哥，你别这样！"

"沈默风破例录制真人秀节目称真香"的 tag 在热搜榜上一路飙升。

而与该 tag 一起爬上热搜榜的，是一个让人莫名其妙的"第一届'沙雕'杯生发锦标赛"tag……

搜索该关键词，最热门的微博来自某千万粉丝的营销号，九宫格图片，每张都是使用某金字塔形状生发器的网友自拍，张张都有笑点。毕竟一本正经地戴着这么"沙雕"的东西本身就值得"哈哈"一番，转发评论除了丧心病狂的"哈哈"，还有各路网友泣血自曝秃头照片。有些秃得好笑的又会引发新一轮残酷的"哈哈"与转发。

"我二十八岁，不是八十二岁，你信吗（配上照片）。"

"左边是本人撩起头发帘，右边是本人放下头发帘……我定闹钟准备抢了，敢坑我，我就'一头秃死'店家（配上微笑表情和两张照片）。"

以及……

"哈哈，我笑爆了！这些人真的不是托吗？！"

"哈哈，第三张图！在办公室里戴这个不会被炒鱿鱼吗？"

俨然一场秃的狂欢、秃的盛宴。

其实，这些图片最开始是叶辰用店铺微博号发布的，这段时间，他一直在收集买家秀，在电脑中整理出几个文件夹，分别命名为斑秃、顶秃、M形秃、U形秃……条理清晰，查阅方便，可直观了解生发器对不同种类脱发的治疗效果。反馈积攒得多了，他便从照片中挑出一些有亮点或效果格外好的，在征求过买家同意后，将买家秀打码发在店铺微博上。

没想到，这些照片竟被营销号看中，起了个 tag，拿去搞事……

两个 tag 在热搜榜上齐头并进，你追我赶，缠绵纠葛，身价百亿的影帝时而惨遭"沙雕"生发器"艳压"，时而雄起，"艳压""沙雕"生发器。

打开热搜榜看热闹的沈默风："……"

这玩意儿是谁家卖的？

在家里刷微博的叶辰："……"

他没想到生发器竟抢了沈哥的风头，挺"秃然"的。

叶辰用店铺微博号在搞事情的营销号下蹭热度，宣传了一番自家店铺，热度高了，有人"哈哈"，有人想试试，自然也有人怀疑他是骗子。虽说他的东西实打实有效果，口碑已经稳定了，这些不和谐的声音影响不到实际销量，但是，想将来做大，肯定得正规化，这是绕不过的。如此一来，怎么能在质检部门的检测下过关就成了问题。他不怕没效果，怕的是原理说不清、道不明，招致怀疑。

质检部门……灵植生效原理……这不是一般的"关系"能搞定的，但走正规流程显然不可行。叶辰托着下巴沉思，在眼珠转到第三圈时，忽然想起周步初说过的某句话，发现说不定有大腿可抱，于是"狗腿"地跳起来去田里找人。

…………

"……养白泽那个？"周步初把锄头往地上一杵，皱着眉，"你查着谁了，都给我念念，我看哪个耳熟。"

叶辰隐约记得周步初说为白泽养丹的人曾获得过诺贝尔奖，叶辰把获奖人名挨个念给周步初听："贺鸣山，不是？蔡兰君，不是？张兆谦……"

"欸、欸，应该就是他！"周步初凑过去看照片，再次笃定道，"就是他，本来是大学教授，二十多年没见，老成这样了。"

叶辰垂眸，照片中的张兆谦面容清癯，目光沉静，虽已是风烛残年，神态却不显老迈，脊背挺得笔直。

张兆谦，国家医学研究院院士，生命科学研究院首席科学家，诺贝尔医学奖获得者。他对人的眼睛做出的最新研究，会在未来十年内投入临床试验，或可使近千万人重获光明。

如果能抱上院士这条大腿，哪还用得着为灵植产品的质量检测忧心？况且，张兆谦的研究方向正是生命科学与医学，和叶辰这边专业对口，只是也不知道白泽的丹养得怎么样，目前是苏醒的，还是沉睡着的。

想到要和院士打交道，叶辰心里慌得很，话都不知道怎么和人家说，但和神兽打交道，他倒是习惯了——神兽们或许是活得太久返璞归真，大多数不仅没架子，反而还像老小孩子，甚至干脆兽性未除，直来直去，比人好沟通得多。

"您能联系上他或者白泽吗？"叶辰问。

张兆谦用十年寿命换取白泽的智慧，不死树的果子对他绝对有诱惑力，两边互相帮助，完全可以达到双赢。

"我也不知道老白怎么样了，"周步初挠头，"改天我去问问。"

叶辰放下心："您有这方面的人脉吧？"

"我哪有，我一个搞金融的。"周步初摸出自己的手机，探头看叶辰手机页面上的百科，打开驾车导航 App，一边输入目的地，一边喃喃自语，"国家医学研究院，昌宁区南清路……哦，旁边这条高速公路，我认识，上次飞云南路过……"

"您，"叶辰噎了一瞬，"直接飞过去？"

周步初将导航模式从驾车切换到步行，理所当然道："知道叫什么、长什么样，知道在哪工作，直接飞过去找呗。我会隐身，进去随便溜达，谁也拦不住。"

叶辰沉吟片刻，服气了："是这个道理。"

这世上也就只有神兽能这么任性地找人了。

翌日，《悠闲的假期》第二季第一集正式播出。

两人晚上都没被安排夜戏，沈默风收工后，就一个人开车去片场等叶辰。他们说好晚上八点一起在沈默风家看真人秀节目。

停车场里，叶辰从公司的保姆车上取下一捆一人多高的东西，扛到沈默风的车前，问："这能放下吗？"

"什么东西？"沈默风估量一下长度，"斜着放到后排座上吧。"

叶辰一笑："您猜。"

沈默风机警道："把你家树苗给我挖出来了？"

"……"叶辰摇摇头，认真道，"但您要是想要，我就给您挖，反正我也种多了。"

"我不要树。"沈默风玩笑道，"我倒是挺想去你家帮忙，给你当长工的，你不是种多了吗，照顾得过来吗？我去给你干活儿，干不完，你就不给我饭吃，我一饿，就得贿赂你……"

叶辰把那一人多高的东西塞进后排座，用一种沈默风解读不了的复杂眼神深深地望着他："我以后要是真把您带回家种地，您……还真能愿意吗？"

"愿意啊。"沈默风答得轻描淡写。

叶辰压下心里大逆不道的念头，慢吞吞地摸出手机调照片，岔开话题："您看这个好看吗？"

沈默风："……这就是后面那个东西？"

照片上是一张玉石保健席子，浅棕色的席子上整齐地嵌着一排排扁圆光润的白玉石。叶辰手指一滑，又是一张近距离拍摄的照片。沈默风识货，一眼看出这白玉不是凡品，拿来磨片做床垫，说是糟蹋东西都不过分。

"对。"叶辰在他面前不好意思把忽悠人的那套话说得那么溜，语气生涩道，"给叔叔的见面礼，您上次不是说叔叔身体不是特别好吗……这种玉石床垫，能调节血压和血脂，没这方面的问题的话，多躺一躺也能预防……"叶辰说着，仍觉得自己一股骗子味，不安道，"真的有效果，您信我，我懂药的，这个就像上次送您的枕头一样好用。"

沈叔叔务必要坚持到不死树结果啊！叶辰忧心忡忡地想。

到时候也不知道不死树的果子够不够分。

"这玉……"沈默风心尖一阵发软，"你也真舍得。"

叶辰怕他要给钱，敷衍道："也没多少，您别问了，就是一点儿心意。"

这张玉石床垫是叶辰和李力一起研究出的新产品，席子是现成的，可以批量定制，将磨好的玉石圆片用强力胶整整齐齐地粘在席子上，就是成品。鸟鼠同穴山的白玉质地上乘，据境灵说，大面积使用，可以起到调节血压、血脂的功效，是三高人士必备好物。玉石本就是易于聚集灵气的材料，只要不让玉石破损，一张垫子用上几十年都不成问题。叶辰觉得这一张怎么也得卖个几万元，即使上了六位数，也不算黑心。

虽说鸟鼠同穴山的玉矿深处有玉脉，只要玉脉不挖断，灵玉就能以缓慢的速度再生，但毕竟是很慢的，挖空一次之后就要等很久了。

这么好的东西卖得太便宜，不是给市场添乱吗？

现在生产玉石床垫最大的问题是人手不够，打磨玉石是细致活儿，李力在工作间闷头干一整天才能磨出一张床垫，赚钱大概没问题，可赚神力则严重不划算。叶辰想着等将来资金积累更多，干脆去京海周边开个厂子，将一些不怕露馅的生产环节交给凡人雇工来做，不仅能提高产出，还能解决京海周边县、乡镇的就业问题。

总之，现在叶辰只有这一个样品，沈廷的健康问题，沈默风只语焉不详地提过一次，叶辰就记在心上了。

沈默风攥着方向盘的手紧了紧，温声道："先替我爸谢谢你，下周我回家就给他带过去。"

"……"叶辰微怔，"好。"

等红灯时，沈默风手指轻敲着方向盘，问："你以为今天会见到我父母？"

"不是，"叶辰矢口否认，想起沈默风不许他撒谎，自觉地改口道，"是。"

"他们这周在国外，"沈默风望着他，"不然下周你再来我家？"

"不，不用特地麻烦。"叶辰抹了把脸。

沈默风摸了支烟咬着，用牙尖磨着那过滤嘴，心里转过几个念头。

他与鸿瑞娱乐的合约就快到期，正在筹备工作室自立门户，心里存着几分等工作室成立后砸钱把叶辰挖过来的想法。

叶辰的东家算是够意思的，能给的都给了，可沈默风眼界高，就觉得星尚野给叶辰的都是什么狗屁资源。叶辰正拍的这部剧，他看剧本看得脑子嗡嗡响，看一集就想和编剧打一架……虽说来不来、什么时候来他的工作室，都得看叶辰的意思，但他愿意先准备好。

另一方面，他暗地为叶辰参与投拍了一个影视项目，打算给叶辰量身打造一部能拿奖的电影作品，让小朋友事业更上一层楼。

两人回到家。

这是沈默风档期满时独居的地方，位置好，偌大的房中空无一人，装修风格简洁、冷淡，有种生人勿近的疏离与抗拒感，四下一尘不染，屋中所有的平面都洁净得让人不敢伸手碰。

"……"叶辰想起自家无时无刻不鸡飞狗跳的四合院。

四合院里不仅老旧，地上的石砖还坏了两处，一处残留着桃桃的小牙印，是桃桃不懂事时当饼啃的，另一处更惨不忍睹——蒲卢宝宝前段时间再次不小心摔倒粘在地上，当时还是深冬，在外面趴一周是要被冻死的，于是叶辰忍痛操起冲击钻，把蒲卢宝宝脸蛋儿周围一圈的砖头切了下来……

家里孩子一多，就难有个干净整洁的时候，叶辰忧心忡忡地叹气。

《悠闲的假期》第二季的第一集在晚上八点准时开播。

电视离沙发远，沈默风索性坐在地上，背倚靠着沙发，两条修长的腿随性地伸着，一只手拿着手机，与电视同步放映。

"手机也放着？"叶辰问。

沈默风："嗯，我发弹幕。"

叶辰："……"您是"骚话"多得没地方发泄了吗？

节目播到沈默风初次登场，屏幕中正在和顾悠悠贫嘴的叶辰原地死机，不可置信地望着门口，弹幕被一片尖叫刷屏。

屏幕中，沈默风朝叶辰走去，叶辰结结巴巴地向沈默风问好，后期在叶辰的头顶 PS 下四个大字——当场擒获！

"哈哈，当场擒获，再敢撩我们悠悠！"

"啊！沈默风太坏了吧？！"

叶辰闭眼，不敢看弹幕："我当时反应这么大！"

沈默风却还在埋头发弹幕。

叶辰眉梢一抽，不禁嘴贱道："要不然，您去超话申请个小主持吧？"

沈默风头也不抬，懒懒地道："行，你等着。"

"……"叶辰，"我开玩笑的。"

"呵呵，"沈默风，"我认真的。"

节目继续播映，两人在车上互发微信的那段没被掐掉。只见他们分坐在轿车后排座的左右两边，各自低头摆弄手机，谁也不说话，但有眼神交流。

"儿子们在背着妈妈发什么？！"

"节目组搞事啊，故意把这段放出来让人猜！"

"看辰辰的反应，风哥可能是提什么要求了，比如说……"

沈默风凝眸扫过那条弹幕，皱眉："分析得不对，差远了。"

沈默风敲字发弹幕，力求还原事件的真相："事情是这样——那天叶辰……"

"沈哥！"叶辰斗胆，一把按住手机。

沈默风遗憾："她猜得也太离谱了，不纠正一下？"

叶辰虚弱道："您行行好……"

沈默风踌躇满志："等我当上超话的主持。"

节目很快推进到一行嘉宾被要求种花生的环节，叶辰在抢答环节技压全场，对花生栽种的温湿度、种植坑的深浅、花生适用肥料等问题对答如流，在以碾压性优势抢答过两道题后，还颇具绅士风度地将首答机会让给其他队抢答。

弹幕炸了。

"哈哈，这是什么农业帝国小王子啊？！"

"辰宝体内就仿佛住着一位农民老大爷，提起花生种植技术，那眼睛亮得……"

"二十一分三十四秒那里，辰辰是'农民揣'了吗？是'农民揣'了吧？他揣得为什么那么流畅？！"

"真的不明白叶辰怎么会懂得这么多，节目组预先告诉过他答案吗？他有台本吧？"

正巧，接下来节目中的主持人也问了叶辰这个问题，而叶辰回答懂得多是因为在自家院子里种过花生……

"在院子里种果树和花就算了，种花生是什么'画风'，哈哈，怎么像我爸似的。"

"我觉得重点在于叶辰家的院子有多大，我酸了。"

"好奇，叶辰粉总吹他是有钱人家的小少爷，究竟是真的，还是假的？"

在"吃瓜群众"守着节目看热闹时，已有吃娱乐八卦这碗饭的人着手整理相关资料准备蹭叶辰这热度了。叶辰对此尚不知情，专注地欣赏屏幕中自己种花生的英姿以及沈默风被蚯蚓吓得扔锄头的精彩一刻……

沈大少爷扔掉锄头惊恐跑开的一系列动作被回放了三遍！

沈默风看得直磨牙。

为了一举将观众牢牢地吸引住，节目第一集剪辑得略长，内容塞得多，后半部分从沈默风挨鱼耳光，到叶辰大杀四方，再到叶辰熟练地驾驶电动三轮，一直播到叶辰在菜市场卖鱼。

电脑前的观众一次又一次被叶辰的操作刷新认知。

沈默风被鱼打脸时——

"难得看沈默风吃瘪,不禁截图存档。"

"哈哈,截图+1。"

"谜之觉得这个挨抽捂脸的动作有点帅……"

"颜值够'能打',哪怕抠鼻屎,也是帅的。"

叶辰捞鱼时——

"所以说,他究竟是怎么捞到这么多的!说没黑幕,我不信啊!"

"人家会捞啊,都解释了在家院子里养过鱼,你以为捞鱼就一点儿技巧都没有吗,也是看熟练度的。"

"我本来对叶辰没好感,但农业十项全能太可爱了,被'圈粉'了……"

叶辰娴熟地驾驶电动三轮及拉开架势吆喝卖鱼时——

"这电三轮让他骑的……校园剧里的单车的感觉。"

"哈哈,也全能得太过分了吧!弟弟是来节目组砸场子的吗?"

"连卖鱼都卖得这么溜,哈哈,叶辰,你是一点儿偶像包袱都没有的吗?"

"笑死我了,我记得录第一季的时候,辰辰还没这么厉害,喂猪被猪拱得滚出两里地,还有人记得那段吗?"

被这条弹幕提醒后,看过上一季的人纷纷去翻叶辰第一季时与猪搏斗的剪辑,讨论热情高涨,奔走推荐,并与叶辰在这一季中的出色表现进行对比。

叶辰前后对比鲜明得判若两人,有观众认为是因为他有台本,但更多人反驳——他的表现抢眼,反差大,笑点足,其他嘉宾多少有一点儿沦为背景板的感觉，可在场嘉宾中有"咖位"大过他的，更有沈默风这种"根本不明白他怎么会出现这里"的身价百亿的影帝镇场，真有这种能抢风头、蹭热度的绝世好台本，节目组光给叶辰一个人，而且其他嘉宾还都不与他生嫌隙，心甘情愿地配合他演戏……那他是得有多大能量？

所以，坚持"台本论"的只是少数人，大多数人沉浸在快乐中无法自拔。

"哈哈，辰辰是不是第一季录完之后回去天天勤学苦练，打算第二季一雪前耻？"

"我'爱豆'世上第一努力！别人'爱豆'练舞、练歌、练演技，我家'爱豆'连种地、打鱼、骑三轮都练，就问你拼不拼，服不服？！"

"也有可能弟弟本来就是十项全能，只是命中被猪克，仔细想想，第一季他除了被猪拱，也没有出很大糗，只是那一拱，让人印象太深刻了。"

叶辰念书时就常利用假期打各种黑工，做事利落，什么活一教就会，第一季中的表现其实也不坏。

"+1，而且，第一季的任务没这么'硬核'，看不出来什么。"

叶辰猝不及防地圈了许多农业粉，抢锄头与捞鱼的英姿被截图狂做表情包，还有眼尖的粉丝截了一张叶辰蹲在田埂上"农民揣"的图，配字"地主家的傻儿子（小）"。粉丝又翻出沈默风某张被黑粉截取的痴呆表情瞬间，配字"地主家的傻儿子（大）"，并一齐发布在微博上。

兄弟头像！

于是，超话中突然多了一群傻儿子，看起来比黑粉还像黑粉！

仗着匿名，沈默风在播映期间全程参与弹幕互动，发挥影帝级"精分"功底，一人分饰多角，语气、口癖各不相同，时而尖叫、揪心，时而理智分析，时而激情四射。

沈默风叼着烟闷笑，敲字："辰宝看看爸爸！爸爸爱你！"

叶辰垂眼偷看沈默风发弹幕，碰巧瞥见这条，险些被可乐呛死。

"这就是传说中辰辰的男粉吗……"

"亲爹粉？！"

"哈哈，爸爸怎么了，只许有亲妈粉，不许有亲爹粉哦？"

叶辰无奈："您还没发够？"

沈默风听话地收起手机："这集发够了。"

话音未落，屏幕上出现下集预告，一集正好播完。

叶辰："……"

沈默风"骚话"槽终于归零。

…………

两天后，一个标题搞事的八卦帖子忽然刷爆了各大娱乐资讯平台。

帖子的标题为——《明星豪宅大曝光，价值动不动就过亿》。

被放在帖子第一条的，就是叶辰戴着口罩走进四合院的一张照片，摆明了是想借着真人秀节目播出的热度博一博眼球，接着撰稿者估算了叶辰居住四合院的房产价值，声称至少一亿五千万元，下面还有不少其他明星的豪宅爆料，也包括沈默风国内的两处房产。

评论转发中，路人们半开玩笑地"大吃柠檬"，也有人在讨论房价。

"我真是膨胀了，居然敢看上亿元的房子。"

"干这行的表示四合院过亿没什么好大惊小怪的，那一片挂牌出售的，户户都过亿，一亿五千万元在那片不算贵，旁边那大的更贵，前段时间听说也卖了。"

"叶辰出道才两年多，蹿红也就是这一年的事儿，他哪来的钱？"

"不是我说，这种情况一般首先考虑潜规则，说个事实，粉别喷我。"

"只想看看他家院子里的池塘、果树和花生……"配上两个柠檬表情。

网上所谓的爆料，叶辰起初没放在心上，艺人没隐私可言，况且他早防着这手，网店发货时，从没写过详细寄件地址，狗仔偷拍的照片，也看不出门牌号和太多细节。

奈何有所谓"干过这行"的业内人士在评论区暗示知道四合院具体的位置所在，还声称"旁边另一户更大的也已出售"云云，说得有鼻子有眼，也不知是真的认出来了，还是哗众取宠，又有黑粉见缝插针地泼叶辰脏水，暗示叶辰遭人潜规则。

面对黑粉的包养论，顾秋挠头挠到头秃："这要怎么洗……"

毕竟论怀疑，谁的疑惑程度都没有顾秋深！

然而，这一次还没轮到顾秋出手，相关微博便接二连三地消失得无影无踪。自称业内人士、爆料隔壁也卖了出去的爆料者的微博注销，大批粉丝手撕黑子，将针对叶辰的不利言论压下。

网上，黑子们被粉丝呛得毒液飞溅，与一派祥和的四合院形成鲜明的对比：诸位龙子在田间地里挥汗如雨，李力埋头狂锯青丝木，老应龙……则团在菜地旁的一张藤椅上，四肢蜷曲，面容紧绷，眼珠偶尔转动一下，还显得是个活人。

近来老应龙一日三餐吃灵植，内丹恢复的速度显著加快，身子骨硬朗了许多，腾云驾雾持续的时间更长，布雨效率也从喷水壶级荣升至水桶级，可神志未回归清明，打人毁物，破坏力翻倍，周步初越来越难制住他。

前几天，某花边新闻泛滥的浏览器推送了一条名为《奇闻！一年逾八旬老年男子竟赤身裸体飞在空中！》的带图新闻。图中隐约可见天上飘浮着一个看不出形状的小黑影。采访中，知情市民王某向记者表示自己眼睁睁地看着一个八十岁老头儿从六楼飞出去，手持一根拐杖，光着屁股翱翔在天际……可是，老头儿刚起飞时，他没来得及照相，等摸出手机，人已蹿入云层，后来就不知飞到哪去了。

由于太骇人听闻且照片糊得实在严重，化成龙的过程又没拍到，该报道不仅没几个人相信，反而招来一通"丧心病狂"的嘲笑，说某某浏览器又在编智障假新闻博眼球。

"幸亏那天雾霾，照片糊得要命，"周步初后怕不已，"要是照清楚了，还了得？"

"不会的，"叶辰体贴地安慰他，"京海天天都雾霾。"

周步初闻言，顿时不再后怕。

自那之后，周步初每天来叶辰家干活儿都不忘带着痴呆老龙一起，把老龙丢进山海境，让犰宝宝管着他。

此时此刻，犰宝宝正捧着一个人为掰断的生发器站在应龙的面前，软绵绵地问："龙爷爷，这个是不是您掰坏的呀？"

应龙几乎把脖子摇断："不是！本座不晓得！别……别过来！"

"就是您。"犰宝宝走近，圆尾巴一翘，蹭着坐到应龙的腿上。

"啊！"应龙惊恐得仿佛裤管钻进了一只巨型美洲大蠊。

狈宝宝："我都看见啦，您刚才来的时候偷偷弄坏的。"

"呜呜呜……"应龙哭得像个四十多米长的孩子。

狈宝宝奶声奶气道："龙爷爷以后不要再把我们辛辛苦苦做的生发器弄坏好不好呀？调皮捣蛋的话，就是坏爷爷啦，但知错就改还是好爷爷。"

应龙老泪纵横："好、好。"

"我没有那么吓人，我不会吃您的。"狈宝宝脑袋一歪，用小胖手抓住应龙枯树枝似的老手，引着他轻触自己的兔耳朵，哄道，"借您摸一下耳朵。"

应龙抽手的速度之快就仿佛他摸到的是一只美洲大蠊的须子。

"周叔叔让我寸步不离地看着您……"狈宝宝苦恼地揉搓着小圆脸，忽然灵机一动坐直身子，把脑袋摇来摇去，摇得两只兔耳朵飞旋起来。

应龙愣愣地看着狈宝宝。

狈宝宝晕乎乎地停下，哄道："我像不像拨浪鼓？"

应龙嘿嘿地笑出声。

龙爷爷难得被哄笑一次，狈宝宝又拼命地摇起头来。

应龙指着狈宝宝："哈哈，嘿嘿嘿！"

带爷爷真是好累哦……稚嫩的狈宝宝发出了新手父亲式的感叹。

现世的院子里，神兽宝宝正在包装货品。

小崽崽们把短胳膊奋力举高，扶住头顶的大号包装袋、收纳盒、快递纸箱，满院跑——之所以不把东西端在胸前，是因为崽崽们人形的个子还太矮，那么挡视线的东西端在前面就看不到路了。几个崽崽负责按照流程包装产品，力气最大的穷奇宝宝负责扯胶带粘快递纸箱，唰唰几下，就能在使用最少胶带的前提下将纸箱封得严严实实，深得叶辰省胶带的精髓。

工厂中一派劳动景象，热火朝天。

这天，叶辰上午没戏份，也没提前去片场，而是去了与京海相邻的城市看房。

目前网店订单稳定，给李力他们发完提成后，叶辰手头还有十六七万元现钱。现在发货是神兽宝宝们的工作，客服大多数时间由叶辰来做，实在忙不过来的话，周步初和毕安安也会帮忙，至于其他涉世未深的神兽，叶辰怕他们撵客，不敢让他们做客服。

这样下去不是办法，叶辰接下来准备学习拖拉机驾驶与维修技术，让种植产量出现一个质的飞跃，时间不能都被当客服挤占了，所以，他打算在与京海相邻的三线城市租写字间，雇凡人分担一部分工作。之前通过网上的租房网站，他已看中几间写字间，上午看房如果顺利，他会直接签合同租下一间。

时间紧张，叶辰不打算坐高铁，与房产经纪电话约过时间后，他戴上之前专门为今天这种情况准备的护目镜，捧着一筐新摘的灵气鸭梨，找周步初买车票："周叔，送我和沌沌一趟呗。"

周步初接过梨筐："上来吧。"

叶辰招呼混沌宝宝："沌沌，走啦。"

正在打包保健枕的混沌宝宝把装好的枕头塞给蒲卢宝宝，朝叶辰跑去，一边跑，白板脸一边"噗噗"地冒出五官。

周步初化为原形，趴在地上，叶辰骑马一样骑上去，混沌宝宝则在后面环住他的腰。

灿如熔金的貔貅昂首清啸，啸声如铜钱碰撞叮当响脆，随即腾云驾雾而去。

他飞行速度极快，叶辰几乎怀疑自己要被风吹秃了，死死地抓着周步初身上的一把毛。

"……老弟，你轻点儿！"周步初崩溃，"你趴下，搂住我的脖子，使劲地搂着，别薅我的毛！"

叶辰不吭声。

过了一会儿，周步初咆哮："我去！你是不是把毛给我薅下来了！你故意的吧？！"

一个小时不到，三人抵达京海邻市，趁四下无人，周步初落在某房产中介大楼后面的斜街，叶辰跳下来，落地的一瞬，周身失去灵气掩蔽，现出身形。

"毛呢？！"周步初急道。

"给您。"叶辰手一摊，厚厚一沓粉红票子。

周步初低头，马吃草似的将那沓钞票吃了，后颈随之长出几根鬃毛。

周步初咂咂嘴："我感觉少了。"

"哪有！"叶辰无辜得像条奶狗，"我都数了，四万八千一百元整！"

"……"周步初叹服，"我飞得那么快，你还有心思数钱。"

叶辰摘下护目镜，又把口罩、墨镜戴好，与事先联系好的房产经纪人一起去看房。邻市的房租比京海便宜太多，叶辰也不拖泥带水，拍板定下一套九十平方米的写字间。写字间内里装修齐备，办公区域、小会议室、卫生间，该有的都有，叶辰可以把混沌印记开在小会议室，平时锁着不让用，自己可以通过会议室往来家与公司之间，运送产品，省去通勤与运输烦恼。

这写字间一个月四千元租金，采暖、物业都由房东负责，一年下来不过四万八。为了节省时间，叶辰还在房产经纪人隶属的中介平台上购买了一套六百八十元的公司注册服务，注册人提供资料，专人负责跑腿，免得正当红的叶"小鲜肉"频繁抛头露面……

场地、资质，基本齐备，混沌印记也已连通，接下来就是招聘。在被周步初载着飞回京海的路上，叶辰为网店购置了两台配置普通的电脑供客服使用，还在招聘应用上发布了招客服的信息，着重强调包一日三餐。

"一日三餐吃灵植"就是我们公司企业文化的核心！员工看在工作餐的面子上，也不能跳槽啊！叶辰满腔宏图大略。

一系列事情办下来，存款还剩十一万，腰包尚属丰满。

周步初载着叶辰与混沌宝宝回到家。叶辰收拾收拾去剧组，周步初今天休假，打算再去找找养白泽的张兆谦。这种国宝级院士的个人信息被保护得滴水不漏，周步初虽能飞天遁地，却查不到这人住哪。国家医学研究院和生命科学研究院都大得吓人，里面三步一岗、五步一哨，一道道门都封得死死的，非刷卡进不可。纵是会飞、会隐身的神兽在里面，也是"拔剑四顾心茫然"，何况周步初不敢找人问——他没有进入许可，一现形就要被丢出去。

"我今天再去找找。"周步初抓狂。

购买了六百八十元的公司注册套餐后，叶辰与众神兽想破脑袋凑出了八个公司名字提交给代理人。考虑到公司未来的经营范畴与客户群体，文雅诗意的名字显得违和，不如怎么既响亮又接地气怎么来，于是，大家集思广益，想出的名字都是些什么康乐堂、龙虎养生、御药堂、康力健……结果统统因重名未通过审核。

最后，竟是叶辰凑热闹乱写的"辰风保健有限公司"通过审核。

叶辰收到代理人发来的进展报告，一时不知是忧还是喜。

喜的是辰风总比龙虎养生之类的好听一些，忧的是这个公司名听起来真的相当"有料"……

但他也没想到另外七个名字居然会全都不过审！

"他那组合名里不是带个风字吗，"李力坐在院里的板凳上嗑瓜子，乐颠颠地跟其他神兽八卦，声若洪钟，"他就取个'辰风'，给公司起名都不忘带着那小子。"

"李叔，您想多了。"叶辰昧着良心忽悠道，"这里是'大鹏一日同风起'的风，寓意公司能像大鹏鸟一样扶摇直上，而不是沈默风的风。"

"那么这俩'风'字在写法和读音上有啥区别呢？"李力咔咔嗑着瓜子，满脑袋瓜的问号。

"……"叶辰，"没有区别。"

"还搁那掩饰，"李力乐了，扭头继续与龙子们八卦，"那小子叫沈默风，影帝，老好看了，老有钱了，他俩可好了……"

叶辰："您别说了……"

上千岁的人怎么还这么八卦呢？！

毕安安和睚眦还好，其余龙子在深山老林一睡几十年，冷不丁入了世，看什么都新鲜，听起八卦来，一个个眼睛都是直的，还有几个看热闹不怕事大的，起哄要看沈默风的照片，毕安安热心肠地打开沈默风的微博翻他的相册。

"怎么样，帅不帅？"毕安安道，"他人气比我和辰辰加起来都高。"

一部小小的手机在一只只渴求八卦的手中传递，每个人的脸上都洋溢着热切的笑容，个个闲出屁来。

"欸，你们……"叶辰捂脸。

龙子们啧啧感叹。

"凡人能长成这样真不容易，万里挑一吧。"

"我们小叶也是万里挑一，不比他差。"

"和凤凰陨落之前是不是挺像，你看……对，就那股劲，神似，凤凰比他还欠打。"

蹲在叶辰头上企图絮窝的凰凰："啾咪？"

凰凰和风风哥哥怎么就欠打了呀？

叶辰略一思索，道："因为嫉妒你们的美貌，所以想打你们。"

凰凰用翅膀尖撩撩头顶的翎毛："啾。"

凰凰就知道。

神兽们还在七嘴八舌地品评沈默风，叶辰无奈："你们聊着，我去山上看看新栽的那批云松。"

语毕，他溜进山海境。

眼下境中菜地已扩种了好几倍，规模一大，规划就必不可少，扩种部分的作物品种都是按照叶辰的要求来的，一垄垄整齐划一，品种集中，边界清晰。

叶辰骑着神兽飞在空中鸟瞰，能看见地上的作物在一段时间的集中整顿后已排布成边线笔直、色彩各异的长方块，绿油油的长方块是数不清的玉米，亮红的是小辣椒，翠绿的是空心菜……能引起强迫症患者的极度舒适。

菜地东面是一排排大气整洁的幽檀木鸡舍，浣水中鱼儿恣意狂奔，一派悠闲的田园风光，而在距离山海境与现世的时空连接点不到十米处，是李力一手打造的猪圈。

猪圈的设计风格与鸡舍一样恢宏大气，由一座空间宽敞、雕工讲究的木屋与四面篱笆圈起的大片空地组成，合计面积超过两百平方米。空地中的区域有一小半被李力进行过水体改造，能够常年维持烂泥坑的状态，让猪随时打滚嬉戏，泥坑中还漂浮着一群供猪娱乐的塑料小黄鸭、小河马，泥坑对面是宽敞得能并排躺下两个叶辰的食槽。木屋中则有按照猪体工程学专门打造的猪猪保健床，据说老母猪睡上一年能多生好几个崽子。

不仅如此，站在猪圈木屋里还能顺着窗户看到涴水，堪称水景大平层……

叶辰怀疑李力对猪圈如此上心是因为对猪有归属感，还犹豫着要不要养，怕杀猪吃肉会伤害李力的感情，可他啃起排骨来毫无压力，还声称自己将猪圈修葺得如此完美是为了放松猪的精神，安抚猪的心灵，使猪们能够笑对屠刀，慷慨赴锅。

于是叶辰果断地购入二十只猪宝宝——灵气食物吃惯了，叶辰和神兽们的嘴都变挑了，市面上卖的猪肉怎么吃怎么没味，一锅红烧肉炖土豆出了锅，大家都抢着吃那吸饱肉汁、香软糯口的灵气土豆，对红烧肉反倒兴趣缺缺。

猪宝宝们的食物由睚眦负责投喂，其他方面则甚少需要他操心，因为叶辰将境灵保存的两只当康取了出来，和猪宝宝们一起养在猪圈里。当康是一种相当不争气的灵兽，据境灵记载，当康肉质干柴、微苦、微酸，寒性极重，食之腹泻。

虽然不好吃，但当康的灵智在灵兽中处于金字塔尖，具备一定的智慧，能够号令群猪，且当康的灵气有丰产之效，不占用叶辰的伏羲神力份额，也能把猪宝宝们催得又大又肥，俨然猪圈高管。

叶辰进入山海境，走到离入口最近的猪圈。

猪圈中，二十只半大猪少年正首尾相连地绕猪屋跑圈，一只当康大佬用叼雪茄的气势叼着一根树枝，仰躺在泥坑里享受人生，另一只当康大佬则站在队列外"吭哧吭哧"地骂街。

当康大佬："吭哧吭哧！吭哧！"一二一，一二一！跑起来！

想让猪肉好吃，得让猪适当运动，当康也懂得这个道理。

叶辰敲敲栅栏，拉开门，冲当康勾勾手指。

正指挥跑步的当康转过猪头："吭哧？"

"载我上山。"叶辰吩咐道。

当康一溜小跑过来，在叶辰的面前趴下。

叶辰翻身上猪，拍拍猪屁股："驾！"

当康撒开四蹄，载着叶辰朝鸟鼠同穴山的山顶跑去……

所以说，李力将猪圈修在距山海境入口十米远的地方，是有考虑过的。

境中种植规模越来越大，有菜地、灵木林、山等等，叶辰一介凡人，境中往返越来越吃力，而泥土路上骑车又慢又颠。当康的跑速堪比猎豹，而且步伐平稳、不颠人，一身肥肉骑着不硌屁股，是性价比相当高的交通工具。李力就刻意把猪圈修在入口旁，叶辰想去哪，上猪就走，方便。

路过新扩张的现世树木区，叶辰用脚跟轻磕当康的肚子，道："吁——"

当康立即刹住步子。

叶辰下猪，检查树木生长情况。人手多起来后，他引进了不少现世树苗，以原有的十棵苹果树与十棵梨树做排头，往后依次是一排排齐整的桃树、柿子树、石榴树、核桃树、栗子树……水果树、坚果树都有。

现世树木长势喜人，柿子树已率先结果，枝丫被橙黄饱满的扁柿子沉甸甸地坠着，叶辰拽下两个软的，拿袖口抹抹，塞一个进当康的嘴里，自己吃另一个。这种熟透的软柿子，叶辰平时习惯在顶部切个口，拿小勺舀着里面的汁水吃，不过手头没工具，他只好徒嘴咬开略涩口的厚实外皮，用嘴唇堵住，吸上一口，软烂的柿子肉与果浆沁凉甜蜜，甜得有些齁嗓子。

等好吸的都吸光了，叶辰掰开变得干瘪的柿子，吃种子外包裹的那层有嚼劲的果肉，也就是常被人称作"小舌头"的那部分。

叶辰优哉游哉地把一个柿子吃完，当康也跑到鸟鼠同穴山的山顶了。他走到渭水边，蹲下洗了洗手，观察云松的长势。

负责还原山体生态的蠃蚄和负蚄是从山顶开始往下种的，渭水沿岸一圈圈栽种着云松，大多是幼苗状态，有些甚至是尚未出芽的松塔状态，只有最早栽下的四棵已长成大树。

云松树如其名，枝干绵白如云，松针极奇异，呈雪白气雾状，没有实体，一根树枝上几百枚松针聚集成一团，就织成一团云絮，懒懒地趴在枝头。风势猛烈的话，云松的针叶就会化散无踪，隔几天又会长出来。

离远了看，仿佛整棵树都是从天上摘下一大团云彩雕出来的。

这种云絮似的松针据说能清肺，极轻软、极细小的微型松针可以刮去肺部沉积的异物、毒素、病变细胞，叶辰抬手搅散一团松针，就像搅散了一朵云，手上几乎没有感觉，只有鼻端忽地嗅到一股清新的森林气息。他只觉得胸腔立时舒畅清爽起来，鼻腔呼出的气隐约泛着一股工业废气的臭味，可几大口深呼吸下来，呼出的气体就与吸入的气体一样清新了。

还真有种把脏东西呼出去了的感觉……叶辰想。

当康知道树上那些白云似的东西对身体好，拼命张大鼻孔呼吸。

山顶有耕种用的工具，叶辰给树苗浇浇水，施施肥，确认神力都给到位了，正想着趁有时间加种几棵，手机却传来微信提示音，是周步初发来了微信。

周步初："白泽找着了，一会儿给你带过去。"

叶辰："周叔辛苦了！晚上给您杀头猪！"

周步初满意地揣起手机。

他身旁站着一头通体雪白的神兽，神兽形似马而有角，瞳色冰蓝，鬃毛长如流苏披挂，蹄子每走一步，地上便印下一朵稍纵即逝的莲花。白泽身上驮着一位衣着朴素的老人家，老人家身后则横放着一辆挺旧的……自行车。

周步初："……"

张兆谦的容貌比网上照片上的还要苍老、清瘦一些，加上头发、衣着与照片上的都有差异，就增加了辨认难度。周步初这几天远远瞥见过他两次，但他本人与周步初想象中身边警卫簇拥、出入司机接送、衣着光鲜的国宝级院士差距忒大，谁能想到堂堂一位院士会艰苦朴素到天天骑台破自行车上下班，身边连个警卫员都没有。

周步初见着张兆谦两次，硬是没认出来，直到第三次看见这老头儿时发现他身边赫然站着一只白泽，才恍然大悟。

周步初将人带到时，叶辰已在门口恭恭敬敬地等了好一会儿，远远地望见白泽驮着一位老人，忙迎上去。

老院士半点儿架子也没有，衣着也朴素，打眼看去就是一位寻常老人家，也难怪周步初认不出来。

白泽进了院子，将人与自行车放下，衔起自行车车筐里的布包，绕到树后化成人形穿衣。叶辰把张兆谦搀扶进正房落座，老院士还没坐稳，白泽便疾步走进正房，边走边系扣子，生怕谁趁他一眼没看顾，把老院士怎么样似的。

白泽内丹修复得好，人形已变回二十五六岁的样子，长发扎成一束，松松散散地从肩头垂至胸口，发丝白如月光，单片眼镜后的瞳色也较常人浅淡，蛛丝般纤细的镜链子随着他的走动微微摇荡。他有椅子不坐，径直走到张兆谦的身侧站好，像个秘书。

张兆谦："你坐。"

白泽这才挨着张兆谦坐下。

张兆谦将屋子里诸位神兽挨个端详过，神情亲切，又透着抹稚气的好奇。叶辰定了定神，给在座各位互相做介绍，他从来没接触过张兆谦这种级别的人物，紧张得像个在给校长做报告的少先队员，舌头直打结。

好在张兆谦人如其名，谦逊温和，好相处得仿佛邻家爷爷，一圈介绍做下来，叶辰神经放松不少，不自觉地绷紧的肌肉也慢慢松弛下来。

接着，叶辰把山海境的修复状况、眼下面临的困难和需求、未来短期的规划，还有不死树的种植计划都向老院士汇报了一番。

"……一个是要大幅度扩大灵植的种植规模，需要开启机械化种植，我得从零开始学习各种机械化种植技术，"叶辰一板一眼道，"另一个是，在不暴露山海境秘密的前提下让产品正规化，我想要足够的催生不死树的神力，一定得大规模贩卖这些灵植产品。"

叶辰揣摩着张院士的心理，补充道："买家和卖家其实是双赢的，这些产品已经帮到不少人了……东西我卖得不贵，普通人也用得起。"

张兆谦连连点头，竖着耳朵听叶辰说话，神采飞扬得像个十几岁的少年。

他承继了白泽的全部学识，虽没亲眼见过，却一直都知道山海境中的灵植有多么神奇。境中的许多天材地宝都是可以进行研究、提炼的，他这些年做出的研究成果就是受到境中某种植物的启迪，区区一项成果就可以令近千万盲人重获光明，如果能让山海境得到合理利用，又会是什么样的景象？往小处说，许多被病痛折磨的凡人能获得救助；往大处说，人类文明的进程都会得到前所未有的革命性的推动。就算没有不死树的诱惑，他也愿意帮叶辰把产业做大。

可其中涉及许多问题，比如说，窥探天机与惠泽万民的平衡点要把握住，底线是不能把这个存续了几千年的大秘密暴露在世人眼前，否则，以人性之恶，不知会因利益驱使爆发出多少灾祸。

张兆谦阅读过白泽的记忆，知道"窥探天机会遭天谴折寿"其实是境灵设置的言灵禁制：几千年前，山海境的存在并不是秘密，但这仙境的存在并未给凡人带来好处，反而因凡人无尽的贪欲导致各部族间战乱频繁，狼烟四起。于是，继承盘古遗志，以守护人间、造福黎民为己任的境灵只得制定出一套"天机不可泄露"的言灵规则。

禁制落成后，山海境渐渐在时光的洪流中成为秘密，可境中资源与天地灵气凝聚而成的神兽必须有人管理，而且这个管理的人要永远站在凡人这一边，要在不泄露秘密的前提下造福黎民。因此，境灵在挑选每一任山海境的主人时，都会选择魂魄澄净的凡人——

魂魄澄净，就意味着此人心地纯善，愿为苍生行义举。

作为交换，张兆谦也将他知道的这些信息全部告诉给了叶辰。

这些事时隔久远，有些出生晚、一两千岁的年轻神兽甚至都没经历过，而作为天地灵气最早凝聚出的那批神兽之一，白泽是把一切都看在眼里的，而且他生来过目不忘，几千年前的事在他脑中都如昨天发生的一样清晰。

叶辰听得一愣一愣的，不可置信地指指自己："我……魂魄澄净？"

张兆谦和善地一笑。

叶辰忧心忡忡道："其实我这人挺贪财的，还爱撒谎……"魂魄好像并没有特别澄净！

"叮"的一声，叶辰手机响起推送音。

叶辰直觉是境灵，掏出来看，屏幕上果然显示着一条推送信息——"来自山海境2.0的温馨小贴士——用户说得对"。

叶辰："……"

这境灵是有多贱得慌，还专门发条推送信息来损他。

叶辰郁闷："那你还选我。"

境灵的机械电子音通过手机扬声器回荡在屋子里："经扫描，用户魂魄澄净，但意料之外地爱占小便宜、满嘴跑火车、一屁三个谎，与过往历任山海境的主人似乎不是同一人种……"

叶辰默默地调低手机音量，但境灵自从升级到2.0版本后就不受手机硬件控制了，继续自说自话："我起初以为是扫描错误，本来想偷偷五雷轰顶轰了你……"

叶辰面色泛青。

境灵："但经过反复多次扫描与大量言行数据分析后，我得出结论——你心地纯善，能行大义，只是行事作风略显猥琐，小节有失罢了。"

叶辰脸蛋儿通红："欸、欸，差不多行了，又不是你欠上亿债务吃不起饭……"

不就蹭几顿饭、顺几卷手纸吗！

简直站着说话不腰疼！

"产品正规化的问题，我与张先生会为你想办法，具体过程，你不必过问。"一直默不吭声的白泽开口了，他语速沉缓，音色清冷，措辞还有些拿腔拿调，不太像现代人，"境中资源用之不尽，取之不竭，因此，我与张先生希望你能将造福黎民放在首位，不可利欲熏心，一味求财，你能保证吗？"

叶辰果断地应下："能！"

他的辰辰健康养生坊简直就是有良心得要命！

"至于扩大种植规模的问题……"白泽迟疑片刻，道，"我会为你提供知识方面的帮助。"

张兆谦虽地位高，但工资不高，项目研究经费动辄千万上亿元，都和他没有关系。至于这些年获得的大小奖金，都被他投入到他自己建立的科研创新基金会中，用以褒奖在医疗、生物领域有突破创新的青年科研工作者，自己生活清贫，也安于清贫，上级部门要提供给他的各项优待也都被他一一推辞。

国内老一辈的科研人员经常是这样的"画风"，为国家呕心沥血，自己却什么都不求。

"麒麟和谛听怎么样了，你们知道吗？"白泽问。

他在重伤员中算受伤较轻的，苏醒没多久，目前正在学习适应现代社会，还没来得及联络旧日的神兽朋友。

"谛听当年伤得最重，应该离醒来还早着。"毕安安道，"五姐说麒麟快了，就是这段时间的事，他庇佑的人叫秦文生，有亚洲赌王的名号，在境外开赌场。"

白泽眼皮一抬："那资金方面可以让他负责吗？"

毕安安无奈："我们通过五姐联系过秦文生，他卧病在床有一段时间，目前家里的产业主要是他三儿子和四儿子打理，其他十多个子女也争家产争得打破头，想从他手里抠钱，比从周步初的身上割块肉都难。"

周步初瞪着她，做小媳妇状紧张地拢好领口。

白泽挑眉："十多个？"

"他一共有五房太太，生了十多个。"毕安安用手比了个"五"出来，浑身难受道，"犯重婚罪了，我想告他。"

叶辰："……"您忍住。

"资金现在不是大问题，"叶辰财大气粗道，"我已经订下一台拖拉机了，过几天到货。"

当下钱已经不是最要紧的了，主要是各种资质、产品检测、生产批文，这些交给白泽处理妥当后，叶辰就敢放手干了。

这两天叶辰货比三家，混迹百度贴吧，在"拖拉机吧"到处抱大腿虚心求教，最终订购了一台东方红轮式拖拉机。这款拖拉机灵便小巧，加粗半轴，可根据需要拆卸替换成"山地王"半轴，或者"运输王"半轴，一机多用，能满足在丘陵山地间进行机械作业的需求。有了它，还原鸟鼠同穴山的植被分布的任务就简单了。

单独一台拖拉机干不了什么活，叶辰还购置了配套的旋耕机、播种机、深松机，以及植树打桩机，以应对不同的种植需求。这一套小型农机具置办下来就是五万多块，等到操作熟练了，估计还要置办几套大型的。

最后，叶辰将境中现有的各种灵植每样取了些样本交给张兆谦供他研究，还把枕头和生发器样品也各给他一份，请他和白泽想办法搞定生产批文。

第 五 章

谛听苏醒，警铃大作

叶辰为公司注册和采购农机具的事情忙昏了头，不知不觉间已是一周过去，《悠闲的假期》第二季的第二集就要开播了。

自从上周在沈默风家过夜后，两人就忙得一直没机会见面，今晚沈默风重复上周的操作，约叶辰晚上去他家一起看真人秀节目。

叶辰收工时，沈默风的车早已等在停车场了。

晚春的风仍残留着寒意，叶辰套了件宽大厚实的卫衣，斜背着一个塞得挺鼓的大号双肩包，脚上踩着一双崭新的帆布鞋。鞋子棱线清晰，鞋帮雪白，将他衬得阳光稚气，好像个高中生。

"沈哥。"叶辰坐到副驾驶座上，把双肩包拿到怀里抱着，那包的设计风格接近登山包，容量能有个四十升，他抱着它，就像小企鹅抱了颗巨型蛋。

"我家里种的菜又成熟了一批。"叶辰打开双肩包，掏出一颗芋头，捧着献宝，"您有空把这些给叔叔阿姨带回去。"

沈默风一时不知该露出什么表情。

中华儿女，十个里有九个都对田园生活有向往，就连沈廷都半开玩笑地说过"等将来七老八十了，就去山清水秀的地方买块地，过过返璞归真的生活，雇人种几亩庄稼"这种话。沈默风也早已接受了叶辰的种植爱好者人设，但即便如此，他仍是一时语塞，看着那芋头说不出话来。

叶辰把包一敞，拨开最上面不经压的卷心菜，让沈默风看下面塞得满满当当的灵气蔬菜，一板一眼道："芋头益胃健脾，调理中气；菠菜抗氧化，能降低患上某些慢性病的风险；豌豆皂素含量高，能防癌；紫甘蓝降胆固醇、降血糖……您让叔叔多吃，都是我亲手种的，不打农药，不用化肥，特别好。"

朋友圈那套也信……沈默风被叶辰那副一本正经地背诵养生知

识的小模样逗得想笑。

这棵卷心菜是那片菜地里的菜王，生得圆润硕大，色泽鲜亮得堪比翡翠，一看就是一棵吸饱了天地灵气的菜中龙凤。叶辰今早巡视菜地，一眼就被它吸引住了，忙不迭摘下来孝敬沈叔叔。

"我不是和您开玩笑呢，"见沈默风的表情像是不信，叶辰急切道，"您记得让叔叔吃，吃完我还给他拿，我家院子里可多了，叔叔不是没什么病，就是体质不好吗？他就是得平时注意这些细节的保养。"

沈默风揶揄道："我发现你像个卖保健品的。"

叶辰噎住："……"

不瞒您说，我还真就是个卖保健品的！

"你们平时买的有机蔬菜其实都没我种的好，"叶辰怕沈默风不上心，捧起那棵菜王，夸耀道，"您看这卷心菜，又大又圆又绿。"

沈默风莞尔："看着不错。"

叶辰眉眼耷拉下来，有点委屈地叫了声："哥……"

"知道了。"沈默风正色，单手拎起那满满一包的菜放在后排座上，"我待会儿让小何来我家取一趟，今天就给我爸送过去。"

"我爸睡你送的床垫了，很喜欢，"沈默风温声道，"前两天还催我有时间带你回家做客……我妈还看你演的剧。"

叶辰略抓狂："阿姨看我演的剧？哪部？"

他演技进步快，每杀青一部之后再看前一部，心情都仿佛而立之年的成熟男人浏览自己中学时期的 QQ 空间，羞耻得满地找头。

"仙侠那部，"沈默风开着车，诚恳道，"其实演得还不错，很有灵气。"

叶辰哀怨："您是真宠粉。"

沈默风柔声道："你有天赋，进步快。"顿了顿，他的语气染上一抹笑意，"我妈妈很喜欢你，算是你的半个'亲妈粉'。"

两人这么有一搭没一搭地聊着，叶辰忽然觉得不对："您上周回家没上高速路吧……不是，这方向都反了吧。"

"我的另一个家。"沈默风不动声色。

"哦。"叶辰了然。

沈默风在京海有好几套房产，可能是今天住住这，明天住住那的。

十分钟后——

叶辰乐呵呵道："离我家越来越近了。"

沈默风嗤笑："还真是。"

叶辰："您家的具体地址是什么？"

沈默风沉吟片刻，搪塞道："……忘了。"

叶辰用给青年痴呆顺毛的委婉语气道："其实我也经常记不住街道名。"

沈默风剜他一眼："房子太多记不住，但我开车能找到。"

叶辰一时失语："……"厉害，是你们有钱人厉害。

恰逢红灯，沈默风停车，抽出一条领带，道："眼睛蒙上。"

叶辰警惕："为什么？"

"我想给你一个惊喜。"沈默风伸手给他绑，"不许偷看。"

叶辰没多想，稀里糊涂地被领带蒙了眼睛。

十五分钟后。

车子停下了，有熄火的声音。

叶辰老实地问："能摘了吗？"

"等一下。"沈默风开车门，下去转了一圈又坐进来，不悦道，

"这辆运快递的车怎么停在路中间，里面也没个人……"

"您绕过去？"叶辰问。

沈默风只道："等等吧。"

快递员开的小车一般都不占地方，就算停在路中间，按理说也能绕过去，除非这条路很窄……叶辰脑内忽然闪过一幕画面，脊背猛地蹿起一股寒意，像是某种直觉。

他把领带扯开一点儿。

与此同时，四合院朱红漆的院门"吱呀"一声打开了，快递小哥捧着一摞打包好的纸箱走出来，身后还跟着一个身高接近一米九的男人。

这男人仿佛刚做完重活，或是刚健身完毕，上身只穿着一件背心，一身雄性荷尔蒙爆棚的漂亮肌肉被薄汗浸得微微发亮，五官透着一种粗犷野性的英俊。不夸张地说，他的外形优秀得足以碾压娱乐圈里很多走型男风格的艺人。他像捧小孩子的玩具一样捧着一摞与他体型形成鲜明对比的小纸箱，帮快递小哥往车上搬。

沈默风怔住："……"

在与沈默风四目相对的一瞬，这男人像是做了什么亏心事一样，瞪圆了眼睛，飞快地一扭头，捧着那一摞小纸箱，风也似的缩回院里去了。

大门"砰"地合上了。

快递小哥迷惑不已，在外面拍门："您剩下的还寄不寄了？"

门后响起李力的低音炮："明天再寄！"

快递小哥再追问，李力就不吭声了。

"沈哥！"叶辰脸都绿了，两手捧住沈默风阴沉的脸，强行把他扳向自己，勉强地笑两声，道，"您是不是迷路了？这怎么……

突然开到这了？"

沈默风眸子漆黑："他是谁？你不是一个人住吗？"

"就是我一个叔叔，老家的亲戚，"叶辰心脏跳得很快，四肢发冷，结结巴巴道，"您别多想……那个，我……我开了个网店！他就是帮我发快递的！"

沈默风嘲弄地一笑："你，开网店？"

显然是半个字都没信！

叶辰几乎要失语："真的！"

"就算你开网店，他一个发快递的……看见我跑什么？"沈默风垂眸，盯着叶辰的嘴唇，幽幽道，"你有什么事瞒着我？"

"真的，就是个发快递的……他跑……他跑是因为我们卖三无产品！"叶辰六神无主，脑子里一团糨糊，只想着不能让沈默风窥探天机，就下意识地先拣着不折寿的说。

沈默风深吸一口气："接着编，小骗子。"

叶辰脸色惨白："我都管他叫叔，真的，不……不是您想的那样……您怎么还突然开到我家了？"

一点儿防备都没有可还行？！

"我看他也不比我大几岁，有三十岁吗，就叫叔？"沈默风反问。

叶辰语塞。

"我为什么开到你家？"这时快递小哥的车已经开走了，沈默风一脚油门，往前滑出一段距离，停到另一座四合院的门口，道，"因为这座四合院，我买下来了……叶辰，能不能和我说实话？"

叶辰要疯了："您冷静一下，让我想想怎么说……"

不死树以后会种出来，如果一切顺利，即使沈默风窥探天机也不会早亡。可首先，现在不死树还连个树影子都没有，如果可以，叶辰不愿意让他承受可能存在的风险；其次，向不知情的凡人泄露天机，作为泄密方，叶辰可是要挨雷劈的……

雷劈这种惩罚，神兽咬咬牙倒是扛得过去，叶辰挨一下，那就直接灰飞烟灭了。

但神兽能扛是一回事，凭什么替你扛就是另一回事了，叶辰总不好对神兽说"您受累，挨一下五雷轰顶，帮我哄哄沈老师"吧。

沈默风："……"

叶辰："……"

一阵可怕的沉默后，沈默风推门下车，大步走向叶辰家的四合院。

叶辰急急地跟下去，虚弱道："沈哥，哥，我求你了，您再给我几分钟，让我组织一下语言，我肯定给您解释清楚……"

沈默风咣咣敲门，厉声道："开门……开门！"

门内一片死寂。

任谁看了，都会觉得是里面的人心虚，不知道在做什么不可告人的事情。

沈默风彻底情绪失控，重重地飞起一脚，把大门踹得吱呀作响，咆哮道："开门！"

"干啥呀？！"李力也被惹毛了，隔门叫嚣，"你咋的？你跟谁咧咧呢？！"

"你……"沈大少爷一时语塞，竟不知怎么接这个风味浓郁的话！

主要是他没演过小品！

李力脾气挺暴躁，叶辰怕他们动手，隔门大喊："先别开门！"

看在叶辰的面子上，李力恨恨地咽下一口气，门里没声了。

事态的可疑程度顿时直线蹿升！

沈默风胸口起伏不定："叶辰！"

叶辰脸蛋儿煞白："给我一分钟！你冷静一下！"

要在尽量不挨五雷轰顶也不害沈默风折寿的前提下把这谎圆了，纵是嘴能通高铁的叶小骗子也得捋一捋思路。

沈默风恨得牙痒痒："给你一分钟，好让你继续编故事？"

叶辰被说个正着，脸皮倏地一红，昧着良心道："不是！"

随即他脑力全开，拼命编故事……

不是个鬼！沈默风胸口被堵得不知如何是好，转身抬腿踹门，大门砰砰作响，却纹丝不动，那形迹可疑的男人也不吭声了。

他不愿意把叶辰往坏处想，但那男的也太可疑了！

沈默风猛地转身上车，叶辰还没来得及跟着钻进车里，车已斜着倒退几米，贴着叶辰家的四合院的墙根停下。紧接着，沈默风下车，大长腿一步迈上车前盖，再一步迈上车顶……

"沈哥！"叶辰惊呆了，忙四下张望，怕有狗仔在附近偷拍。

沈默风站在车顶，攀住墙头，双臂用力一撑，利落地跳上去了。

堂堂影帝竟飞檐走壁，强闯民宅！

"你等等！"叶辰忙不迭地开门，生怕沈默风跟李力动手吃亏，"你打不过他！"

"叶辰！"沈默风咆哮，"你再说一遍？！"

他仅存的一丝理智被这句"打不过"气飞了，自觉雄性的尊严受到前所未有的践踏，脑子"嗡"的一声，脱掉外套，往地上一摔，扯松领口，从墙头一跃而下。

许是太过愤怒，从墙头落地的一瞬，沈默风只觉得周身皮肤滚烫、双眼发热，神经突突直跳，流经全身的血液如同有了生命一样在他的体内肆意奔流，五脏六腑互相挤压着、蠕动着，那感觉……简直像有什么活物在他体内苏醒了一样，可他处于盛怒之下，没心情留意这份异样，还以为是气的。

这时，叶辰也正好推开院门，与沈默风同时进到院子里。

院子正中央，李力正抱臂站着，不闪不避，大大咧咧地瞧着沈默风。

沈默风径直朝李力走去，俊美的面容阴郁得吓人。

而一秒钟前还姿态嚣张的李力一见沈默风朝自己走来，顿时惊呆："你能看见？！"

沈默风："废话！"

叶辰："……什么？"

——李力以为沈默风看不见自己，这说明李力目前是对凡人隐身的状态，可沈默风看见了。

神兽的灵气障眼法对山海境的主人无效，所以，叶辰无法区分神兽当前处于"对凡人可见状态"还是"对凡人不可见状态"，反正他无论如何都能看见，他只能通过其他凡人的反应来判断神兽是否使用了障眼法。

看在叶辰的分上，李力不想和沈默风起冲突，扭头就钻进离他最近的西厢房。

"跑什么？！"沈默风跟进西厢房，叶辰愣怔片刻，也急急地追上。

西厢房之前是用来养鸡的，后来灵鸡集体乔迁新居，这空房就成了李力和另外三位龙子的卧室。这个时间，那三位龙子正在山海境里种地，因此房中空无一人，只有一头膘肥体壮的……猪。

地上还散落着几件衣物。

猪转过身，用坚如磐石的屁股与螺旋尾巴对着沈默风："吭哧。"

沈默风："……"

叶辰："……"

房间里弥漫着死一般的寂静！

沈默风愣怔在原地，一身煞气都被这头突如其来的猪给泄光了。

——一集片酬百万元的当红"小鲜肉"，在自家卧室里养了一头猪。

不是什么宠物小香猪，甚至不是老母猪，而是一头身形剽悍、肌肉虬结、獠牙锋利的……种猪。

沈默风一时失语，情绪被猪打断，沉浸在如魔似幻的场景中无法自拔，甚至以为自己被叶辰气出幻觉了。

几秒钟后，沈默风艰难道："……你养的？"

叶辰紧张得干咽了一下："我要说是从邻居家跑过来的，您信吗？"

沈默风咬牙："你的邻居是我！"

叶辰："……"

有道理！

"那个男的呢？"有那么一瞬，沈默风几乎以为这头猪是刚才那个男人变的。

但这猜测实在太离谱了。

沈默风知道父亲供奉了"保家仙"，理智上也已认同了灵异神怪的存在，可他活了二十六年，从未亲眼见过这些事物。在他的认知中，这些玄之又玄的东西与现世是隔着壁垒的，人类可以供奉他们、朝拜他们、信仰他们……沈廷供奉了二十多年的神龛永远都是那么安静，从来没发生过怪事。

所以，在沈默风的认知范围中，神仙鬼怪必然是虚无缥缈的，不会变成一个穿着背心发快递的英俊型男，更不会变成一头猪，他们不可能这么触手可及，这么接地气。况且，那个男的外形极好，和猪根本扯不到一块去。这屋里要是一只狐狸，他倒可能会往男狐狸精的方向拓展一下脑洞……

沈默风定了定神，强迫自己无视那头诡异的猪，尽量把思维引回理智的轨道上，疾步走到窗前，"砰"地推开窗，可窗外也不见人。

"藏哪去了？"沈默风觉得自己要疯了，他趴在地上窥探那四张床的床底，边检查，边迎来新一轮的崩溃，低吼道，"你的卧室里怎么这么多张床？叶辰？！"

"都是网店的员工……借宿的……"叶辰倚墙站着，虚汗淋漓，一时不知哪句该讲、哪句不该讲，甚至开始考虑先一记手刀把沈默风敲晕，然后再慢慢想对策的可行性。

这理由太扯了，沈默风做了个深呼吸："你还在骗我……"

叶辰能开网店，他就能生吃这头猪！

猪警惕地盯着如疯似癫的沈默风。

叶辰虚弱道："我这句话没骗您！我……"

这时，西厢房外传来脚步声。

那是在田间辛勤劳作了一天的神兽生产大队——包括周步初、各位龙子，以及今日专程来丈量鸟鼠同穴山的土地面积的白泽。

还有神兽生产小分队——包括采冬绒花、摘水果的神兽崽崽们。

"你家里人还不少？"沈默风听见门外踢踢踏踏的脚步声，青筋暴突。

这怎么编啊！叶辰抓狂地望着沈默风："沈哥，我真的不知道怎么和您说了，我怕我说不好要挨雷劈……"

往好处想，沈默风得知真相之后应该能帮上忙，无论是经营，还是增加产出，他都能起到正面作用，在折损寿命的同时，也能加速不死树的种植，只要增加的寿命比损耗的寿命多就可以了……只是不知道这雷劈要落在谁的身上。

外面人一多起来，沈默风的抓狂劲倒下去一些……只是被欺瞒了很多事的感觉更强烈了。他猛地一扭头，望向门外。

与此同时，察觉到西厢房里动静不对的毕安安也隐身从门边探进半张脸……

沈默风猝不及防地与毕安安打了个照面。

他应该看不见我……毕安安飞快地缩回去，用口型向其他神兽示意：都隐身。

"好啊……"沈默风双眼玄黑如井，"你带毕安安回家？"

健硕的种猪冷静地拱到沈默风和叶辰之间，防止气昏头的沈默风动粗。

沈大少爷的情绪再次被猪打断，以至于忘了下一句要说什么："……"

毕安安在门外，满脸惊讶："啊？！你能看见我？"

沈默风一怔，意识到这是自己今天第二次被人问这个问题。

这时，几只好奇的神兽崽崽也拎着装冬绒花的小布兜"吧嗒吧嗒"地跑过来，隐着身往西厢房里探头探脑，围观风风哥哥的发飙现场。

"你们也来……"叶辰已是有出气，没进气，根本不敢直视沈默风的眼睛。

沈默风扭头一看，两眼一黑，几乎当场昏迷："你……你哪来这么多孩子？！"

叶辰痛苦地组织语言中："……"

反正真的不是隐婚生了八个！

"呀……"狐宝宝吓了一跳，下意识地捂住小兔耳朵伪装凡人小孩子，随即急急地跑开几步，仰起小圆脸，紧张地望着和他一样紧张的狂犴小姐姐，小声道："风风哥哥怎么能看见我们了呀？"

"算了，算了，我和他说吧。"毕安安是圈里人，以艺人的身份和沈默风打过交道，所以眼下这情况她很快就梳理出了个七七八八。虽说她还不明白他们的障眼法怎么就突然对他失效了，但他明显是什么都不知道，叶辰也是脸色煞白、魂不附体，一副有口难言的样子。

毕安安挥挥手："你们都离我远点儿，待会儿雷劈我，别连累你们……呃……"

她话说到一半，忽然噎住了。

在场的其他神兽也默契地齐齐望向沈默风。

他们忽然感知到了一股来自旧日老友的熟悉的灵气……

沈默风身体忽然僵住，动弹不得，从墙头跃下后，隐约在体内涌动的怪东西蛮横地接管了他的身体控制权，有水雾般的白气从他的领口、袖口、周身毛孔，乃至七窍中滚滚冒出，凝聚成一团，连瞳仁中都弥漫起白翳。

叶辰震惊："沈哥？！"

沈默风对叶辰的呼唤充耳不闻，只垂着头，神色怪异，惊诧、了然、难过、疑惑……种种表情在他的脸上以平均一秒不到的时间飞速地切换——他仿佛在短时间内接收了大量信息。

"他怎么了？！"叶辰吓疯了，上前扶住沈默风，求助地望向神兽们。

毕安安干咽了一下，半是自言自语，半是说给叶辰听："谛听的灵气……那他就是给谛听养丹的那个小孩子了……对了，他家不是特有钱吗，我早怎么没想到，向谛听借力的人就是他爸啊……"

"谛听？"叶辰瞳仁骤缩。

他想起与周步初初次见面时听到的那番话——为谛听养丹的小孩子当年只有两岁，谛听借他的肉身做容器，两岁的小孩子却不会使用神力，于是谛听将神力让渡给小孩子的父亲。那人得到窥探人心的能力，在商业场上无往不利，成了知名企业家，身家是天文数字……

时隔多年，周步初记不清那富豪的名字，叶辰也觉得和自己没关系，没追问过。

原来就是沈哥他爸吗？！叶辰彻底蒙了。

谛听在沈默风体内沉睡了二十多年，吸取他的紫气养丹，其间浑浑噩噩地醒过几次，却没有正式苏醒。今天宿主情绪激荡，谛听被汹涌澎湃的紫气惊动，碰巧内丹也在近几个月断断续续的灵植投喂下加速修复完毕，于是……

"谛听的内丹修复好了，"白泽说着话，疾步往屋外退去，"他要从宿主的体内出来了，不用担心。"

其他神兽也如白泽一样，躲鬼似的纷纷与沈默风拉开距离，李力变的种猪一马当先，力排众人"哼哧哼哧"地往外跑，一眨眼的工夫，西厢房里就只剩下叶辰与沈默风二人。

叶辰铁青着脸："你们躲什么？！"

难道沈哥会爆炸吗？！

白泽望着他，目露怜悯，缓缓地道："谛听以窥视人心、探听八卦为乐，五米开外他听不清楚，是安全距离……"

李力摇摇螺旋尾巴，粗声附和道："在谛听跟前待着，就跟没穿裤子似的。"

毕安安逻辑缜密："你现在也没穿裤子！"

"那谛听醒了，沈哥以后不会也能读……读心吧？"叶辰被这个可怕的念头炸出一身虚汗，有心躲开，沈默风却没骨头似的倚着他，他这时松手，沈默风就会一头栽在地上。就在他犹豫不决的短短几秒内，沈默风眸中白翳尽消，周身迸发的灵气狂潮也骤然停止，那些白雾似的灵气在沈默风的肩头凝聚成形……时隔二十四年，谛听再次现世。

谛听身型玲珑，是能端坐在沈默风肩膀上的大小，体态介于鼬类与獾类之间，长尾蓬松，绒毛莹白，左右各生三个柳叶形的细长兽耳，耳郭周围隐隐有细碎的光尘飘浮，自带梦幻滤镜。他的眸色是玉石般的浅青，不凉不热的一眼扫来，就能让人油然生出一种正在当街裸奔的错觉……毫无隐私感可言！

叶辰与谛听对视一秒，心中警铃大作，松开沈默风，拔腿就跑！

可他刚跑出还没一步，就被一条结实的手臂一把捞住。

"回来。"沈默风凉凉地道。

紧接着，沈默风攥住叶辰的胳膊，使他无法逃跑。

"怎么……"叶辰不解。

话音未落，他的额头忽然热了起来，似乎有某种看不见摸不着的东西在通过额头那一小块皮肤渗出体外。

与此同时，叶辰脑中没来由地响起一段段嘈杂的声音，起初只是叽里呱啦的噪音，几秒钟后，他意识到那是语速极快的说话声，就像几倍快进的音频文件。他极力辨认这些声音，并成功地从中分辨出几句熟悉的话——

"我会尽我所能修复山海境的灵脉……"

"这个涴水，是不是能养灵兽？"

"我只能具现化出属于山海境的东西……"

——那都是与修复山海境相关的记忆。

沈默风双目紧闭，眉头深锁，额角沁出细汗，仿佛正在接收那些信息。他死死地抓着叶辰不放手，谛听则好整以暇地蹲在他的肩头舔爪子。

白泽远远地"科普"道："他在读你的记忆。"

"什么？！"叶辰闻言，顿时吓得尿急，拼命推着沈默风，"沈哥！等等！别读了！"

"谛听的神力能作用于生物的脑，他聆听六道众生心音，本质是获取与破译生物的脑电波。"白泽从容得仿佛在上生物课，"谛听五米之内能粗略破译即时思维，距离越近，即时思维破译的精准度就越高……如果我没猜错，他应该是钻了言灵规则的空子。"白泽一笑，"这位沈先生应该正在读取你脑内与山海境有关的秘密，天机是他自己用神力窥探的，没有人'泄露'给他。"

听说沈默风只是在读与山海境相关的信息，叶辰挣扎的幅度顿时减弱。

可紧接着，白泽又悠悠地抛来一句："但是，如果对神力掌握不精准，也可能会不小心读到其他的记忆……"

叶辰一怔，拼命挣脱出沈默风的手掌，连蹦带跳地蹿到门外。

叶辰逃离的一瞬，沈默风猛地睁开眼，一双眸子黑得吓人，直勾勾地盯着叶辰。他没提山海境的事，而是一字一顿地从牙缝里蹦出三个字："三百块？"

叶辰倒抽一口凉气，膝盖一软，险些给沈默风跪下！

"……什么三百块？"毕安安小声地问叶辰。

沈默风下颌线绷直，紧攥着拳头，小臂青筋暴突："你给我过来。"

"哥，沈哥，我知道错了，您……您先别读了，行吗……"叶辰脸蛋儿一阵红、一阵白，暗暗地远离沈默风，嗓音都染上哭腔了。

谛听歪着脑袋，眼睛微弯，一副"吃瓜"吃得好开心的样子……活脱脱就是一只田里的猹！

叶辰："……"

什么叫相由心生？这就是！

沈默风大步朝叶辰走去，气势阴沉。他一动，神兽们也随之后退再后退，始终与他保持安全距离。

"欸，你有话好好说。"只有毕安安硬着头皮往叶辰的身前一挡，连珠炮似的道，"故意伤害他人身体的，构成故意伤害罪，根据《刑法》第二百三十四条规定，应处三年以下有期徒刑、拘役或管制……"

叶辰远远地站着，抽空膜拜道："您不是背不动了吗？"

毕安安："背着玩的。"

沈默风一怔，嗤笑："我会打他？"

言下之意也就是当然不会打。

"哦，不打人，我就管不着了。"毕安安果断地让开。

"您别过来啊！"叶辰魂不附体,捂着一脑袋小秘密撒腿就跑！

"还敢跑？！"沈默风几步追上去，拎奶猫似的提住叶辰的外套后领子，耳朵微微一动，想听听叶辰在想什么。

叶辰临危不惧，专心致志地背诵起数学法则：奇变偶不变，符号看象限，奇变偶不变……

"……"沈默风差点气乐了，"你的卧室是哪间，我们进房间好好谈谈。"

叶辰嘴唇抿成一条线，坚定地把控思维，绝不跑偏：奇变！偶不变！

沈默风手指碰碰他的额头，检索记忆："在正房。"

叶辰疯狂地腹诽：这怎么还带强读的？！我背数学法则还有什么意义？！

沈默风凉凉地道："确实没有意义。"

顿了顿，他又道："不许说脏话。"

叶辰：我以后还有隐私吗？！

沈默风垂眸看他："……"

叶辰：对不起！

沈默风拖着他走进正房，把他掼到床上，关门落锁，又把坐等"吃瓜"的谛听放到门外。

谛听："呱？"

过河拆桥？

沈默风眉梢一扬："想什么呢？"

"……您能先把这功能关上吗？"叶辰一骨碌爬起来，跪坐在床上，恨不得给他磕个头。

"关不上，"沈默风定定地望着他，"被附身的后遗症，要七天才能消。"

叶辰翻身下地，带着哭腔道："那……那能不能下周再见？您这样，我害怕。"

"不能。"沈默风大步走到床前坐下，把企图逃跑的叶辰拎

152

回来。他神色虽略显阴郁，但整体还算平静，语气也较谛听现身之前温和得多，可不知为什么，那张俊美的脸上就是透着一丝微妙的……疯狂。

"我们好好算算这笔账。"沈默风慢条斯理地咀嚼着每个字，"你追我的车……是为了赚三百块钱，你是职业假粉。"

叶辰的脸烫得能挂到天上当太阳，抵死不认。

沈默风了然："你心里承认了。"

叶辰羞愤欲死："哥——"

沈默风瞳仁微颤，缓缓地道："拍《问鼎》的时候，中午来找我，不是为了问戏，而是为了……"

他一聊这个，叶辰就无法遏制地想起那四只红烧大虾！

"知道了，"沈默风目光微凉，"人不如虾。"

沈默风："拍《问鼎》转外景那段时间，你去我房间洗澡是为了蹭我的……沐浴液？"

叶辰头皮欲炸，负隅顽抗："不是，真不是，哥。"

真的不是，因为不但为了蹭沐浴液，还为了蹭洗发水、润肤乳、精油……

"还敢跟我玩文字游戏？"沈默风不饶他，"蹭得还挺全。"

叶辰快疯了，叽叽咕咕个没完，企图扰乱沈默风的听觉："我没有，沈哥，我不是，不带您这样的，别说了，求您了……"

"还有，"沈默风提高嗓音，一桩桩清算，"我请你吃饭，你在心里管我叫爸爸；我给你挡树救你，你也在心里管我叫爸爸；我给你开小灶，教你演戏，你还在心里管我叫爸爸……你嫌我老，觉得我是你爸爸辈的，是吗？"

"不是！我没把您当爸爸！"叶辰从脸一路红到屁股。

分别是衣食父母、再生父母，以及一日为师，终身为父……老父亲三连。

沈默风凉凉地道："老父亲三连。"

叶辰几乎羞耻到昏迷："我没那么想！"

沈默风心里有些好笑，勉力控制住情绪，冷声道："你加了好几个中老年保健群，在里面宣传枕头，拿我举例子，嗯？"

"……"叶辰几乎要失语了，"您别说了！"

最要命的部分来了，叶辰心态崩盘，慌如奶狗，不管不顾地逃跑。

管他三七二十一，先跑再说！再被揭老底，他要羞耻到猝死了！

"老实点。"沈默风把他摁回去，不紧不慢地复述着，"听说你的老父亲烟瘾很重，天气转凉就咳得整宿睡不着觉，你这个当儿子的夜夜听着，心就像被揪着一样难受……"

呔叽……叶辰头一歪，奄奄一息，放弃抵抗。

"你的老父亲我，自从用了你代理的枕头，一天哪怕只睡六小时，"沈默风缓缓道，"也生龙活虎，能跑能跳的，是吗？"

叶辰嘴不吭声，思维却不受控制地想道：是。

沈默风似笑非笑："我生龙活虎吗？"

叶辰咬牙，眼中泛起悔恨的泪水！

他现在就是后悔，非常后悔……

"还说进圈就是为了我，"这是众多谎言中沈默风最不能忍的一条，"还'我是你的梦'？"

叶辰几乎丧失了语言能力。

房间中有片刻的安静，谜一样欢快的气氛在跃过某个节点后，终归沉沉地落了下去。

"叶辰，"沈默风温声道，"我没怪你。"

叶辰闷闷地"嗯"了一声。

沈默风正色："但你骗了我这么多，也不能就这么揭过去……你自己说说怎么解决？"

沈默风的语气变得严肃了，叶辰也定了定神，强行把自己从羞耻的情绪中抽离出来，与沈默风保持同频段。

他骗了人，无论有再多的理由，错就是错，他自觉没什么可强词夺理的，一个人被另一个人欺瞒了这么多，无论对方是出于什么原因，这个人心里都不会好受。

他其实……一直欠沈默风一个认真的道歉。

"沈哥，"叶辰清清嗓子，真诚道，"对不起，我错了，不该对您撒谎，以后再也不了。"

沈默风还没开口，叶辰已神色肃穆地冲他鞠了一躬："真的对不起。"

那视觉效果，就仿佛参加葬礼……

"……"沈默风头疼，"除了道歉，还有别的吗？"

他现在什么都知道，他知道叶辰的道歉有多真心实意，但这还不够让他消气。

叶辰忐忑，小声地道："您说……只要您能原谅我，怎么都行。"

沈默风莞尔，哄小孩子似的拍拍叶辰的背："行，我确实有一个要求。"

叶辰："您说。"

沈默风轻轻舒了一口气，斟酌措辞。

他读到叶辰的那些记忆时，除了"翻车"的尴尬和恼怒，其实更多的是酸楚和心疼。不然，以他的脾气，被瞒了这么久，心里不会毫无芥蒂，可他在叶辰的记忆中看到了很多东西……

他看见叶辰抱着膝坐在一堆蔬菜后，用袖口擦擦小纸壳上的粉笔字，把价格调低五毛，过一会儿，再长吁短叹地调低五毛，又过一会儿，再捶胸顿足地调低五毛……

其实，这场景违和感太重了，而且叶辰未免也乐观得太没心没肺，遇上来买菜的大爷大娘还有心情贫两句，看起来不仅严重缺乏悲情感，而且还挺搞笑。

小朋友很坚强，不需要怜悯，沈默风也不想用这些鸡毛蒜皮的旧事刺痛他的自尊。

叶辰紧张地望着沈默风。

沈默风语调轻松："以后多和我提提要求。"

叶辰垂眸，别扭道："哦。"

沈默风思索片刻，找借口道："庆祝你'翻车'，送你件纪念礼物，有什么喜欢的东西吗？"

庆祝"翻车"……叶辰习惯性地客气："没什么特别喜欢的。"

但心理活动控制不住！

"兰博基尼？"沈默风莞尔，"明天就……"他话没说完，眼中闪过一丝疑惑。

叶辰尴尬地抹了把脸。

沈默风嘴角一抽，缓缓地确认道："兰博基尼……拖拉机？"

叶辰赧然道："您不用给我买，我已经买了东方红，这两天就到货。"

"种草"（被激起购买欲）兰博基尼拖拉机已久的小朋友偷偷买了东方红拖拉机——沈默风被一股强烈的错乱感攫住，一时不知自己身在何方，愣怔两秒，不确定地问："那……两台一起用呢？"

他补充道："再说，也是为了我爸好。"

发展壮大事业，赚够神力种出不死树才是当务之急，叶辰想到这层，不再客套，眸子一亮，果断道："那东方红就专门在山上开，正好那个型号的能换山地王半轴，适合在丘陵地带耕种，兰博基尼就不上山了，山路颠簸，别伤了机器。"

沈默风欲言又止，摸出一支烟，咬着过滤嘴，保持微笑道："好。"

他算彻底明白叶辰在真人秀节目上娴熟的农业技巧是哪来的了。

叶辰魂游天外："……"兰博基尼拖拉机固然好，但耗油量想必也不可小觑，一亩地耕一遍、旋一遍，怎么也得费个五六升的柴油。柴油一升六块五毛钱，耕一整天，油钱得上千块，不过，就算一天上千块钱，他现在也出得起，况且收益简直不敢想……

沈默风无力道："油钱，我出。"

叶辰讪讪道："哦。"

沈默风竖起耳朵听着心音，缓缓道："种子和树苗的钱，我也出，放心。"

叶扒皮一朝傍上大户，扒皮扒得不亦乐乎，之前暂时不敢想的好东西全都不受控制地浮现在脑海中。

片刻的安静后，沈默风眉梢扬起，难以置信道："挖掘机……你也会开？"

"我不会，李叔会……就是您一开始误会的那位。"反正沈默风也听见了，叶辰索性介绍起来，"白泽这几天就能把鸟鼠同穴山的地形图画出来，山地种植最大的难点就是地块分散，还有高低差，用挖掘机整地之后，拖拉机就好开了，地形改变不大，但效率能一下提高很多。"

他讲了一会儿，见沈默风不怎么吭声，虚伪地表示歉意："不和你说种地这些事了，挺无聊的……"

"还装，"沈默风用看透一切的沧桑目光注视着叶辰，拆穿道，"三秒钟之前，你还想让我去喂猪。"

"我就随便想想，"叶辰轻咳一声，辩解道，"睚眦总和猪打架。"

怎么可能让沈哥喂猪呢？

养猪只是副业罢了，又不着急，当然是要把沈哥抓去种地啊！

沈默风："哦。"

见人就想抓来种地也不怪叶辰，毕竟将来就算他能赚再多钱，雇佣的凡人都只能在现世中为他工作。山海境中的生产建设、植树造林都得指望神兽和他们这几个已知情的凡人来搞，别说年轻力壮的沈默风了，叶扒皮可是连沈叔叔都没打算放过的！

当然，那要等将来沈廷"返老还童"之后再说，毕竟叶辰也不是什么过分的人……

"连我爸你都惦记上了？"沈默风好气又好笑。

叶辰讨饶道："哥，你再读我的心，我要背公式了！"

幸亏后遗症只有七天，勉强能忍，如果一辈子都这样，那还得了？！

但可能这就是骗人的报应吧……叶辰叹气。

该了解的已经了解完毕，沈默风不打算窥探更多，于是起身走到远离叶辰的窗边，独自梳理今天发生的一切。

他之前读取记忆时代入了叶辰的视角，有种身临其境的感觉，加上沈廷多年来潜移默化的熏陶，他对这些超自然的事物接受得很快，也没什么无法理解的部分，倒是沈廷借用谛听的神力多年的事令他震惊不小，难以释怀。他追溯从小到大的记忆，检索自己在父亲面前是否有过这样尴尬的"修罗场"而不自知，好在没想到什么格外让人难堪的。

他幼年时，沈廷的生意处于起步阶段，虽然顺风顺水，但陪伴家人的时间不多，要么独自待在书房里工作，要么出去跑生意。后来沈家赚了大钱，沈廷更是不怎么着家，一年有半年不在国内，说是去疗养、考察、游玩……

现在想想，也说不定沈廷是在刻意远离亲近的人，怕万一有朝一日真相暴露，妻子和孩子会与他生出隔阂。

沈廷二十几年来阅遍人心，是否因此对亲近的人失望过，是否为当年的选择后悔过，这些都是暂时不得而知的了。

沈默风自己静了一会儿，念头一转，想起今晚惨遭误会的李力，尴尬不已，掐灭了烟，转向叶辰道："我们一起出去，我给李叔道个歉，然后你带我进山海境里看看？"

"好！"叶辰扯扯衣角。

沈默风逗弄他道："猪圈在哪，待会儿带我好好参观一下，也算是我未来的办公室了。"

"哈哈！"叶辰乐颠颠道，"你的办公室又大又漂亮，还是水景房。"

沈默风皮笑肉不笑："是吗，好开心。"

叶辰板起脸："喀。"

两人走出正房，叶辰将沈默风介绍给众神兽。

正式介绍完毕，单方面认识沈默风已久的神兽团子们便"啪嗒啪嗒"地冲上来，紧密地簇拥在沈默风的周围，争着抢着和好看的风风哥哥玩耍。沈默风只得单膝跪地，挨个脑袋瓜揉过去。

混沌宝宝用小胖手扯着沈默风的衣角，张了张嘴，奶声奶气地邀功："风风哥哥，我、奇哥、吼吼、玄玄和卢卢是'按头小分队'，车胎是奇哥咬的……"

叶辰不忍直视地望着沌沌。

如果不是他们，沈默风也不会误会得这么深……沈默风磨着牙："那谢谢？"

"不客气，这是我们应该做的。"混沌宝宝激动得变形，忙转过脸固定住五官。

穷奇宝宝照例与其他聒噪的幼崽划清界限，镇定地"拜码头"："风哥好。"

沈默风略一沉吟，给足穷奇宝宝面子，道："奇哥好。"

穷奇宝宝紧张地插着口袋，轻咳道："有机会一起摘菜。"

沈默风："……好。"

诡计多端的狍宝宝把圆尾巴一翘，蹭着坐到沈默风的小臂上，童稚的小圆脸上满是虚伪的向往："辰辰哥哥说你会送我们小朋友一台冰激凌机，是真的还是假的呀？"

叶辰："……"我没有！不是我！别乱说！

"真的。"沈默风嗤笑，拨弄拨弄狍宝宝的兔耳朵，转向叶辰，"这个最像你。"

如果不是耳朵不一样，真像是叶"小鲜肉"隐婚偷着生的。

与众神兽混了个脸熟后，叶辰带沈默风进山海境参观。

"现在农田面积大，还有种了三千多棵树的林区，还要爬山，"叶辰热情地推荐交通工具，"我一般都骑当康。"

沈大少爷的嫌弃几乎具现化："我不骑。"

叶辰轻抚当康的猪头，像个 4S 店的售车员："骑着软乎乎的，跑得又快又稳，省油，上下山一趟只用烧一个灵气水果等价的油。"

经历过李力变猪的事件，沈默风对猪有些阴影，坚定道："我走路。"

叶辰颇想观赏一下沈默风骑猪的英姿："它们真的不是猪。"

沈默风听见叶辰的心里话，气乐了："我再送你一辆车，你开进来。"

叶辰真心实意地拒绝："车又不能上山，哪有猪方便。"

最后两人还是选择靠双腿漫步穿行在田垄之间，不知不觉，沈默风已用手机备忘录记下了长长一串农机具、作物种子、化肥等待购物品……

我真的很像一个哄着金主买东西的"妖艳贱货"。叶辰忧心忡忡地想。

第 六 章

当红"小鲜肉"掀起一轮"流量"狂潮

当晚，沈默风回家找沈廷，告诉他谛听苏醒与不死树的事情，父子两人见面，说话基本不用动嘴。

遍寻增寿方法不得的沈廷决定全力扶持辰风保健品有限公司的事业，叶辰成功地抱上沈爸爸的大腿。

沈默风：喀，公司名叫辰风。

沈廷：哦。

沈默风：爸，你觉得，这个风是我名字里的那个风吗？

沈廷：……你是没地方可炫耀了吗？

沈默风那晚强翻叶辰家院墙的一幕还是被人拍到了。

当时他少爷脾气上来，不管不顾的，动静闹得大，别说恨不得把艺人的衣服都扒个底朝天的狗仔，连无辜的路人都能听见，哪有不走漏风声的道理。

翌日，当红"小鲜肉"叶辰的恩怨情仇"大瓜"在微博首页又稳居榜首，掀起好一轮"流量"狂潮——

"叶辰华丽逆袭后再遇滑铁卢（配上狗头表情）！"

"叶辰与猪追逐战视频"。

"叶辰命里犯猪"。

到处都是《悠闲的假期》第二季的第二集中叶辰在养猪场惨遭猪宝宝戏耍的动图和视频剪辑……

视频中，叶辰单膝蹲跪在浴盆边，卑微地按摩盆中稚嫩的猪蹄，并向猪宝宝溜须拍马："您看您这一身肥膘，不切开也知道铁定是五花三层的，漂亮……"

"哈哈，辰辰也太卑微了吧！"

"一分十四秒，沈默风瞪那只猪的表情笑死我了，哈哈，炖了它，给小朋友出气！"

"节目组：这是我们的工作人员，不许炖。"

"弟弟真的惨，上集好不容易树立的十项全能形象，弟弟泪洒猪圈……"

"辰辰：上季猪追我，这季我追猪，扯平了，OK？"

"扯平了……这是想笑死我。"

超话中塞满了叶辰和沈默风的互动，多到分析不过来，漫天飞糖，各路营销号也跟风蹭热度，调侃沈默风和叶辰的粉丝过年了。

"风叶女孩"对此等言论的反应是——傲慢地嗤笑。

也是粉随偶像！

"每日过年任务（1/1完成）。"

"三百六十五天日常过年罢了。"

"我们'风叶女孩'家底殷实，平躺、张着嘴就有糖掉进来。"

叶辰的微博循规蹈矩，除了自拍和节目资讯外，不怎么发东西，顶多礼貌地回应一下沈默风姿态嚣张的@（网络上呼叫他人的方式），沈默风却不一样，基本上三天两头就要"浪一浪"。

沈默风V："入冬了，嗓子干，朋友亲手熬的秋梨膏。"

——附图是一大瓶秋梨膏的照片，上面贴着一张红色标签纸。

沈默风V："三月份温差大，容易咳嗽，朋友为我熬的秋梨膏。（是另一瓶。）"

——又是秋梨膏的照片，瓶上贴着蓝色标签纸。

沈默风V："四月来了……不为什么，朋友亲手为我熬的秋梨膏。（是第三瓶。）"

——这回是橙色标签纸。

沈默风V："怕过期，一天三杯。"

沈默风V："……喝不动了。"

五条微博下来，三瓶秋梨膏才算是走完一次炫耀流程。

接下来……

沈默风V：“手工枕头，很舒服。”

——附图是一个平平无奇的白色枕头。

有过路"杠精"顺手微微一抬杠："这么普通的枕头也值得一拍（配上摊手和费解的表情）？"

心眼贼小的沈大少爷一眼从千千万万人中把他逮了出来。

沈默风V回复评论："管得着吗？"

"杠精"惨遭删除评论并拉黑，禁评三天，在自己的微博跳脚骂街。

∙∙∙∙∙∙∙∙∙∙∙∙

"应该不是滤镜，风哥真的给我一种感觉，就是他好像恨不得分分钟昭告天下又收到了来自弟弟的关爱，然后鸿瑞上至老板，下至助理，包括辰辰这边的经纪人、助理，全都七手八脚拼命地摁着他，但只要时机一到……"

"他就裸奔大叫！"

"对、对、对！谢谢两位姐妹，精准地描述出了我的感觉！"

"哈哈，脑补了一下画面，笑到邻居报警！"

∙∙∙∙∙∙∙∙∙∙∙∙

网上充满着讨论真人秀节目的欢声笑语，沈默风强闯民宅的真猛料反倒毫无声息。

首先，这料太猛，其次，沈默风发飙不讲娱乐圈基本法，爆料方必须掂量着来，不然惹得他犯病了，"流量"大爆与被呛到爆脑浆不知哪个先来，结果这一掂量就直接掂没了，消息还没冒头就被稳准狠地压了下去。

当沈默风的经纪人，别的业务能力也就罢了，"擦屁股"水准必须是业内顶尖。

············

夜晚——

一辆保姆车艰难地驶入胡同，停在四合院的门口。

车停稳后，院门缓慢而无声地打开，几个助理下车，依次往院里搬东西。

沈默风武装得密不透风，颀长的身影一闪，消失在门内。

一袋袋尿素、有机肥，一捆捆庄稼苗、小树苗，一桶桶拖拉机用柴油，一盒盒昂贵的男士护理用品……在沈默风的助理们勤劳勇敢的双手间传递。

采购助理负责搬东西，小何则神情恍惚地翻看行程本，拔开水性笔笔帽，一条条确认已完成事项。

"兰博基尼展厅订购拖拉机。注：预计下个月提车，将提车列入五月待办事项。"打钩。

"铁甲机械网订购挖掘机。注：矿用铲斗。"打钩。

"招聘网店客服与发货人员各三名。"打钩。

"采购肥料、柴油、作物苗、护肤品，清单如下：……"打钩。

"临近乡县大型加工工厂选址或寻找现有厂房转让。（待办。）"

············

确认完毕，小何合上行程本，灵台一片澄净："……"

我真的……是明星的助理吗？

他在圈里混了这么久，砸钱的见过不少，砸钱角度如此刁钻的还是头次见。

沈默风："你回吧，明天早晨七点来接我。"

166

小何强压下去论坛匿名八卦的冲动，镇定道："好的，沈哥。"

沈默风微信犒劳他一个八千八百八十八元的大红包，附言是："辛苦了。"

小何："谢谢老板！"

真的，完全不能理解你们有钱人！

第 七 章
除我之外，天下无贼

山海境中的八轮残日最近正运转到极昼状态，看似无规律地高悬在空中，时间已过晚上八点，光照却与平常下午两三点钟的状态差不多。

风沉沉地压过枝梢，大片熟透的庄稼翻涌起伏，掩映着一台崭新的东方红拖拉机。机身的大红色喷漆红得极正，干净锃亮，棱线与夹角处反射着光线，随机身前行不住地流动，大得夸张的轮胎厚重、敦实，远远望去，不仅不土，还有种威武霸道的帅气。

叶辰坐在驾驶室，白泽捧着使用手册站在驾驶室外，向他传授操纵拖拉机的方法。

通晓天地万物的神兽学霸，自学个拖拉机操作方法再教人，自然不在话下。

"这根主变速箱操纵杆要处于空挡位置，"白泽纤细的手指一一点过驾驶室内的设备，他音色沉静柔和，嗓音不高，却一字字清晰入耳，他的神力能暂时为聆听者提升少许集中力、记忆力与理解力，辅助学习，"差速锁、前驱动开关处于分离位……"

叶辰专心听白泽讲课，智商喜 +1，喜 +1……

沈默风跟着几个运农用工具的神兽进来，慢慢走过去，打算观摩一下拖拉机课。

太阳很晒，叶辰却沉浸在喜提新机的喜悦中，脸蛋儿被晒出两片潮红，这红如果红在普通人脸上肯定会丑，可他不仅不减分，反倒更可爱。

像那什么……仆累的原形。沈默风想着。

见沈默风来了，白泽暂停授课。

"哥，"叶辰穿着靛蓝色的工装夹克，扯着沈默风身上那件高定衣服的袖口，兴奋得语调都拔高了一个音阶，摩挲着方向盘道，

"看这漆红得正不正，好不好看？"

"好看。"沈默风莞尔，把一顶Dior（迪奥）的遮阳帽扣到他的头上，又丢给他一管防晒霜，"天上八个太阳……你就这么晒着。"

"之前晒习惯了，"叶辰受宠若惊地扶了扶头上价值两千多元的帽子，正襟危坐起来，"我经得住晒。"

沈默风丢来的防晒霜一小支就要七百块，其实没必要，只是消费习惯在那个区间，助理也跟着挑贵的买。叶辰节省惯了，觉得这东西自己挥霍不起，下意识地挤出小小一坨。

"……"沈默风轻轻地舒了一口气，拿过防晒霜，往叶辰露在外面的手背和左右面颊上都挤了一大坨，道，"抹薄了没用。"

叶辰硬起头皮抹脸，涂着奢侈的防晒霜，戴着充满设计感的遮阳帽，学开拖拉机。

这不是庄稼汉，而是庄稼男孩。

白泽继续讲课，沈默风旁听着，貌似尽在掌握中，实则没听懂，什么这耕那耕的，秒秒钟触及他的知识盲区。就算是白泽讲的，他也听得头疼……

倒是叶辰，农耕方面一点就通，白泽讲什么，他都乖乖点头，还掰着手指头喃喃背诵："犁耕用低四挡，中一、二、三挡；旋耕用低一、二、三挡；播种用中一、二、三挡……"

白泽对一点就通的学生天然有好感，温声道："这些不用立刻背，用久了自然知道。"

叶辰得意扬扬："已经全背熟了，理解了原理就好背。"

接着，叶辰一丝不苟地按照步骤开动拖拉机，机器轰鸣，在空无一物的地面上缓慢地爬行起来。

白泽斯文地调整了一下单片眼镜，尾随在机侧，驾校教练般考验自己的新学生，高声道："转弯试试，转弯的要点是……"

在一片"突突"的声效中，叶辰清亮的少年音艰难地穿透驾驶舱传了过来："早转慢打！少打少回！"

这也太可爱了……沈默风远远地望着，自顾自地笑。

拖拉机开远了。

与沈默风隔着几垄地的草莓种植区中，几个神兽宝宝正在摘新熟的灵气奶油草莓，这是他们今日的采摘任务。

宝宝们各自系着儿童围裙，防止干活儿弄脏衣服，藕节似的短胳膊上都挎着小竹篮，竹篮有的半空，有的干脆没几颗，倒是围裙上果汁淋漓，红红粉粉的一大片、一小片……摘倒是没少摘，全在小肚子里。

叶辰学开拖拉机学得专心，沈默风无事可做，信步朝宝宝们走去，视觉效果仿佛一个以游手好闲闻名乡里的相貌英俊的懒汉，全指望弟弟妹妹下地干活儿养自己的那种！

"风风哥哥好——"神兽宝宝们含混不清道。

蒲卢宝宝的腮帮子被草莓撑得高高鼓起，神情略紧张；犰宝宝猛嚼几下，咕咚一咽，像没事儿人一样；混沌宝宝高估了自己的空间容量，嘴巴被奶油草莓塞满，沿着嘴角淌下果汁，索性把嘴一抹，变没了。

沈默风乐道："吃你们的，不用管我。"

他算不上有多喜欢小孩子，不过，这些神兽团子好看又乖巧，一个个软嘟嘟、水灵灵的，再不喜欢小孩子的人也会心生好感。

"谁借我个篮子？"沈默风问。

"我……借……"离他最近的玄武宝宝递过去一个。

篮子里干净得连一粒草莓籽都没有，沈默风接过："……"

这也未免偷吃得过于明显了。

沈默风蹲在垄间摘草莓，若无其事地问："这地里有虫子、蚯蚓什么的吗？"

"都没有，"犼宝宝介绍道，"境里和外面不一样，只要辰辰哥哥不把虫子从外面带进来，地里就不会有虫子的。"

沈默风："好。"

"风风哥哥怕虫子和蚯蚓呀？"犼宝宝托腮。

"不是，"沈默风轻轻嗤笑一声，"随便问问。"

犼宝宝眨眨眼，奶声奶气地为风风哥哥科普："辰辰哥哥说啦，蚯蚓是'生态系统工程师'，它虽然长得丑，但是能松土壤，让庄稼把水分和肥料吸收得更好，让农民伯伯和农民小哥哥事半功倍，我们不用怕它……"

沈默风挽着袖子摘草莓，左耳朵进，右耳朵出，心不在焉地应付着小朋友的奶言奶语："嗯，哦，这样啊……"

犼宝宝："所以辰辰哥哥说，下次外面下雨，他就抓一盆带进来，改善生态环境。"

沈默风："……"

犼宝宝戳戳沈默风的小臂："风风哥哥，你怎么起鸡皮疙瘩了，是不是冷呀？"

沈默风直起身，凝神细听其他神兽宝宝的心音——

"风风哥哥冷了。"

"我都热死啦。"

"帮哥哥拿衣服……辰辰哥哥的衣服，他能穿下吗？"

犼宝宝的心音——

"嘻嘻，风风哥哥胆子好小哦，嘻嘻，还嘴硬，好好玩，讲给辰辰哥哥听……"

"啧。"沈默风揪兔耳朵，"我能听见。"

这小兔崽子，长得最可爱，看着最懂事，但也最坏，和叶辰如出一辙！

"呀！"狐宝宝一怔，忙把兔耳朵抽回来捂好，"我忘啦！"

算无遗策的狐军师再次遗策，"灰头兔脸"地跑到离沈默风最远的那垄草莓地摘草莓。

沈默风摘满一篮奶油草莓，拍照。

沈默风V："朋友家院子种的，猜猜有多甜。"

粉丝们被秀到麻木，连普通粉丝都在劝他昭告天下。

"所以，你去辰辰家了吗？啊！"

"哥，你要不就公开失散多年的弟弟吧？我看着都替你憋得慌，没必要，藏着掖着没必要。"

"公开吧 +1……"

沈默风发完微博，把篮子还给玄武宝宝，随即便因游手好闲被毕安安逮捕，又被她腾云驾雾地拎上山劳动改造。

"小沈啊。"毕安安慈祥地呼唤，仿佛一位祖母。

沈默风语塞："……"

他以前和毕安安见过，不熟，毕安安当时还恭恭敬敬地叫他沈老师来着……

"我看你也不会干别的，"毕安安塞给他一把铁锹，"就挖树坑得了，长宽深各四十厘米，不用这么精准，估摸着挖吧。"

衣着光鲜的沈大少爷站在荒山上握铁锹四顾，模样几乎有点可怜。

"快挖，快挖，"毕安安扎着两条油亮的粗麻花辫，还系着一块白头巾吸汗，红红的漂亮脸蛋儿上一笑一口白牙，高度还原20世纪80年代宣传画报上的劳动妇女，"这批云松小叶有用，咱们得赶赶进度。"

给叶扒皮当苦力是逃避不了的，甭管老的、少的、男的、女的，是人还是兽，地主面前人人平等，都是苦力罢了。前段时间沈默风还拿去叶辰家当长工开玩笑，简直一语成谶……

沈默风把铁锹立在一旁，脱掉束手束脚的外套，条件反射地找衣架。

毕安安朝他一伸手："我给你放。"

"谢谢。"沈默风把外套递过去。

这外套布料看似偏薄，拿在手里却不轻，衣摆流苏垂坠，质感极佳，散发着冷泉般清冽的淡香。

"这一件得好几万元吧？"毕安安啧啧感叹，扬手把衣服往疤疤癞癞的云松枝上一甩。

"……"沈默风沉默片刻，拎起铁锹埋头苦挖。他身上没了外套，宽阔端平的肩与乍然收紧的腰线一览无余，两条腿也显得格外修长笔直，最下面是一双做工精良的短靴。他踩住铁锹，狠狠地往下一施力，锹刃深深地破入土层，接着，他学着毕安安的姿势，利用杠杆原理把锹柄用力往下一压……

尘土飞溅，扑了他一脸！

"呸！"沈默风连退几步，擦脸，吐口水。

"哈哈！"毕安安乐道，"挖个树坑都能挖成这样，真是少爷。"

"我……"还不是跟你学的？沈默风沉着脸，叼起一支烟继续。

一排符合标准的树坑挖完，沈默风出了一身汗，倚着一棵云松坐在地上休息，云雾状的松针簌簌落下，化散在他的鼻端。

接着，沈默风点上烟，懒懒地吸了一口，一边摄入焦油尼古丁，一边清肺。

他歇了没一会儿，一个神兽宝宝忽然"吧嗒吧嗒"地跑来了。

这神兽宝宝是个一丁点儿大的小女孩，身高不比沈默风的小腿高多少，梳着一头黑长直的头发，头上还长着一对坚硬弯曲的大号绵羊角，一个羊角就有她的脸庞大。

沈默风记得，这是不久前才化成形的饕餮宝宝，因为是目前唯一的小女孩，所以最得众人宠爱，昵称"桃桃"。

桃桃穿着短袖上衣和背带裤，斜挎着一个成年人巴掌大的橘色毛线包，稚嫩的肩膀上扛着一柄是她身高两倍的鹤嘴锄，脆生生地叫："风风哥哥，安安姐姐！李力叔叔说今天矿挖够啦，让我来这边。"

沈默风缓缓地吐出一口烟："……"这么大的小女孩挖矿？

不是他小看神兽，刚才那几只幼崽也是神兽，力量好像和同龄的人类小孩子差不多。

"那你帮忙挖坑。"毕安安递给桃桃一把铁锹。

桃桃把锹往土里一插，蹦豆似的起跳，往铁锹上一踩，锹面切豆腐似的，转眼间没入土层。

"咿——呀！"桃桃用两条小短胳膊抱住锹柄，稳稳地施力，满满一锹土就被掘了出来。

看着挺吃力，论速度，挖得比沈默风快……

自尊被踩躏成渣的沈默风："……"

桃桃一鼓作气地挖好几个植树坑，把铁锹一丢，揉揉小肚子。

饕餮宝宝：桃桃肚肚饿了，没力气了。

饕餮宝宝：桃桃决定吃零食！

沈默风耳朵微微一动，掐灭了烟，起身走到桃桃的边上，从裤兜里摸出几块备好的糖向她献宝："吃吗？"

桃桃也不推辞，礼貌道："谢谢风风哥哥。"

心音却是含着淡淡的嫌弃。

嫌这几块糖不够塞牙缝……

沈默风一阵胸闷。

桃桃打开一直斜挎在身上的橘色小包，把两只小胖手塞进去。

随着她将双手拿出的动作，那小毛线包的袋口一下子扩张到脸盆大，紧接着，一个没插线的电饭煲被她端了出来。

沈默风目不转睛地盯着看。

桃桃把电饭煲放在地上，又故技重施，从小包里端出一口带盖的大铁锅。

竟是随身携带一锅饭和一锅炖肉！

这橘色毛线包的原材料是叶辰这几个月积攒的混沌毛——混沌宝宝像橘猫一样能掉毛，叶辰知道混沌毛能废物利用，每次给混沌宝宝洗澡梳毛时都会把掉落的橘毛收进小袋子里。

而且，在得知辰辰哥哥想给桃桃做一个装食物的小包后，混沌宝宝在一个月黑风高之夜潜入浴室，毅然决然地将自己剃秃，并在斗争激烈的"往死里宠妹妹排行榜"上力超表现平平无奇的蒲卢与凤凰，杀入三甲。

混沌毛攒够了，叶辰按照网上的猫毛利用教程把毛浸泡洗净，自然风干后，用两只刷毛梳对着刷，将混沌毛刷得又松又蓬，然后用李力做的小纺锤纺出一团毛线。织口袋这一步最难，是毕安安代劳的，这一个巴掌大的混沌包能容纳三立方米的东西。

那天叶辰拿到成品，回家第一件事就是给桃桃背上。

"以后我们桃桃随身揣几口锅，"叶辰眼中闪烁着拳拳父爱，"走哪都不怕饿肚子。"

当日种植工作结束，叶辰和几个帮工穿过混沌印记，把明天要发货的商品和包装盒搬到邻市的办公室。

那间九十平方米的公司已开始正常运转，叶辰从招聘网雇来两位客服，都是大学毕业不久的小姑娘。叶辰不敢亲身上阵做培训，左挑右选，在毕安安的建议下把培训员工的重任交给了在龙子中排行老八的负屃。

与一字之差的老六赑屃不同，负屃优雅斯文，真身细小柔弱，驮不动碑，倒是常被凡人雕刻在碑文两侧。这是由于负屃有阅读癖，嗜好阅读文字，古时他常驻足于铭刻有文字的石碑前读碑文，被凡人撞见过几次。在现代苏醒后，他的喜好一如往常，连上厕所都要捧着洗面奶读一读产品成分与使用说明。

负屃被毕安安召唤来在鸟鼠同穴山开荒，他性格腼腆，除去容貌英俊外，与社交恐惧症患者及肥宅毫无二致。他羞于开口提要求，闲暇时就翻叶辰的旧剧本看，没几天旧剧本全看完了，他盯着叶辰卫衣上的"GUCCI"（古驰）字样都能看好一会儿。

负屃来境中开荒的第六天，上山养护树苗的叶辰偶然发现负屃读感康说明书读得摇头晃脑，如痴如醉。

叶辰轻咳，负屃猛一抬头。

四目相对。

负屃："……"

叶辰："……"

叶辰缓缓道："哥，还有吗？"

负屃一掏左裤兜，掏出芬必得与阿莫西林的说明书，递过去，细声细气道："这两张读完了。"

怪不得说明书都没了……叶辰了然："我还以为是吼吼他们闹着玩藏的。"

负屃又掏右裤兜，翻出另一沓说明书，其中还有液晶电视和微波炉等电器的说明书，商量道："这些还没读，晚点还你？"

"不急，不急，您慢慢看。"叶辰略感窒息，"我在网上订了一批智能手机，这两天就能到，您以后可以用手机看小说了。"

有了智能手机，负屃如鱼得水，每晚收工就追网文、刷微博，直至天明，反正他也不是非得睡觉不可，渐渐地，他就成了这批沉睡多年的龙子中最了解现代社会的。叶辰考虑到他有社交恐惧症，本来不想派他出去和人打交道，毕安安却体贴地把他撺去给客服做培训，美其名曰"锻炼"。

两位客服姑娘本来都是刚毕业，工作不好找，打算来叶辰这先当着客服"骑驴找马"，没料到培训人员好看得像明星，工作餐美味到流泪，时不时还有额外福利，现在别说跳槽了，两人生怕一不小心丢了饭碗——字面意义上的饭碗——工作起来都一丝不苟。她们上岗这段时间，店里的客户咨询与发货的环节完全没出过纰漏。

这时，晚班客服已经下班，明天早班客服会负责打包发货。沈默风把最后一箱生发器包装搬进小会议室贴墙放好，扭头就见叶辰端着一盒新摘的灵气奶油草莓跟进来，把保鲜盒放进办公桌对角的小型冷柜里。

"员工福利，"叶辰关上冰箱门，"她们工作挺认真的。"

沈默风抬眸，见办公桌上还摆着一玻璃罐晒干的红枣。

"灵枣，可以泡水喝。"叶辰不自在地挠挠面颊，"女孩子喝这个，那什么……肚子不疼。"

沈默风酸溜溜地道："当你的员工真幸福。"

"都是相互的，"叶老板和气地笑笑，搓搓手，大谈管理经，"公司福利好，员工也对公司上心，过几天等苹果成熟了，我给她们发一麻袋，花钱都买不着这么好吃的。"

沈默风不凉不热地盯他一眼："哦。"

叶辰很上道："也给你发一麻袋。"

沈默风："……"

"我这边正帮你招着人，"沈默风环视办公室，说正事，"到时候还得再加几个人的工位，前期先在这凑合一下。"

"没问题，再来十个都能坐下。"叶辰走到桌前比量着，"这边放两台电脑，那边放两台……"

如果两个客服妹子知道冰箱里的草莓是叶辰放进去的，沈默风还因为她们酸了叶辰两句，可能会当场昏迷。

…………

正房里，靠窗摆着叶辰的大床，靠墙的一侧则并排放置了八张儿童床，神兽团子们洗漱完毕，变回原形在床上嬉闹玩耍。

沈默风送叶辰进门，话都没来得及说一句，就惨遭神兽团子们热切而八卦的视线锁定，什么都做不了。

"……"沈默风神色纯良，"晚安，早点休息。"

打眼一看，他还真挺像个人的。

叶辰脱了被汗湿透的工装夹克，往洗衣篮里一丢，露出清瘦但有棱角的手臂，小声道："晚安，哥。"

半小时后。

叶辰冲完澡，吹好头发回房，正房里只亮着一盏小夜灯，神兽崽崽们大多睡了，此起彼伏的轻柔呼吸，软得就像幼兽的绒毛。

叶辰蹑手蹑脚地爬上床，摸出手机，点开沈默风的微信对话框，却见上方显示着"对方正在输入……"

叶辰抢先发："1。"

沈默风那边顿了顿："嗯？"

叶辰："比你快！"

叶辰："看见你正在输入了。"

沈默风莞尔，打字："小神兽都睡了吗？"

叶辰："差不多了。"

沈默风："找你说话。"

叶辰："别，把他们吵醒了。"

沈默风："那你过来。"

叶辰："哥，你有事吗？"

沈默风："嗯，有个东西想给你看一下。"

叶辰立马披上衣服下地。

院墙边有一口大水缸，是前房主留下的，缸太重，叶辰懒得管，一直在那放着。这水缸的缸口高度及腰，正是翻墙的好踏板。路过院子时，叶辰一时起了玩心，忽然不想走大门。他一脚踩上缸沿，一使劲，人就站了上去。

他刚吹干的头发，发梢还泛着一丝潮气，月夜中显得愈发乌黑，衬得他唇红齿白，好看得惊心动魄。

他们两家的院墙隔着一条大约也就一米宽的窄胡同，是个人就能跳过去，叶辰纵身一跃，稳稳地落在沈默风家的院墙上，正想开口喊人，却听见下方打火机顶针"叮"地响了一声，音色清灵。

沈默风叼着烟，微微仰着脸，隔着月光般的白雾朝墙头的少年递去一瞥，失笑："好好的门不走……"

"要给我看什么？"叶辰一笑，从墙头跳下来。

沈默风默不作声地摆弄了几下手机，递到叶辰的眼前。

屏幕上是一份艺人经纪合同。

"我这段时间在筹备工作室，"沈默风道，"有把你从星尚野挖过来的想法，所以给你暂拟了一份合同，星尚野那边……违约金该多少是多少，工作室来付。"见叶辰有些发愣，沈默风又加重筹码道，"工作室会给你配备顶级资源，现在星尚野给你的那些资源，简直……"沈默风略一斟酌，把"狗屁"二字咽回去，流露出一抹克制的不屑，"不太行。"

叶辰在星尚野获取资源的顺位只能排在中等偏上，比起公司力捧的"亲儿子""亲女儿"，还是有差距的，眼看着叶辰演技在上部电影拍摄期被沈默风调教得突飞猛进，眼下也还是在拍无脑快餐剧，唯一的好处就是拍得不累。

叶辰望着那合同，条款优越得不像工作室签艺人，倒像亲爹毫无保留地捧儿子，演艺分成工作室接近于零，几乎就是整个工作室给叶辰白打工。

沈默风继续道："我前段时间还投了一个影视项目，预计今年年底启动，导演是郭升，剧本为你量身打造，奔着拿奖去的。如果你愿意，男一号就是你的。"

"哥……"消息来得突然，叶辰有些不知所措。沈默风提供的诱惑太大，可老东家对他也算可以，除了顾秋暗地调查他的这段外，整体上还是和谐的。他为了更好的前途提前解约……于理，只要按合同办事，老实付违约金，不钻空子，就说得过去；但于情，多少有点不厚道。

沈默风大大方方地侧耳听着叶辰的想法，温声道："你演艺事业的发展是一方面，另一方面，我对你这边的情况知根知底，档期可以尽量根据你的需要灵活调整，这边有什么临时状况，你也方便把控，以你的名义运营公司、网店，也不担心和经纪公司起纠纷……"顿了顿，他又道，"资源方面贵精不贵多，我希望你每拍一部就有每一部的价值，现在他们不管什么乱七八糟的通告，只要能赚钱就往你这塞，你白天忙一整天，晚上回来还要顾着这么多事……自从开机就一直连轴转，多久没休息了？"

"不休息没关系，"叶辰镇定道，"我有大力丸，等会儿你也吃几颗。"

沈默风："……"

"你分析得对。"叶辰挠头，"让我再想一想。"

顾秋一直怀疑他怀疑得厉害，这半年来连头发都隐隐有变稀薄的趋势，每次见着叶辰，又想问个究竟，又知道问不出个所以然，纠结得不行。

而叶辰也是有一大堆秘密要瞒着经纪人，每次和顾秋说话前都要在脑内过一遍自己的人物小传，防止人设崩坏……两人都颇为痛苦，与其彼此折磨，不如和平解约。

·············

有沈氏父子做幕后"金主"，叶辰改革起种植方式来毫不手软，在被农经网爆款文章《有了这款种树神器，农民笑开了花》"种草"之后，他大手一挥，果断订购了五台专业挖坑机。

这种挖坑机可单人操纵，燃料是柴油，顶端是电机与两个把手，下方连接一根螺旋钻地杆，旋叶宽阔坚硬，外形好似旋风土豆，使用者经练习后半分钟就能钻出一个树坑。

叶辰轻抚挖坑机崭新的外壳，心想：有钱真好，看上什么耕田新机器，说买就买。

沈默风、叶辰、毕安安，以及这段时间负责灵木种植养护的囚牛与螭吻在山上一处空地上站成一排，人手一台挖坑机，替补植树组员飙属坐在树墩上旁听，站在排头的叶辰指着挖坑机的各个部件，为他们进行讲解："每次开机前第一件事，检查机油油面，看是不是在这个油标尺的上下两个刻度间，按这个油表给油……"

"好的。"沈默风认真得像在听导演说戏。

"……确认风门是关闭的，腿稍分开，双脚扎稳，"叶辰双脚叉开稳稳地扎地，"然后猛拉启动器两次，两次的时间间隔要短。"叶辰说着，利落地拽了两下启动器的绳子，挖坑机发出"突突"的低吼。

挖坑机是今天才到货的，叶辰之所以比其他人熟悉操作，是因为他白天在剧组利用拍戏空当反复观看过树坑挖掘教程。

"……最后打开风门，加大油门往下压。"叶辰一施力，挖坑机的旋叶便如钻豆腐般轻巧地破开土层，"就这么跟着它一路压到底，过程中一定要扶稳机头，胳膊要用力。"

为了干活方便，叶辰把外套袖子挽到手肘，清瘦白皙的小臂肌肉紧绷，青筋隐约可见，连操纵挖坑机都让人挪不开眼，更别提他手腕上那块两百多万元的 Sky Moon（星空）系列手表——那蓝宝石水晶表盘透亮得耀眼，随挖坑机马达的高速律动抖出一片昂贵的碎光。

叶辰平时下地干活绝对不会戴这块表，这么贵的东西，万一磕了碰了，掉点磕，对叶辰来说简直比头盖骨掉点磕还痛苦，奈何沈默风非要他戴，他知道沈默风不炫耀难受，就乖乖地戴上了。

毕安安盯着他那块表，故意不吭声。

老实的大哥囚牛也被表吸引了注意力，傻傻地道："你的手……"

毕安安憋着坏，在囚牛的后腰上掐了一把。

囚牛："……"

"怎么样，会了吧？"叶辰拔出挖坑机，地面上多了一个内壁光滑规整的圆洞，"你们开始挖吧，简单，挖几个就熟练了。"

这时，在不远处挖小浅坑种灵草的几个神兽宝宝用光了草种，纷纷迈着小短腿跑过来，问叶辰要奖励。

叶辰从夹克口袋里抓出一把巧克力分给他们。

沈默风沉吟片刻，眼中猛地充满求知欲，举手提问道："基本会了，但我有一个问题。"

叶辰转过头："什么？"

沈默风无耻道："你这表在哪买的？"

毕安安"哧"地乐出声。

叶辰一秒从勤劳勇敢的劳动人民变身"小甜糕"，轻声道："不是你送的吗……"

沈默风仿佛失忆，讶异道："我送的？我怎么忘了。"

为了向劳苦大众炫耀，堂堂影帝竟不惜扮演老年痴呆！

叶辰不忍直视地别过头："哥，你……能别这样吗？"

"别闹，帮我回忆回忆。"沈默风神态逼真，茫然得很，"哪天、在哪、因为什么送的、有什么寓意？时间、地点、人物、起因、经过、结果，我的这一行为表达了什么思想感情，都给我说说。"

毕安安笑得猛捶囚牛的后背，囚牛怔了怔，也乐了。

沈默风催促道："快说，很急。"

叶辰："……"

沈大少爷平时骄横惯了，不达目的誓不罢休，叶辰这一次对他应付了事，他肯定会来一次更要命的。

于是叶辰硬起头皮，口述小作文："今年除夕那天，半夜，你来意大利送的，因为……"叶辰脸蛋儿通红，"是新年礼物，寓意是……表盘囊括了北半球的星空，我也是整片星空，不是一颗围绕你旋转的星星。"叶小朋友耷拉着脑袋，乖乖地分析寓意。

沈默风十分受用，身心通畅，暂且收了神通，道："哦，想起来了。"

接着，沈默风不再"作妖"，几人在山上挖坑挖得热火朝天。十分钟不到，地上就多出了五排齐齐整整的树坑。

山海境绿化办叶主任揩了揩额头上的汗，欣慰地指出："这简直就是石器时代到工业时代的飞跃。"

不掌握先进技术，就要吃苦受累。

山的另一边，李力操纵着挖掘机，在白泽的指挥下对山地进行宜机化改造，将崎岖不平的细碎地块进行合并，挖掘坡地的土填充沟壑。

这一举动并不是要把山地抹成平原，而是尽量将山地化零为整，使其适合被机械大规模耕种，并改造出能让农用机械通行的道路，实现叶主任"将大型农机开进鸡窝地"的伟大指示，大幅度减少工作量。

叶辰带领种植小组干了一会儿，把挖坑机交给一直在旁观摩的飍夃，道："剩下的，你来吧。"

飍夃是慢性子，不仅动作慢，学东西也慢一拍，叶辰刻意让他多揣摩一会儿。

飍夃道："包在我……身上……"

"真……厉……害……"玄武宝宝崇拜地看着飍夃大哥哥。

叶辰骑上当康，策猪奔腾，下山种地。

经过几天实战练习，他对拖拉机的操作已经很熟悉了，除他之外，白泽还教会了之前负责打理田地的嘲风与蒲牢。

叶辰不在时，拖拉机就由他们开，他在时，就尽量让他开，因为要向植物灌注神农之力就必须要他参与到植物的种植过程中来，想隔空输出是不行的。

眼下叶辰不太急着赚钱，对神力需求更大，开启机械化种植后，没有将目光投向市场价格高昂的农作物，而是先种了一批油菜、韭菜、茄子、小葱之类长得快又好打理的平凡作物。这些低等作物对神力的需求比灵植小得多，叶辰分出一小部分神力就能让它们疯长。

几天下来，叶辰连学带实践摸索，亲手用机械扩耕的菜地有近五亩，最早种下的两亩"一菜两用"品种油菜再过几天就能收一次。这一次收的是菜薹——也就是清炒油菜常用的蔬菜。这种菜薹目测一亩能产出两百公斤，两亩也就是四百公斤，收完菜薹，还能收一次油菜籽，灵气菜籽榨出的油不知道有多香。

这些新种出的灵蔬，除了神兽们内部消化之外，叶辰打算挑出其中品质最好的一部分，以市场价几倍的价格挂在网店里售卖。新一批印有"辰辰健康养生坊"字样的果蔬专用保鲜盒，叶辰已订购完毕，工厂目前正在制作中，等包装妥当，即可上新，打绿色有机的老招牌，品质确保优异，但价格也绝对黑心，还要限量，只把种子和肥料钱赚回来，再多不卖。

其实也不是我想黑心，我是被迫的……叶辰想着，良心极度舒适。

他这边毕竟是"开挂"的，蔬果产量太大，品质又好，现在这几百斤不算什么，将来种得更多，灵植若大规模流入市场——一来生产来源解释不清；二来会害了菜农，菜农风里来雨里去，在地里忙活一年，可能就指望那几亩地的产出吃饭，叶辰突然把农产品市场搅乱，难保不会砸了人家的饭碗；三来，正常顾客也不至于因为吃了几棵好吃的菜就产生多少感激的情绪，赚神力的效率太低。

好在……

毕安安入世赚钱后，一直在各贫困地区援建希望小学，目前已竣工的就有十所学校。她一直烧着演艺酬劳供养这些孩子吃饭读书。随着需要负责的孩子越来越多，她也早已捉襟见肘，从头到脚一身淘宝爆款，社会爱心人士虽多，全国贫困学童的数量却更多，不可能顾得过来，孩子们的营养餐质量长期徘徊在及格线上，她为此头疼已久。

贫困学童们本就缺吃的少喝的，很多孩子存在长期营养不良的问题，叶辰向他们捐助食材冲击不到市场，而且一日三餐可口的食物想必能收获到孩子们真心实意的感激，可以说是一举两得。叶辰粗略估算，觉得神力收益会远远超出庇佑这几亩菜地的神力支出，稳赚不亏。

"……"叶扒皮眯眼眺望远方绿油油的灵气菜田，欣慰地笑出一口小白牙。

将来这可都是……金闪闪的神力啊！

在田间劳作的日子总是过得格外快。

嫩青的禾苗抽出挺拔的茎秆，梢头坠满熟透的果实，一垄垄收割后的草茬被旋耕机切碎，与土壤混为一体……周而复始。几轮作物种下来，初夏已悄然而至。

这段日子灵植产量骤升，叶扒皮也不再斤斤计较，除了起初划定给众神兽的收获区域外，每当有作物大规模成熟，他都会额外给众神兽分发一些灵气作物，约等于股份分红，神兽宝宝与老应龙则全场不限量畅吃。

在大量灵植的滋养下，应龙的内丹恢复速度喜人，目前已能一口气坚持腾云驾雾高空布雨十五分钟以上，加上境中的自然降水，灌溉不再是问题。不但如此，应龙老态龙钟的外形也有所恢复，差不多是从耄耋之年恢复到古稀之年的程度，还抛弃了拐杖与成人纸尿裤，智商也是直线上升，常与监护人犼宝宝斗智斗勇。

"龙爷爷，您去哪了？"院子里，犼宝宝蹦蹦跶跶地到处找人。

应龙抱膝蜷缩在院角大水缸里，耳朵贴着缸壁听动静，一双老眼精光暴射。

犼宝宝貌似奶里奶气，实则阴森森道："您躲什么呀，您是不是又调皮捣蛋啦？"

……这死兔崽子！应龙汗如雨下，灵气紊乱，失控的灵气自顾自地在水缸上方聚起一小团积雨云。

轰隆轰隆——皮球大的微型积雨云中风雷涌动，虽说分贝微弱得和打嗝差不多，但以足够暴露应龙的行踪……

犼宝宝蹑手蹑脚地走到水缸边。

应龙："……"

突然，水缸壁被石块敲响，"当当当"的三声。

犼宝宝笑嘻嘻："抓到您啦！"

应龙："啊！"

"……吼吼，别吓人。"碰巧路过的叶辰拧了拧兔耳朵，"龙爷爷不愿意出来，你就让他在缸里待着。"

犰宝宝忙丢掉石块，背着小胖手，蔫头耷脑道："知道啦，辰辰哥哥……你和风风哥哥要出门吗？"

"嗯，"叶辰点头，"上厂子里看一眼。"

——前段时间沈默风以辰风保健品有限公司的名义收购了一间濒临倒闭的工艺品制作工厂，工厂位于国内东南沿海某手工业发达的小镇，占地面积三千多平方米，厂内有现成的员工，现成的员工宿舍、食堂、生活中心，以及多个类型不同的车间。什么数控车床、砂光机、封边机……常用器械应有尽有，可以对各种常见的工艺品原材料进行加工，雕刻玉石、木料都不成问题，叶辰这边只要少量采买一些零碎的小机器或部件即可原地开工。

收购工厂期间，白泽成功利用张兆谦的人脉为叶辰搞来几个二类医疗器械与保健品生产批文，"三无"黑作坊已成为过去。与此同时，张兆谦还开始私下里研究山海境中的灵植，试图用现代科学理论解释灵植中对人体有益的物质。

有工厂辅助产出后，李力就不再亲自干活，从木匠与挖掘机司机摇身一变，成了车间主任兼设计处主任，负责对厂中工人进行技术指导，隔三岔五就出一份新产品的设计方案，铁塔似的壮汉天天文绉绉地坐在工厂办公室里画设计图。

至于财务这项相当重要的工作，叶辰交给了周步初来做，以后这位金融大鳄终于不用再扛着锄头给人分析世界贸易局势了；此前负责过培训客服的负屃继续做人事管理，每天通过混沌印记往返于位于东南沿海小镇的工厂和京海邻市的写字间，检查员工的工作情况；勤恳踏实的囚牛则担任仓库管理员，每天将山海境产出的原材料运送到工厂，再将工厂做出的成品运到负责发货的写字间……

除了这些会暴露问题的关键职位，公司其余的工作全靠凡人雇员完成。凡人雇员对公司的秘密一无所知，只知道免费工作餐好吃得没天理，平时吃一碗饭的人在员工食堂能一口气吃三碗。如果没有神农血脉和拖拉机的逆天组合，辰风保健品有限公司得让员工吃倒闭了。

　　叶辰穿着一身深蓝色粗布工装，戴着同色系棒球帽与防尘口罩，他身侧的沈默风也是同款打扮。即使是极易显臃肿的工装，也掩不住沈默风的颀长身形，他的上衣扣子系得不严实，能窥见两道锁骨与一点若隐若现的胸肌。

　　"您别着凉。"叶辰望他一眼，神色孝顺地帮他扣好了扣子。

　　两人一起去工厂仓库清点货物，这一排货架上储存的是生发器，下一排摆着的则是玉石理疗床垫。

　　这种理疗床垫分成单人款与双人款，一天睡足八小时，高血压、高血脂都不是事，能有效地预防脑溢血、心梗、中风等各类老年病。从鸟鼠同穴山上的玉矿开采出的玉石颜色并非一成不变，有冷白、青白、脂白、粉白几种颜色，与不同纹理的席子搭配，正好对应福、禄、寿、喜四款，迎合中老年顾客的喜好。

　　在制作工艺上，由于人手充足，机器齐全，叶辰摒弃了容易导致玉石脱落或皮肤过敏的粘胶法，而采用钻孔打眼的方式固定玉石，作为基底的席子质量也更高端，全面升级后，这一套双人款玉石床垫能卖八万八千八百元，和其他七零八碎的小件相比，销量不算高，但卖一张就能结结实实地赚一笔。

　　八万多块钱，虽抵得上不少人一年的工资，但它保健效果好，玉料又是上乘，哪天如果不想用了，就算把玉石拆下来散卖，都能"回回血"。所以，这价格不仅不贵，还堪称良心——真是"三高"人群，如果不幸患上脑溢血、心梗之类的急病，住上几天 ICU 再给心脏搭个桥什么的，不仅八万块钱挡不住，搞不好连命都要搭进去。但是，叶辰不想把价位抬到寻常人咬牙都买不起的程度，毕竟他的终极使命是造福人民群众，而不是赚钱。

除了玉石理疗床垫这一镇店之宝，叶辰还与李力合力开发其他新品，根据灵植作用于人体的方式与功效制作出各种看似平平无奇实则暗藏奇效的保健用品。

据《山海经》记载，蘱草"服之不昧"，是治疗眼病的良药，叶辰便设计出一款以晒干的蘱草为填充物的"纯天然草药明目眼罩"。这种眼罩在蘱草香味消散前可反复使用，能高效缓解视觉疲劳，对青光眼的眼压辅助控制与白内障的预防也有很大好处，一套售价三百八十八元，附赠一对进货成本五毛钱的小破耳塞，销量相当火爆。

传说中"服者不妒"的桲木，则被叶辰设计成"安神静心保健梳"，梳柄上以花纹的形式雕刻着一种古老的灵气聚集符文，是白泽教给李力的。这样一来，桲木梳子就能持续不断地吸收天地灵气，不必依托金字塔造型。使用者只要每日早晚按叶辰瞎编的"辰辰静心梳头操"梳两次头，即可降低神经系统兴奋度，缓解焦虑症，预防惊恐发作，健康人用着也能纾解紧张情绪，清心静气。

至于为什么叶辰要瞎编一套梳头操，一是因为桲木要接触头皮几分钟才能起效，二是为了减少顾客对梳子材质的怀疑，把功劳分一半给梳头操，玄学产品有一个生发器就够了……

还有记载中"服之不忘"的枥木，目前以健身木球的形式产出，也附赠一套叶辰瞎编的"辰辰手部穴位按摩操"。按照叶辰的话术，健身木球可通过运动手指与按摩穴位缓解或预防老年痴呆——

自然，实际上全是枥木本身在起效。木球两个一套，叶辰根据中老年朋友的审美情趣推出仿文玩核桃款、吉祥如意款、狮子头款等多种。

每当看到敬业的客服姑娘们督促顾客按时做"辰辰静心梳头操"和"辰辰手部穴位按摩操"时，叶小骗子的良心都会泛起一阵微微的刺痛……

除此之外，店里前段时间还新上架了一批公益保健品——定价九十八元一瓶的"负离子清肺保健喷雾"，有保健品生产批号。据叶辰忽悠，喷雾内含有的负离子可以促进呼吸系统纤维细胞的摆动，清理肺部毒素垃圾，贫困尘肺病患者还可凭诊断证明与贫困证明免费包邮领取一瓶，每月限领一次。

其实，这一瓶九十八块钱的保健喷雾就是云松兑水，五十毫升的小喷雾瓶，找工厂定做是一万元起批，八毛六一个，四舍五入，约等于没成本，对尘肺病又有奇效，正好拿去做公益。这种能实打实救人命的云松也是张兆谦目前的重点研究对象。

现阶段喷雾原理未明，为了不露馅，叶辰不敢做得太明显，把喷雾中的松针浓度调得很低，仿佛古代酒肆中往烧刀子里掺水的黑心掌柜，所以喷雾用起来不是那么药到病除，但只要坚持喷，渐渐就能看到效果。

我是个死骗子吗？

叶辰不这样认为。

我是个有社会责任感的死骗子啊！

…………

"……负离子这个噱头，我最近是不是用得有点多？"两人从工厂视察回来，叶辰打开电脑，给即将上架的新品薰华草鞋垫准备销售话术。

沈默风点头："换一个吧。"

叶辰托着下巴："祖传秘方也不能再用了，不然，我祖宗也忒能传了。"

堂堂影帝为骗子出谋划策："红外线？磁疗？臭氧？"

"红外线可以。"叶辰拍板，打开搜索引擎查了一下定义，眼珠一转，屁话张嘴就来，"就红外线鞋垫了，我们家的鞋垫会发射红外线电磁波，波长被我精准控制在七百六十纳米到一千微米之间，相当精准。这种红外线电磁波能够精准地杀灭各种对人体不利的有害细菌、真菌，治疗脚气、鸡眼、脚臭、灰指甲……"

"……红外线波长'被你'精准地控制在七百六十纳米到一千微米之间，被你？"沈默风对叶辰的满嘴跑火车能力叹为观止，"红外线波长本来不就是七百六十纳米到一千微米吗？"

"算了，算了，这句话去掉。"叶辰从善如流。

沈默风："……"

"薰华草体外杀菌厉害，其实男科和妇科的一些感染病也能治……"叶辰摩挲着下巴，"但这玩意儿也没法两用吧？"

沈默风满脸"不忍直视"，缓缓地摇头："应该不行。"

叶辰噼里啪啦地敲打键盘："那还是再专门出个红外线保健内裤，一样的材质，一样的原理。"

没多一会儿，一份全新的销售话术起草完毕，叶辰把话术发给负员，让他负责上新培训，向老客户们做宣传——那个加了许多养生微信群的小号，叶辰已全权移交给他，他培训出两位客服专门到处开发客源。

两位客服起初以为自己不慎上了专门骗中老年人的贼船，干了几天就想离职，在使用过自家公司怎么看都是假货的产品后，惊讶地发现居然是真货，就是话术的煽动性强了点儿，现在两人一个赛一个能忽悠……

"我觉得光这样不行，"叶辰在电脑桌前伸了个懒腰，"应该加一套话术，然后再雇俩客服。"

"加什么？"沈默风心不在焉地发微博。

发的是中午喝的椰子鸡汤。

沈默风 V："煲了四个小时。"

评论区——

"好了，知道辰辰又给你煲汤了，退下吧。"

"嘀——5月12号午餐卡（内心已毫无波动）。"配上狗头表情。

"老沈，你越来越过分了！一日三餐都叫辰辰做吗？！"

沈默风 V 回复评论："我打下手。"

沈默风回复完，评论区起哄得愈发厉害，沈默风的炫耀欲得到充分满足，心情愉悦地揣起手机，凑过去看叶辰准备话术。

沈默风："还要准备一套新的？"

"对。"叶辰在与负员的 QQ 聊天窗口里敲完一段话，转向沈默风，商量道，"哥，我是这么想的，我们目前主要的顾客群体是对保健养生比较上心的中老年人，这些人同时也是其他卖保健品的骗子的重点忽悠对象，我觉得我有义务把这些中老年人从那些骗子的魔爪中拯救出来……"

沈默风心中一阵暖流淌过。

叶辰深沉道："……好把他们抓到我的魔爪里。"

沈默风："……"

叶辰啧啧道："同行是冤家，我要把别的保健品骗子挤垮。"

除我之外，天下无贼！

沈默风凑近了，扫过电脑屏幕上刚起草了一个开头的文档，哭笑不得道："防骗指南？"

"我让管微信群的小张和洛洛没事儿就跟老顾客们讲讲，就说现在很多黑心保健品商，无耻啊，模仿我们……"叶辰噼里啪啦地敲字，厚起脸皮颠倒黑白。

黑心保健品商："……"

也不知道是谁模仿谁。

"但是，这些模仿我们的黑心保健品商，他们的产品质量和我们的有着天壤之别，"叶辰边打字边念，"那么……要如何甄别出这些黑心保健品呢？"

沈默风揶揄道："除了你之外，像你这样的，都是黑心商家？"

"……你说得对，"叶辰犯愁，"但话不能这么说啊，哥。"

沈默风："不着急，一起想。"

最后，两人还是合力研究出一套防骗指南。

"不让看医生吃药的都是骗子，我们提倡无论有效没效，都要坚持去正规医院体检，以医生的意见为主……"叶辰总结道，"给免费体检、赠送礼物的，也都是骗子，我们店里什么都得花钱，管顾客叫爸叫妈的绝对是骗子，我们正经生意人，都叫'亲'。"

第 八 章
"次元"之锤各个击破

叶辰与毕安安主演的青春偶像剧《浅浅拾光》在全体剧组成员"我们就是想随便拍一拍捞一次快钱"的友好氛围下圆满且迅速地杀青了。

　　与经纪公司交接完毕，后续片酬顺利入账，除去公司的抽成、税款等扣除项，叶辰到手八百多万元，再算上之前的预付款，可以说是又在还债的路上迈出了一大步。

　　在去往星尚野娱乐的车上，提醒资金到账的短信提示音响起，叶辰掏出手机打开银行应用，扯了扯沈默风："哥，看。"

　　沈默风垂眸看去。

　　屏幕上的七位数余额微微一闪，数字瞬间清零，被言灵规则吞噬一空。

　　叶辰眉飞色舞："怎么样，神不神奇！"

　　心非常大。

　　沈默风无奈："……神奇。"

　　他怕叶辰有压力，提出过要帮忙还清这笔债，却被叶辰一口回绝，理由是房产证、土地证都是叶辰的名字，这一亿多可以理解为没利息的房贷。叶辰不想不劳而获，自己背的房贷，自己赚钱慢慢还就好。

　　沈默风斟酌一番，决定尊重叶辰的意愿。

　　至于叶辰中途从星尚野娱乐跳槽产生的违约金，沈默风则以工作室的名义承担，叶辰对这笔违约金耿耿于怀，想至少由自己分担一部分，却被沈默风温和但坚定地拒绝了。艺人因自身原因违约，当然要自掏腰包付违约金，可经纪公司挖墙脚，肯定是下家付违约金给上家。

　　"我这其实也算是自身原因……"叶辰对此颇为纠结。

他的秘密越来越多，越来越难以掩盖，况且顾秋本来就怀疑他怀疑得够呛，他在星尚野待下去，迟早要露马脚，不走不行，说来说去，其实还是他本身的问题。

"什么自身原因。"沈默风笑道，"你是被我挖来的，小朋友。我对你威逼利诱、巧取豪夺，你拿我没办法，只好从了我。"见叶辰的目光仍有些游移，他便离得近了些，轻声问，"我说得不对？你没从了我吗？"

叶辰舒了一口气，认命地一低头，小声地道："从了。"

于是，事情就这么成了。

叶辰提前解约的事是沈默风工作室的负责人出面与星尚野谈判的，就这种性质的事情而言，谈判过程还算和平，叶辰需要把目前星尚野已确定的演艺工作全部完成，并赔偿后续的相应损失，今天叶辰来公司就是为了处理最后一些琐碎事务，顺便与顾秋道个别。

高然到时候会跟着叶辰走，可顾秋是星尚野的经纪人，走不了，况且他也不想走。虽然叶辰的星途肉眼可见地璀璨，是棵人形摇钱树，但他早就知道叶辰身上有问题，又要借着叶辰人气飙升的势头赚钱，又怕叶辰在自己手底下搞事，这段时间焦虑得头发都少了，烫手山芋好不容易扔出去了，哪有追着跑的道理。

"秋哥，"叶辰歉然道，"这段时间没少受你的照顾，也没少害你发脾气，小小心意，你收下吧。"

高然扛来一卷席子似的东西。

顾秋没好气："什么东西？"

"你不是总说血压让我气得升高了吗？"一张用料奢华的玉石床垫在顾秋的办公桌上缓缓展开，叶辰语重心长道，"您回家把这个铺在床上，躺着冬暖夏凉，而且有调节血压血脂的功效，是从我家的玉矿场里挖出来的……"

顾秋疲惫道："你还惦记着你家有矿这设定呢？"

"……算了，开玩笑的。"叶辰语气中透着一丝纵容，"不是从我家的玉矿场里挖出来的，而是我买的，花了八万多元。"

顾秋叹息："总算说句实话了，你。"

叶辰闻言，淡淡地自闭。

"还有这个。"叶辰又拎起一个精致的礼品手提袋，袋子里装着一个专为顾秋定制的礼盒，不带辰辰健康养生坊的logo（标志）的那种。

叶辰掀开盒盖，一一介绍道："这是中草药明目眼罩，能辅助治疗各种眼部疾病与缓解视觉疲劳；这是安神静心梳，焦虑的时候，您就梳一会儿；这是保健手球，预防老年人健忘，你可以送给伯父伯母……你自己想用也行。"

顾秋沉吟片刻，缓缓道："你是瞒着我做微商去了吗？"

"不是，"叶辰虚伪地笑笑，"这都是我老家的特产。"

顾秋一阵窒息："你老家……"

打趣调侃的话都说完了，叶辰神色一正，郑重道："秋哥，谢谢你带我入行，要是没有你，我可能还在跑龙套呢，我这次真的是……"

"得了，没我，也有别人。"顾秋抹了把脸，摆摆手，"去吧。"

…………

叶辰与星尚野娱乐和平解约并转投沈默风个人工作室旗下的消息如洪水般席卷了微博服务器，超话热度蹿升到前所未有的高度，将热搜榜第二名远远甩开。正在组合粉放鞭炮狂欢，部分"唯

199

粉"（单独喜欢明星组合中某一个明星的粉丝）最后一根稻草也被抽走的当口，一枚重量需按吨称的"超级大瓜"咔嚓一声裂开了……

一条 tag 为"'流量鲜肉'现形记，'次元'之锤，捶爆你的'次元壁'！"的微博发布不到半小时，就力压叶辰转投沈默风工作室的消息，在热搜榜上疯狗似的狂蹿。这条微博的发布者是一个娱乐"吃瓜"营销号，内容皆非原创，而是从某娱乐论坛的叶辰黑帖中七零八碎地拼凑起来的。那论坛发帖无须实名，发帖人不必为自身言论负责，导致谣言漫天形成常态，帖中遣词造句极尽渲染夸大之能事，被这八卦博主一条条整理出来，打眼看去杀伤力极大。

"次元"之锤一号锤："叶辰左手与白莲教教母毕安安双宿双飞，右手强拗软萌后辈人设吸血百亿影帝，强行捆绑蹭热度！"

一号锤帖中包括叶辰在《浅浅拾光》片场与毕安安"举止亲密"的几张偷拍照，两人在不同时间都穿过某一线品牌的某件当季新款的分析，毕安安在叶辰家门口出没的一张抓拍，甚至还有《浅浅拾光》拍摄期间两人离开剧组与到达剧组的时间分析，有好几天两人都是前后脚到达和离开的。

其实毕安安在叶辰家门口的那张抓拍糊得连毕安安"亲妈粉"都认不出，奈何"黑粉"一口咬定就是本人；至于在片场举止亲密，无非是因为两人谈论的许多话题不能被人听，讲话时贴得近了些；那所谓的情侣装，其实是沈默风看毕安安从头到脚淘宝爆款实在凄惨，在给叶辰小朋友进行大宗采购时捎带孝敬了狃犴姑奶奶几套行头罢了；至于到达和离开片场的时间接近……

这条倒是没得洗，两人确实相约去种地了……

"次元"之锤二号锤："叶辰为爱入圈豪门阔少人设崩塌，父母离异、家境贫寒、高二辍学，毫无背景却出道两年身家过亿！"

与前面那一号锤帖相比，二号锤的证据显得较为疲软，爆料人自称是叶辰的高中同学，可除去一张班级活动合影之外，爆料全靠键盘，什么父母离异多年、一辆自行车骑三年、一放假就在小饭馆打黑工之类的说辞，拿不出半点儿真凭实据。然而，这位不大靠谱的同学爆料引出的是洋洋洒洒一大篇分析，楼主整理了叶辰自出道以来所有的影视作品，估算叶辰两年来的演艺收入，并联系起前段时间爆料叶辰名下房产过亿的八卦帖，将舆论朝被"金主"包养的方向引导。

…………

在这个高度信息化的时代，任何蛛丝马迹都瞒不过火眼金睛的网友，何况没有证据创造证据也要上的"黑粉"，包袱一旦破了个小口子，里面的东西就会稀里哗啦撒得满地都是。

叶辰走红势头太猛，无形中抢占了一些同类型"小鲜肉"的资源与生存空间，对家粉丝本来就眼红得厉害。另外，沈默风的一小部分低龄颜粉和"女友粉"认为叶辰捆绑沈默风炒作，早已对他恨之入骨，这帖子中的许多信息就来源于一个人多势众的超级"黑粉"群，群成员致力于挖掘叶辰的黑料，任何与叶辰有关的负面消息都能让他们如苍蝇般兴奋搓脚……

年度"大瓜"一出，网上登时一片腥风血雨，之前看不顺眼叶辰的"黑子"与对他没好感的路人"吃瓜"吃得不亦乐乎，不惮以最恶毒的语言嘲弄讥讽一个没有伤害过他们的人。

"笑死我了，这就是YC（叶辰）粉天天闭眼吹的小王子，高中都念不起，哈哈哈！"

"捆绑超一线炒作真舒服是吧，和毕白莲'锁'了也不忘死死抱着沈默风的大腿。"配上微笑的表情。

叶辰"亲妈粉"们气红了眼，撸胳膊挽袖子与"黑子"撕成一团，也有理智路人看不过眼，吐槽黑帖中不合理的地方。

"纯路人，真心求问，那张偷拍糊成那样，你们究竟怎么看出来是毕安安的？"

"起手一张合影，爆料全靠键盘……"

"看来看去，坐等后续。"配上吃瓜的表情。

这条微博一出，沈默风那边就收到了消息，工作室的形象维护团队快马加鞭地"下场"维持秩序，着手从各个方面击破对叶辰不利的传言，沈默风一个电话接一个电话地调配工作室的人，暴躁得满屋子踢踢打打，光柜门就在他踱来踱去打电话的过程中被踹了三脚。

"浑蛋……"沈默风挂了一个电话，恨恨地磨着牙。

"哥，你别生气，"叶辰屁颠屁颠地凑过去哄，"也不是不能'公关'，我脸皮厚，不怕他们骂我……"

沈默风正想安慰安慰身处"网暴"中心的小朋友，叶辰却沉稳地一抬手，用安神静心梳给沈默风梳头，口中念念有词："梳几下您就不生气了，怎么样，是不是感觉您这颅内压'嗖'地就下去了？"

"……"沈默风缓缓做了个深呼吸，有点想掐死他。

不过倒是真的没那么气了。

…………

网上，一群"黑粉"乐颠颠地看戏，嘲讽叶辰边谈恋爱，边吸血沈默风。

"他和毕安安是拍戏的时候假戏真做了吧？"

"啧啧，一边偷偷和毕安安谈恋爱，一边捆着沈默风炒热度，好事儿全让他占了。"

"还把自己赖进沈默风工作室了，YC（叶辰）别的不怎么样，这份抱大腿的功力在圈里算得上首屈一指了吧。"

没过多久，毕安安微博也放出一篇声明，声明的前半部分澄清两人并无恋爱关系，都是些不痛不痒的套话，呼吁大家不要传谣，将追究造谣者法律责任云云，后半部分则甩出一份超长的账目清单……

清单"画风"清奇，打眼一看全是什么土豆、白菜、西红柿，仿佛农贸市场进货单，菜品动辄以吨计，接收方则是毕安安出资援建的希望小学，账目单最下方是叶辰龙飞凤舞的签名。

毕安安V："……以上是叶辰为我出资援建的各所小学供应的爱心午餐食材，他听说过一些我为公益事业做出的努力，由于想为贫困学童提供长期、稳定的帮助却无经验，因此多次私下里向我询问有关事宜。我们的关系仅止于此，请不要过度解读，也不要对叶辰从事公益事业的目的进行扭曲，穷则独善其身，达则兼济天下，仅此而已。"

声明的最后，是叶辰在各希望小学现身打卡的十几张照片，照片中叶辰被一群笑容灿烂的小孩子簇拥在中间，笑出两枚招牌小梨涡。

转发和评论立刻被虎视眈眈的毕安安粉、叶辰粉和中立路人占领，"画风"一派和谐。

"弟弟究竟背着我们偷偷做了多少好事？！"配上怒的表情。

"谢谢'黑子'，如果不是你们，我们也不会知道辰辰有这么优秀。"

"看见这条，也去买了一百份爱心午餐，辰辰好样的。"配上图片。

与此同时，在热搜榜上飞速攀升的都是辟谣与吹叶辰的"彩虹屁"——

最好的叶辰

叶辰免费资助贫困患者

叶辰爱心午餐

毕安安否认恋爱

一时间，"黑子"们士气大弱，因为叶辰在道德高地上站得太稳，这时候如果他们硬黑，路人都会看不过眼。

"呵呵，热搜撤得够快的，猜猜这轮公关得烧多少钱。"

"工作室是下定决心要护着他了？沈默风究竟什么情况？"

话题一扯到沈默风头上，才偃旗息鼓没多久的沈默风"女友粉"兼叶辰"黑粉"立即重振士气，从哪跌倒就从哪爬起来，换个角度继续带节奏，誓要让"云男友"与叶辰划清界限——

"呵呵，沈默风哪能有什么情况，还不是叶辰够无耻？听说在《问鼎》剧组的时候叶辰天天给沈默风跑前跑后，伺候爷爷似的伺候，剧组明明满地都是打杂的，沈默风的一日三餐，叶辰非得自己亲手做。（配上微笑表情）杀青之后他也一直拼命贴上来、讨好沈默风，我要是有一条这么听话的狗，我也愿意丢给它几根肉骨头吃啊。"

"+1，叶辰粉别贴了，百亿影帝＋沈廷唯一的继承人，你们家在小饭馆打黑工的那位连给他提鞋都不配，xswl（笑死我了）。"

"再说了，沈默风把叶辰签进工作室，是要拿他赚钱的，出力帮他做公关再正常不过了，谁也不愿意看着自家摇钱树一个子儿都没摇下来就折了吧？纯粹是生意关系而已。"

"黑粉"矛头多次转移，最终对准了叶辰谄媚抱大腿＋叶辰粉倒贴沈默风这个点猛掐。

积怨多时的"黑粉"们借着热度与势头，盯着这一点穷追乱咬，间或闭眼乱黑几句别的，被压下去没多久的负面热度卷土重来，而就在这时，沈默风的一条"声明"如重磅炸弹，"砰"地在黑粉狂欢的泥潭中炸开。

沈默风V："好兄弟。@叶辰"

配图是两道肩并肩站在一起的影子，背景是海滩。

在短暂的问号刷屏过后，沈默风的评论区被"啊啊啊"的尖叫与狂风暴雨般的提问淹没了。

"'风叶女孩'搞到真的了吗？！"

沈默风V 回复评论："是的。"

"不可能！我不相信！！！"

沈默风V 回复评论："不信，也得信。"

"天啊，你们关系真的这么好吗？啊啊啊，什么绝美兄弟情，我要哭了！求细节啊！不差这点流量！"

沈默风于十几万条评论中精准逮到这一条，一通回复猛如虎："好的，细节是这样的——一开始我注意到辰辰是在拍《问鼎》的时候……"

沈默风V回复评论："……当时我觉得这碗鱼汤有家的感觉……"

沈默风V 回复评论："……那天我赶到佛罗伦萨，佛罗伦萨已经很多年没下过雪了，偏偏我去的那天，天空飘着细雪……"

沈默风V 回复评论："……我是个正经人，我不翻墙，我叫辰辰翻……"

叶辰："……"

近一百四十字一条的评论回复，沈默风一口气回了对方满满的好几条。

叶辰在一旁，单手捂着眼睛，好奇，又不忍直视，只能透过指缝往外瞄，愁得想揍他一顿。

沈默风厚颜无耻道："其实我没想说这么多。"

叶辰呵呵道："懂，您是被迫的。"

沈默风沧桑叹气："观众都是衣食父母，得罪不起，问什么我得答。"

说着，他低头疯狂敲字，回答粉丝问题。

——做饭我真的打下手。

——超话里那个帖子，我看过，分析得不错，基本属实，但有这么几点细节和现实有出入……

"我真是头一次见到艺人这么活跃地给粉丝答疑，我是活在梦里吗，要不，你出本回忆录得了吧，销量肯定能大爆。"

"出回忆录 +1。"

"+2。"

沈默风 V 回复评论："可以，但这是你们要的，我本人连想都没想过。"

"你还可以！还可以？！还想甩锅给粉丝？！怕挨打是吗？哈哈哈……"

"其实我特别能理解，老沈这都憋几个月了，好好一个型男，给憋变态了。"

"哥，哥你先闭会儿嘴行吗？能不能给我们留一点自己动手

'抠糖'的空间？追星的乐趣你究竟懂不懂啊？！"

"求哥闭嘴+1。"

"粉丝惨遭偶像填鸭式喂糖，上次谁说沈默风会裸奔大叫来着……"

气氛一派喜庆。

而另一边，已被今日接二连三的反转捶成死狗的"黑粉"仍然试图垂死挣扎，想从"塑料兄弟情"的角度论证一番。岂料，沈默风不捶则已，一出手就要赶尽杀绝，黑粉这轮节奏还没成气候，沈默风那条微博就被另一位"大V"转发了。

沈廷V："听说我多了个儿子。"

转发配图是沈父、沈母、沈默风与叶辰的合影，看背景是在沈廷家中。

沈廷的微博热度远远不如年纪轻轻就当上了影帝的儿子，但身为知名企业家，关注者也有两千多万。

沈默风这边正"浪"至人生巅峰，"流量"突然被爸爸分走一小半。

沈廷的微博下各路人马狂吃柠檬。

"天天管你叫爸爸，你却成了别人的爸爸，还缺干儿子吗？已经认一个了，也不差再认一个。"配上柠檬表情。

"呜呜呜，好嫉妒叶辰！这是什么天选之子！"配上一串柠檬。

"在下夜观星象，发现你家阳气过盛，还缺一个干女儿，您看我怎么样。"

沈廷V回复评论："多谢，我有两个儿子就够了。"

发现沈廷居然也会挑着回复评论后，网友们评论得更来劲儿了。

"请问您对叶辰满意吗？"

沈廷V回复评论："非常满意。"

"夫人真有气质！"

沈廷V回复评论："端庄大气。"

"沈太太好漂亮啊！怪不得能生出那么好看的儿子。"

沈廷V回复评论："是的，太太最好看。"

沈默风："……"

叶辰乐颠颠地翻着沈廷微博，感叹道："你和叔叔是真像啊……"

人来疯……不，人来骚的基因位点莫不是长在Y染色体上，这一点儿没糟践，全遗传给儿子了……

几天后，这场风波彻底平定。

网上，当吃瓜路人们热情高涨时，叶辰正在悠闲地种地……

积攒了小半个月的神力后，叶辰在灵木种植区专门开辟出一块空地，从十株不死树幼苗中宝贝地取出一株，用安置老父亲的恭敬手法将幼苗栽种到灵木区。

幼苗只有叶辰手指粗，细弱平凡，看起来与路边随手捡的树枝差不多，叶辰按照早已倒背如流的《不死树幼苗栽培技术详解》一步步进行栽种后的养护工作，沈默风在一旁打下手。

娇贵的幼苗栽种完毕，叶辰生涩地试着主动引导蕴含在灵窍中的神力，这是在他的神力从量变累积至质变后开启的新技能。神力如涓流，源源不断地从叶辰指尖流出，为幼苗注入蓬勃的生命力。

在盈余的神农之力倾注一空后，羸弱的幼苗以肉眼可见的速度缓慢抽枝散叶，生出细如血管的分枝与散发着珠白光晕的嫩叶苞芽。在目力无法抵达的土壳之下，蛛丝般纤柔的根系顽强而无声地扩张，幼苗周围飘起粉尘样细腻的光点，悠悠冉冉地浮在半空，包裹着不死树。

叶辰收回手，轻轻舒了口气："攒了这么长时间的神力，一眨眼就给我榨干了……"

沈默风笑笑："以后就越来越好攒了，店里这段时间销量又上涨了，就是库存没跟上。"

毕竟店里产品的口碑已经打响了。

不远处的瓜田附近，停着一辆外形炫酷如变形金刚的兰博基尼拖拉机，瓜田中，神兽崽崽们系着小围裙摘哈密瓜，一只只小胖手在瓜皮上煞有介事地左拍拍、右拍拍。

"挑几个最甜的，我们回去榨汁做冰激凌。"犰宝宝指挥道，怀里抱着一团奶猫似的狰宝宝。

这段时间，神兽宝宝又先后复苏了两只。

犰宝宝怀里抱着的是一只毛茸茸的狰宝宝，除了生着五条尾巴外，狰宝宝与奶猫分毫无差。但狰宝宝的狰狞包袱很重，不肯轻易卖萌，时不时就要龇起几颗小尖牙"咪咪"地咆哮，以示凶恶，却屡屡在叶辰的灵气猫薄荷与自制狗尾巴草逗猫棒的逗弄下惨遭滑铁卢，一不小心就会心神失守，仰面朝天，露出软嘟嘟的肚皮任叶辰揉搓。

而最近，犰宝宝也学会撸猫……不，撸狰了。

至于另一只近期苏醒的神兽，是鲲鹏宝宝。

神兽皆为天地灵气孕育而生，无须繁衍，有些是仅此一只，有些神兽则有同类，主要看天地灵气的心情。鲲鹏有一老一小，老的沉在南海海底一睡几十年，小的刚学会化人形，小鲲鹏能化人形没多久，不知是从哪看了些不着调的"科普"，落下一个怪癖……

"对了，鲲鲲哪去了？"叶辰举目四望。

瓜田里的宝宝群中不见鲲鹏的身影。

沈默风："蒲卢也没在。"

叶辰心里顿时"咯噔"一声！

⋯⋯⋯⋯⋯

与此同时，沈默风家四合院正房中，两只神兽团子正在偷偷密谋。

鲲鹏宝宝："卢卢哥哥看，我又存了这——么多！"

"哇——"蒲卢宝宝眸子水亮，"这个真的很值钱吗？"

两只团子肩并肩地趴在地上，上半身钻到沈默风那张三人床的床底，凝视着床底的塑料袋。

"当然啦，连区区抹香鲸的便便都是比黄金还贵重的香料，叫什么龙涎香……"鲲鹏宝宝面露傲色，奶声奶气道，"我堂堂神兽鲲，只会比抹香鲸更厉害呀。"

蒲卢宝宝紧张道："但是辰辰哥哥上次都叫你别藏便便了，奇哥和吼吼哥哥也说不让藏。"

"不怕，我藏在风风哥哥的床底下，吼吼哥哥说过，最危险的地方就是最安全的地方。"鲲鹏宝宝托腮，"他们不懂，等我把这些便便卖了，给你买可多可多的巧克力。"

蒲卢宝宝喜滋滋道："嗯！"

鲲鹏宝宝戳戳他："那你以后粘不粘在我的身上？人家藤壶都粘抹香鲸。"

蒲卢宝宝搓搓衣角，软软地道："我粘。"

贴在门板上偷听的叶辰和沈默风："……"

"砰"的一声，叶辰破门而入！

沈默风神色复杂。

叶辰撸起袖子，朝鲲鹏步步逼近，咬牙切齿："好你个小崽子！"

鲲鹏一秒切换人格，惊恐地四下张望："怎么了？鲲鲲又干什么了？"

叶辰指指床底："自己看。"

鲲鹏憋红了小脸，拼命地摆手："不关鹏鹏的事啊，都是鲲鲲藏的！我现在是鹏鹏呀！我才醒！"

叶辰虎着脸："那你把鲲鲲叫出来。"

鲲鹏努力片刻，丧气道："他躲着呢，我……我叫不出来……"

叶辰一记饿虎扑食："叫不出来？我看你就是鲲鲲！"

"叽叽！"真的不是呀！鲲鹏吓出鸟叫，从人形态切换到鹏形态，扑扇着翅膀飞出窗外。

"他刚才真是鹏鹏，"蒲卢宝宝小声道，"灵气的味道变了，我能闻出来。"

叶辰："……"

双重人格的小朋友不好带啊！

尤其是鲲鹏宝宝这种，"鲲"人格调皮得要死，"鹏"人格老实乖巧，一言不合就切换，鲲还会假装自己是鹏，犯了错误简直不知道该怎么罚。

沈默风摇摇头，好笑地清理床底下的脏东西，蒲卢宝宝见势不妙，也沿着墙根跑走了。

···········

鸡飞狗跳且充实的一天过去了。

入夜，沈默风懒懒地倚在床头，叼着烟，捧着一本《主持艺术》读得认真。

叶辰冲完澡，带着一身香喷喷的水汽走到床边，坐下，略好奇地看看那本书。

沈默风察觉到他的目光，一笑，掐灭了烟："我学习一下。"

"学主持？"叶辰好奇。

沈默风拿过手机，将屏幕转向叶辰，语气谦逊且谜一般欠打："这不是超话小主持人审核通过了吗，我也没有什么主持经验，就临时抱抱佛脚，别冷场了……"

"……"叶辰沉默片刻，破音，"你还申请超话小主持？！"

您老人家亲自上阵"浪"，能冷什么场啊？！

"怎么了，"沈默风悠悠地道，"你也想申请一个？"

叶辰摇头摆手："不、不、不，哥，我觉得您是不是最好离粉丝的生活远一点儿，您这……粉头都快没您活跃了好吗？人家粉头尊严何在了？"

沈默风遗憾道："我连今天要主持的话题都想好了。"

"……"叶辰难以置信地看着他。

沈默风低头敲字，企图在超话发帖，可那敲字的动作很慢，似乎是逗着叶辰玩的。

沈默风 V："'风叶'，今天我们的话题是……"

"哥！"叶辰吓得劈手夺过手机锁了屏幕。

"给我。"沈默风把绕到叶辰的身后，去抢手机。

"哥，我真的求你了，"叶辰攥着手机躲来躲去，"你轻点'浪'。"

屋子里充满了欢声笑语。

…………

在与此一墙之隔的另一座院子里……

神兽团子们在十张整整齐齐排列的儿童床上打着愉悦的小呼噜，做着甜梦……

储存着元神的小小空间内发光气泡悠然地飘浮在静谧的黑暗中，一只即将破壳的比翼鸟宝宝发出"啾啾"的梦呓……

山海境中，残日柔和的光芒拂过灵草茂盛的原野与郁郁葱葱的树林，还有那条盘在浣水边上闭目养神的应龙……

被晚风抚弄的农田像化了的绿玉，一浪浪起伏涌动，一直延伸到肉眼难以企及的远方……

境中万物，生生不息。

晨光乘风而至。

【正文完】

番 外 一
不良幼崽团伙篇

暮色四合。

大课间的铃声穿透爬满藤蔓植物的围墙，穿着初中校服的学生三三两两地走出校门觅食。

这是位于京海邻市的一所初中。

学校后面的死胡同逼仄、肮脏，是垃圾与垃圾人的集散地，仿佛是"体贴"的校方专门为校园霸凌提供的场所。

胡同中，一个瘦弱的男生正畏畏缩缩地向几个校霸出示钱夹，抽出几张小面值的钞票，嘟囔道："真……真的就这些……"

校霸嫌弃地拨开钱夹，道："看看微信钱包。"

男生："……"

男生面容沉痛地调出微信支付界面，微信钱包里有两千多元余额，是他尚未来得及挥霍的压岁钱。

校霸吹了声口哨。

信息时代，大家出门都懒得带现金，打劫也与时俱进，不兴抢钱包，都直接扫二维码。

校霸掏出手机："扫我。"

男生面露菜色："别，哥，我求你们了……"

校霸不耐烦："少废话。"

正在校霸团伙与惨遭打劫的男生僵持不下时，一队不速之客忽然杀进小巷。

不速之客有八个，平均身高不到一米，统一穿着大约是幼儿园园服的短袖上衣、背带裤和小白鞋，露出既胖又短的小胳膊小腿，一个戴着兔头帽，一个戴着羊角帽，一个背着玩具乌龟壳……是八个扮相萌到让人飙血的小宝宝。

宝宝们目测平均年龄三岁不到，小脸蛋儿个顶个精致，好像一

215

群从片场偷溜出来的童星。

校霸团伙看着这些不知道从哪冒出来的小孩子，都有些愣怔。

"……去、去、去，一边待着去。"校霸最先反应过来，虎着脸撵人。

戴着兔头帽的小宝宝揉搓着帽子上的兔耳朵装饰，奶声奶气道："大哥哥，这条胡同已经是奇哥的地盘啦，不让抢劫。"

校霸一怔，乐了："哈哈！"

另外几个小流氓也乐不可支。

"断奶了吗，小弟弟？"

"再捣乱，打屁股了啊。"

戴兔头帽的宝宝缓缓地皱起眉头，指指胡同口墙上一张不起眼的纸，轻声细气道："我们写了划地盘的协议。"

纸是从图画本上扯下来的，上面是蜡笔写的一排歪歪扭扭的汉字。

——"这条胡同奇哥罩啦，请受保护的人自觉缴纳保护费。"

校霸："……"

校霸的狗腿子们："……"

在短暂的寂静后，校霸团伙笑得愈发丧心病狂！

这时，个头最高、戴着尖角头饰的宝宝在校霸团伙的哄笑声中板起小圆脸，淡然道："也就是没必要谈了？"

校霸团伙全员笑到丧失战斗力。

就连被打劫的男同学都忍不住"哧哧"笑了两声……

死胡同中的气氛欢乐得堪比过年。

戴尖角头饰的宝宝有模有样地沉吟片刻，头一偏，吩咐宝宝队伍中外形最瘦弱的"小萝莉"道："做掉。"

"小萝莉"戴着羊角帽，闻言，转了转茎秆般纤细的脖子，把小手上的关节捏得咔咔作响。

校霸仍然放肆地狂笑着，然而，下一秒，他的瞳仁中映出了羊角帽萝莉脚丫上的小白鞋。

白鞋与他的视线……平齐。

"砰"的一声闷响，羊角帽"萝莉"稳稳地落在地上，校霸哀号着，掩面扑倒。

"下一个。"羊角帽"萝莉"面无表情，馒头似的小胖手竖起一根食指，冲校霸的狗腿子们勾勾手指。

"……我的天？！"

狗腿子们从震惊中缓过神来，一个个拔腿就跑，连校霸的伤势也顾不上看一眼，兄弟情说没就没。

被打劫的男生也是惊惧不已，正要跑路，却被羊角帽"萝莉"一把揪住衣角。

那嫩豆腐似的小手似有千钧之力，男生全力一挣，却只听到衣服轻微开线的声音，抓着衣服的小手毫无要松开的迹象。

看样子似乎是团伙首领的尖角头饰宝宝沉吟不语，只垂眸把玩着一把卷笔刀，还若有所思地吹了吹卷笔刀里的铅笔屑，仿佛黑道大佬在玩枪。

羊角帽"萝莉"言简意赅道："保护费。"

"你……你们……"男生结巴着，说不出一整句话。

兔头帽宝宝揉搓着兔耳朵道："这位是奇哥，以后这一片归他罩，保护一次，一块钱，只收现金，不支持微信支付。"

这是因为崽崽们还没有手机！

男生抖着手，也没心思数钱了，把钱夹里几张小面值的钞票一股脑地塞过去。

奇哥接过钞票，挑了一块钱，把剩下的塞回男生校裤的口袋，奶气且威严道："出来混要讲信用，说保护一次一块钱，就是一块钱。"

羊角帽"萝莉"松手，男生连滚带爬地逃走了。

接着，收完保护费的不良幼崽们也叽里咕噜地冲出胡同，穿越混沌印记，集体消失。

············

半小时后，不良幼崽团伙现身神兽幼儿园。

说起神兽幼儿园，就不得不提起叶辰近一年来的成绩。

随着生意越做越大，叶辰从贫穷之主晋升成了真正够格的山海境之主。

用公司盈利还清了购房欠款后，他的演艺酬劳终于不再一秒蒸发，户头里有了稳稳当当的八位数存款。

经费充足，叶辰大刀阔斧地推进机械化种植进程，并在白泽的指导下对境内绿化工程与神兽工作调配进行科学规划，最大限度地利用现有资源。这样一来，修复工作的效率变得相当可观，短短两年不到，境灵具现化出的山与河流已形成整条山脉。

境中，百余种灵植遍布山间原野，葳蕤繁茂，与在白泽的计算下按顺序精准投入栖息地的几十种灵兽形成和谐健康的生态链，在一定程度上能形成自然的生态循环。因此，虽然境中的种植与养殖区域在不断扩张，但它们需要叶辰与众神兽进行干预的环节越来越少，他们比最初在境中开荒时还清闲了不少。

随着灵脉修复速率的提升，神兽幼崽们的苏醒速度也大大加快了，眼下已化出人形的神兽团子有二十多只，还有几只过于稚嫩，无法化为人形的幼崽。除去幼崽外，还有不少听到风声的成年神兽也陆续从天南地北跑来投奔叶辰，两座四合院渐渐就不够住了。

于是，叶辰在京海邻市廉价的郊区购下一块地皮，由熟悉办学流程的毕安安跑手续，李力负责设计与监工，为小团子们建起了一座神兽幼儿园。

幼儿园占地面积相当可观，操场、宿舍、大型游戏室、乐器室、沙坑、泳池……各种设施一应俱全，条件比在四合院里好出不知多少。叶辰、沈默风与成年神兽们轮班看护崽崽，叶辰还按照苏醒顺序把崽崽们分成大、中、小班，以便于管理。

…………

今天傍晚，幼儿园的最后一节课是音乐课，囚牛正在乐器室给崽崽们上课。闲置的游戏室中，偷溜出来的穷奇宝宝蹑着小短腿坐在摇摇马上，烛龙宝宝攥着一截牙签长的蜡烛头，鬼鬼祟祟地溜进来。

传说"天之西北有幽冥无日之国，有龙衔烛而照之"，烛龙口中所衔之烛可媲美烈阳，在黑夜中照耀大地，不过，由于蜡烛是烛龙灵力具现化的产物，烛龙幼崽的蜡烛也短小得惹人怜爱，不能照亮大地，顶多照亮卧室……除了永远也烧不完，其他方面和普通的蜡烛没有任何区别。

"奇哥，来了。"蒲卢宝宝"狗腿"地通报。

穷奇宝宝沉声道："带过来。"

蒲卢宝宝："站好。"

烛龙宝宝不明所以，听话地立正站好。

蒲卢宝宝用小胖手把烛龙宝宝从头到脚摸了一通，给小朋友"科普"道："这个叫搜身，防止你偷偷带枪，黑……黑……"

穷奇宝宝轻咳一声："黑吃黑。"

"哦，"烛龙宝宝试图洗脱黑吃黑的嫌疑，似懂非懂道，"我的喷水枪在玩具箱里呢。"

"可以啦。"蒲卢宝宝让到一边。

察觉到天敌犼宝宝狡黠的视线，烛龙宝宝忐忑地攥了攥手中的蜡烛，走到穷奇宝宝面前，从背带裤口袋里拿出一张二十元的纸币。

穷奇大佬："桃桃，给他看货。"

饕餮宝宝软嘟嘟的面颊一鼓一鼓的，打开混沌毛织的小橘包，包里趴着九袋辣条。她一张嘴，一股香喷喷的辣条味就从嘴巴里冒了出来："喏。"

竟是监守自盗！

穷奇大佬一扭头，装作没看见："……"

辣条这种卫生质量堪忧且滥用添加剂的小食品会对神兽崽崽们稚嫩脆弱的内丹造成轻微损害，损害虽可逆，但毕竟会对崽崽们的生长发育产生负面影响，出于保险考虑，叶辰禁止神兽崽崽们吃这种东西。

但神兽崽崽们和凡人熊孩子一个毛病，越不让干什么，就越是心痒痒，在辰辰哥哥的高压统治下，味道明明被灵植吊打的低品质辣条竟渐渐成了幼儿园"黑市"中的紧俏商品。

烛龙宝宝舔舔嘴唇，硬着头皮忍受犼宝宝的死亡凝视，颤声道："我要四袋。"

蜃龙、角龙和青龙，再加上他，正好一龙一袋。

另外三只龙宝宝怕穷奇帮的二当家犼宝宝怕得要命，白天和犼宝宝说几句话，晚上就要尿床，而目前内丹已完全恢复的应龙在犼宝宝面前也仍旧㞞得不像话，白长了一张邪魅狷狂的脸，一大四小合称"龙族五尻"。

已知烛龙宝宝有二十块钱，二十除以四等于五……犰宝宝敲定成交价："一袋五块钱。"

晕，真黑……穷奇大哥幽幽地望了犰宝宝一眼，却没吭声，从小橘包里数出四袋辣条，与烛龙宝宝一手交钱、一手交货。

这是他们刚刚从便利店买的，进货价一袋一块钱。

在宝宝中年纪最大的穷奇帮成员掌握着可令他们自由出入幼儿园的混沌印记、能瞒天过海偷偷带货的混沌包，以及在便利店购买东西的话术，在园区中垄断了违禁品的交易……

走私违禁品的穷奇大佬晃了晃棒棒糖："口风严着点儿，别卖了兄弟。"

"嗯！"烛龙宝宝拼命地点头。

就在交易顺利完成的一瞬，忽然从游戏室外传来叶辰的咆哮："……奇奇！吼吼！卢卢！"

今天农活干完了，他抽空来幼儿园看崽崽们，发现最能搞事的几个崽崽逃了囚牛的音乐课，就急忙到处找了起来……

"呀！"犰宝宝的兔耳朵"咻"地绷直了。

"又往园里带什么了？"叶辰哭笑不得，堵住游戏室的门。

"'条子'来了，撤！"穷奇大佬化身长翅膀的小老虎，叼起饕餮宝宝，扑着翅膀从二楼窗户飞了下去。

烛龙宝宝化身成龙，往窗外飞时被手疾眼快的犰宝宝揪住龙尾，带着犰宝宝一起飞了下去。

蒲卢宝宝惊慌失措，急吼吼地跑了两步，被摇摇马绊了个跟头，摔倒的一瞬，生物胶分泌失控，"啪叽"一声粘在地上。

叶辰："……"

又要劳烦白泽出马调配溶胶剂了。

叶辰好整以暇地走过去审问："刚才干什么了？"

蒲卢宝宝脸蛋儿粘着地，又短又胖的四肢疯狂地扑腾，为了得到解救，一秒就哭哭啼啼地卖了兄弟："奇哥带桃桃去初中收保护费，收完保护费，走私辣条！"

一帮两岁不到的幼崽去初中收保护费……叶辰叹了口气，决定今晚把多余的混沌印记封掉，不让崽崽们满世界疯。

如此这般，不良幼崽团伙在一次"大宗黑市交易"后遭遇到了覆灭，正义得到了伸张，正气得到了弘扬，真是可喜可贺，可喜可贺。

番 外 二
沈哥与凰凰的父子档篇

休息日，商业区人流如织。

沈默风戴着遮去大半张脸的口罩，在各色橱窗前信步游走，靴底轻叩纤尘不染的水磨石地面，暗色长风衣将身形勾勒得颀长。

他左右手都提着大大小小的购物袋，左肩上还蹲坐着一只通体燃烧的……小肥鸟。

——是凤凰宝宝。

凤凰宝宝用嫩喙蹭蹭沈默风的面颊，扬起一侧翅膀遥遥一指："啾啾！"

凰凰想去爱马仕店！

"好。"沈默风步子一顿，朝凤凰宝宝指的方向走去。

彻底"掉马甲"后，被种地蒙了心的叶扒皮不仅把沈默风抓去干农活，还时常把传说中隐婚偷生的八个孩子交给沈默风看护，十分丧心病狂。

许是气场相近，傲慢又自恋的凤凰宝宝对沈默风有着天然的好感，有事儿没事儿就粘着他。

沈默风对宝宝们态度温和，掏钱大方，一视同仁。

但由于凤凰宝宝格外黏他，他与凤凰宝宝的互动自然就会多一些，而这些，落在自恋的凰凰眼中，就是风风哥哥独宠其一鸟的证明！

都怪凰凰太可爱、太美丽……凤凰宝宝想着，黑豆眼目光愈发凝重。

这导致自作多情的凰凰越来越黏人，渐渐地，他连睡觉也要衔着李力用梧桐木枝条编织的凤凰窝——特殊的只是材质，款式与鸡棚中的鸡窝一模一样——挤到风风哥哥的床上睡觉。

更要命的是，凤凰宝宝睡相不佳，睡着就会乱滚，沈默风清早睁开眼，常会看见毛茸茸的凤凰团子仰面睡在床中央，双翅平摊，两脚指天，睡姿张狂，雄霸整个枕头。

············

某天清晨，凤凰宝宝按惯例滚到床中间，张着喙打小呼噜。

沈默风带着拆弹般的谨慎拈起凤凰宝宝两侧的翅膀尖，叶辰默契地探手托住凤凰宝宝圆滚滚的身体，两人合力把凤凰宝宝放回梧桐木窝，接着沈默风躺回床上，打算睡个回笼觉。

十秒钟不到。

"啾咪呀？"一张嫩黄的尖喙欠揍兮兮地挑起被角，凤凰真火普照被窝。

哥哥在背着凰凰玩什么小游戏呀？

沈默风："……"

不过，这样的烦恼没有持续多久，沈默风就用一款价值两万元的 Louis Vuitton（路易威登）宠物袋贿赂了凤凰宝宝。他许诺只要凤凰宝宝乖乖地回到儿童房睡，就把宠物袋送给凤凰宝宝当窝用，以代替梧桐木枝条编织的粗糙鸟窝与毫无特色的儿童床。

这款宠物袋外形介于宠物航空箱与手提包之间，有透气网格与方便拿取宠物的全开式拉链，但无法处理宠物便溺问题，经典的 Monogram（交织字母）帆布材料、质感上乘的提手、雪亮的拉链……皆散发着奢华与潮流的气息，"臭屁"的凤凰宝宝只看过一眼，就爱上了。

他不懂行，却本能地察觉到这东西能让他甩其他神兽崽崽八条街，遂含泪抛弃风风哥哥，睡着 Louis Vuitton 的宠物袋，盖着一条沈默风淘汰的 Burberry（博柏利）围巾当儿童被，啄食着 Chanel（香奈儿）香薰蜡烛燃烧的火苗做夜宵，在其他神兽崽崽

憧憬的目光中过上了贵族般纸醉金迷的生活······

早晨，在宠物袋中醒来的凤凰宝宝慵懒地舒展羽翼，虚伪地抱怨道："啾咪······啾咪呀！"

你们这些该死的奢侈品······离凤凰远一点儿呀！

凰凰最近怎么傻乎乎的······其他睡儿童床的崽崽用怜悯且忧心的目光注视着傻凰凰。

装 × 翻车的凤凰宝宝对此毫不知情，虚荣心得到无限满足。

用惯一线大牌后，凤凰宝宝果不其然地被潮流腐蚀了······

这天，熬夜拍戏的沈默风睡到下午一点才起，懒懒地叼着烟瘫到沙发上，放空昨夜运转过度的大脑。

逃了幼儿园识字课的凤凰宝宝正站在离沙发不远的矮桌上，翅膀威严地背在身后，低头阅读一本时尚杂志。

他用爪爪钩起纸页的边角，"唰"地一翻，黑豆眼认真扫视过一页，看准一件单品，便低头用嫩喙衔住的火羽做笔，在单品上画钩，随着火羽尖端恰到好处的烧灼，纸上留下一道细浅的焦黑。

沈默风眉梢一扬，好玩地看着凤凰宝宝。

没多一会儿，凤凰宝宝就翻阅完整本时尚杂志，他将杂志合上，丧气地一屁股跌坐在杂志封底上，肥嘟嘟的一团，两条细腿很没气质地分开着，头顶的翎毛也耷拉着，苦闷地叹气道："啾咪，啾咪······"

凰凰没钱"拔草"（消除购买欲望）呀，但是凰凰好想要呀······

忽然，两根修长的手指拈住凰凰耷拉的翎毛，将它们扶正了。

凰凰无精打采，翎毛刚竖立两秒钟，就再次耷拉了下去。

沈默风轻轻嗤笑一声："看上什么了，给你买。"

凰凰"嗖"地一扭头，黑豆眼水光盈盈，和叶辰看到新款农机具的神态一模一样。

∙∙∙∙∙∙∙∙∙∙

一下午的采购顺利结束，沈默风送凤凰宝宝回幼儿园的宝宝寝室，小肥鸟用两条牙签似的细腿奋力地撑着小肚子，立在沈默风的肩膀上睥睨其他神兽崽崽，身上还系着一条Hermès（爱马仕）的男款方巾当斗篷，心情约等于刚登基的皇帝。

沈默风给其他神兽宝宝也带了些奢侈品小配饰做礼物，可收获最多的无疑是凤凰宝宝，倒不是沈默风偏心，那是因为其他宝宝不像凤凰一样流露出对奢侈品的喜爱，对其他宝宝来说，一条近万元的方巾或许不如一个三块钱的甜筒有吸引力。

"去玩吧。"沈默风挠挠凤凰宝宝拼命挺起的小肚子，把东西都摆在他的儿童床上，挨着宠物袋。

凤凰宝宝"嗖"地跳到床上，方巾一角轻盈地飘飞。

其他神兽宝宝好奇地凑过来看凤凰的战利品，凤凰宝宝飘得不行，"啾啾啾"地向小朋友们介绍这些物品的设计理念与品牌历史，然而小朋友们兴趣缺缺，看了几眼就散了。

"啾……"凤凰宝宝不甘心对牛弹琴，略一思索，"啾咪！"

这一条方巾能换九千袋辣条！

"嗡"的一声，神兽宝宝们炸锅了！

其中反应最大的是朱雀宝宝、毕方宝宝与比翼鸟宝宝。

鸟族神兽性格普遍不好，尤其是外形较雌性更加绚丽的雄性，个顶个"臭屁"自恋，持靓行凶。几只鸟族神兽凑在一起，天天互啄，而自从前几天站在自恋之巅的朱雀宝宝苏醒，幼儿园中的气氛便愈发紧绷，到处散发着《后宫凤凰传》的气息。

朱雀宝宝通体赤红，隐隐泛着微光，根根羽毛皆如红宝石雕琢而成，他"啾"地蹦到凤凰宝宝面前，嫉妒地伸嘴啄方巾："叽喳！"

雀雀也要戴方巾！

凤凰宝宝翎毛乍起，挥舞着稚嫩的翅膀扑打朱雀宝宝："啾咪呀！"

你红得这么俗气，戴方巾也不好看呀！

比翼鸟宝宝黑豆眼中充满傲然："啾咕！"

还是我们的颜色最好看！

比翼鸟宝宝表面看上去是一个肥嘟嘟的团子，可实质上是一雌一雄的合体，左右两边身体是泾渭分明的两种毛色，左半边是阳光般的灿金色，右半边是温润的珠白色，连鸟喙都是一分为二，呈现出浅黄与橙红两种颜色。

毕方宝宝用单条修长的细腿艰难地平衡着球形身体，许是为了弥补数量上的不足，他一条腿比凤凰、朱雀两条腿加一起都长。

毕方宝宝冷艳道："嘎嘎。"

——几个小矮子。

四个宝宝恼怒至极，叽叽喳喳地互呛着，为彰显声势，都拼命向另外三只挺着小肚子，哪只也不肯落了下风。

这时，比翼鸟宝宝剑走偏锋，决定用另类的方式结束这场战斗。只见那溜圆的鸟团子忽然变得越来越长，越来越扁，被某种神秘的力量从球体缓缓地拉扯至椭球体，当这种拉扯到达极限后，随着"啵"的一声，一只大比翼鸟宝宝赫然分成了两只小比翼鸟宝宝！

"啾……啾咪？啾……"凤凰宝宝警惕地眯起黑豆眼！

分……分开干什么？难道……

雌比翼鸟宝宝用喙轻轻啄吻了一下雄比翼鸟宝宝的脸。

雄比翼鸟宝宝也恩爱地吻了回去。

随即，两只比翼鸟宝宝默契地同时扭头望向其他鸟宝宝，异口同声道："啾咕啾咕？"

你们有男（女）朋友吗？

另外三只单身鸟宝宝遭受了无理取闹的暴击！

接着，一对比翼鸟宝宝开始了"丧心病狂"的秀恩爱举动，另外三只肥鸟如同被烈日晒软的橡皮泥，蔫得几乎无法维持圆形……

就在比翼鸟宝宝力压群鸟的当口，沈默风忽然走了过来。

他是被犰宝宝拉过来调停鸟族宝宝争端的。

于是，一对正在疯狂秀恩爱的比翼鸟宝宝就撞到了枪口上！

沈默风先是承诺给其他神兽宝宝买他们想要的东西，平息争端的源头，随即将比翼鸟宝宝打量一番，沉吟片刻，用似乎想要缓和气氛的亲切口吻道："风风哥哥给你们讲故事？"

"肥啾"们狐疑地盯着他。

沈默风无奈地一笑，道："是童话故事。"

宝宝们放下心来，准备听童话故事，不止几只小"肥啾"宝宝，其他的神兽宝宝也纷纷聚了过来。

"从哪开始讲呢……"沈默风摩挲着下颌，翻着手机相册，并找出一张笼罩着朦胧雪光的佛罗伦萨夜景照片。

他将照片在神兽宝宝们眼前展示了一圈，柔声道，"我和辰辰哥哥结为兄弟的故事就像童话一样。"

崽崽们："……"

沈默风："这是两年前的春节，那天你们辰辰哥哥……"

"咕嘟！"

"啾咪！"

"啵……唧……"

"吸溜。"

神兽崽崽们潮水般飞速退去,不同种族的神兽语言在这一刻失去了界线,共同汇聚成对风风哥哥的巨大嫌弃……

犰宝宝用小胖手牢牢地捂住兔耳朵,抗议道:"这段我们都听了一百遍啦!"

沈默风不甘心地钩住蒲卢宝宝和狰宝宝背带裤上的背带,一手一个拎回来:"那我和辰辰哥哥一起拍真人秀节目的那段童话故事……"

蒲卢宝宝也捂着耳朵,一脸的"我不听、我不听":"这段我们都能全文背诵并默写啦!"

狰宝宝甚至企图回头咬人。

沈默风:"那今年圣诞节的童话故事……"

神兽崽崽们飞天遁地,跑得无影无踪。

沈默风和蔼地呼唤道:"玄玄,累累。"

玄武宝宝与仆累宝宝满头冷汗,艰难地朝门口挪动着,好在穷奇大哥跑到一半忽然想起落下了兄弟,带着犰宝宝折返,一人背起一个狂奔出宝宝的寝室。

…………

几分钟后——

惨遭神兽宝宝们集体嫌弃的沈默风出现在东厢房的储存空间中。

这里还有许多尚未苏醒的神兽元神。

其中最大的那个发光气泡中,是一只与蝴蝶模样相似的神兽宝宝。

沈默风轻抚"蝴蝶"宝宝身处的气泡,目光慈爱,温声道:"快长大吧。"

"蝴蝶"宝宝没醒，可出于某种本能的反馈，他的蝶翼微颤，以振动翅膀的方式发出声音："快长大吧。"

沈默风："要听风风哥哥讲故事。"

"蝴蝶"宝宝一板一眼地用翅膀复述："要听风风哥哥讲故事。"

沈默风："那一年的佛罗伦萨……"

"蝴蝶"宝宝："那一年的佛罗伦萨……"

这是一只即将苏醒的、小小的应声虫。

番 外 三
穷奇 VS 玄武

晨光熹微。

神兽幼儿园的宝宝寝室中，一些惯于早起的宝宝已经醒来。

按照排班表，今日负责照料宝宝们的成年神兽是三足乌与应龙，不过他们还有一个小时才会上岗。

懒洋洋的玄武宝宝还趴在二号床上酣睡，越来越习惯维持人形的他没有变回兽形，直径半米多的龟壳像口大锅般扣在他的背上，四条藕节一样的又白又胖又短的腿从龟壳下平平地伸出，由于趴了一宿没挪动过，那四肢都被沉重的龟壳压出了浅浅的红印。他睡相恬静，脸蛋儿扁扁地贴着床单，可塑性强得像一个躺在笼屉里的灌汤包。

玄武宝宝的龟壳上盘着一条拇指粗细的稚嫩青蛇，这条青蛇没有灵识，但具备一定的攻击力，而且完全听从玄武差遣，是玄武灵气具现化的产物。他的存在意味着玄武宝宝的修为已提升到新的境界，可以凝气为蛇了。

二号床左边的一号床上，穷奇大哥睡得直淌口水，圆润的肚皮暴露在空气中，毫无大佬风范。

二号床右边的三至九号床上，则睡着最近接连苏醒的北方七宿——斗宿、牛宿、女宿、虚宿、危宿、室宿与壁宿，共计七只神兽宝宝。

这七宿宝宝中，只有最早苏醒的女宿女土蝠具备化成人形的能力，她和饕餮宝宝一样长着一头黑长直的头发，此时，这一头黑长直头发正如瀑布般从天花板上垂落下来……这是因为女土蝠宝宝倒吊在正对三号床的天花板上，用脚指头牢牢地钩住李力专门

233

为她钉在天花板上的把手，这是蝙蝠的倒吊本能。

顺着垂落的长发往上看，是一张颠倒的小圆脸，因重力牵扯，她两侧面颊的软肉微微坠向太阳穴方向，再往上看，则是一双紧紧抓着儿童棉被的小手——她用更加温暖的棉被代替蝠翼包裹身体，基于蝙蝠一族的审美，她选择了冷酷的黑色被罩。

眼见另外六张床上的七宿宝宝也陆续醒来，女土蝠宝宝松开棉被，轻盈地飞落，以北方七宿中最年长者的名义无声地组织起另外六只星宿宝宝，准备开始七宿一天的工作。

斗宿斗木獬宝宝有篮球大小，状似犀牛，敦实得像台小坦克，额前独角隐隐流光。

牛宿牛金牛宝宝生着一身熔金般的绒毛，类似现世中的小牛犊。

虚宿虚日鼠宝宝只有成人拳头大小，橘色皮毛，一身肥肉收束不住，一步三颤。

危宿危月燕宝宝是只翅背紫黑、胸腹雪白的小"肥啾"。

以及室宿室火猪宝宝，壁宿壁水㺄宝宝……

六个尚不会化成人形的星宿宝宝在床上排成一排，女土蝠宝宝威严地下令："我们先帮玄玄大人翻个身吧，玄玄大人一宿没动过，都要被壳压麻啦。"

传说中，北方七宿共同组成镇守北方大地的玄武神兽，而事实上，北方七宿是玄武的座下神侍，通俗来讲，就是玄武大佬的手下。

七只星宿宝宝一拥而上，用尖角、爪爪、猪鼻子……纷纷抵住玄武宝宝的龟壳边沿。

察觉到异动的玄武宝宝将眼睛睁开一条缝，目光缓缓地变得惊恐！

然而，他还没来得及开口，七位手下已喊着号子成功地帮他翻身！

"咝——"盘在龟壳上的小青蛇险些被碾死。

"翻……回……"玄武神兽降格为翻盖王八，仰面朝天，缓慢扑腾着胖手胖脚，好在他一句话还没说完，穷奇宝宝已单手撑住龟壳边沿，一把将他掀趴回去了。

穷奇宝宝蹙眉，淡淡地吩咐星宿宝宝们："不用帮玄玄翻身，他不喜欢。"

玄武宝宝："对……"

"那我们服侍玄玄大人洗脸、刷牙吧！"女土蝠宝宝斗志昂扬道。

她话音刚落，星宿团子们便使劲挨挤在一起，汇聚成一辆毛茸茸的"板车"，准备合力把走路不能自理的玄玄大人运送到洗漱间。玄玄被两侧的女土蝠与危月燕宝宝一起拎起来，飞落到星宿团子组成的"板车"上。

由于附带龟壳的玄玄太重，毛茸茸的板车瞬间被压得溃不成军，位于玄玄落点正中的虚日鼠宝宝"噗"地喷出一地瓜子……被压吐了。

玄玄小脸一红，不好意思："哎……呀。"

"……"穷奇扶着额头，别过脸，不忍直视。

毛茸茸的板车在出厂五秒钟后宣告报废！

虚日鼠宝宝艰难地爬了起来。

虚宿名副其实，十分虚弱。

虚日鼠宝宝："吱，吱吱！"

我最不经压，干吗把玄玄大人的屁股放在我的头上呀！

女土蝠宝宝眨眨脸上的装饰品眼睛，道："对不起，我瞎。"

众宝宝默然片刻，竟是不能反驳。

蝙蝠，确实是瞎的。

"……我背玄玄去。"穷奇的小脸蛋儿黑如锅底，背起玄玄朝洗漱间走去。

星宿崽崽们紧密团结在玄玄大人的周围，颇想表现一番。

穷奇手脚麻利地为玄玄挤牙膏、兑温水、掰嘴、往嘴里倒水、向下按头利用重力让水流出、将牙刷探入口腔、刷牙、往嘴里倒水漱掉泡沫、洗脸、擦脸蛋儿……动作连贯，娴熟，俨然一副已照料瘫痪老伴半辈子的架势。

自然，这些事，玄玄自己也能做，无非是慢罢了。

星宿崽崽们半点儿插手的余地都没有，六双眼睛与一双眼睛装饰品无声地交流片刻，决定吹玄玄大人的"彩虹屁"，在精神层面取悦玄玄大人，勉强尽一下神侍的职责。

星宿崽崽们集思广益了一番，女土蝠作为发言代表，开口赞叹道：

"玄玄大人真是不动如山呀！

"玄玄大人真是坚如磐石呀！"

穷奇一记白眼翻出十万八千里，有点看不上这群拖后腿的"马仔"。

玄玄脸蛋儿红扑扑："谢……谢。"

女土蝠放完两个"彩虹屁"，没词了，星宿崽崽们再次集思广益。

于是一分钟后，女土蝠磕巴道——

"玄玄大人真……真是不动如山。

"玄玄大人……呃……坚如磐石。"

实在是没有什么别的好吹啊！

有穷奇大包大揽，星宿崽崽们完全得不到服侍玄玄的机会，只能不甘心地当跟屁虫，玄玄走到哪，他们就跟到哪。

…………

这天是周日，幼儿园不开课，崽崽们可以在成年神兽的看管下自由玩耍。

游泳馆中，玄玄扑通跳进深水区。

玄武的生理结构类似乌龟，加上五行属水，在水中有速度加成，游起来比凡人快得多。

岸上，星宿崽崽们列成标尺般整齐的一排，观摩玄武大佬游泳。穷奇宝宝不会水，穿着儿童泳裤坐在岸边，心里很想用脚丫撩水玩，却为维持体面苦苦忍耐，与欲望抗争。

这时，四条龙宝宝也在应龙的带领下进入深水区。

应龙的体质已恢复至巅峰状态，容貌也随之年轻化，外观看起来也就是二十来岁。他五官俊美，眉宇间流转着一抹不怒自威的森寒，披上浴巾，身形清瘦颀长，解下便露出一身猎豹般均匀柔韧的肌肉，一头墨云似的长发覆在白滑如缎的背部。

龙宝宝们仰望着他，目光水亮，尽是崇敬。

应龙把烛龙宝宝的蜡烛头拿走固定在桌上，随即五条龙依次下水。应龙就龙宝宝们的泳姿略略提点了几句，就放他们自由玩耍。

龙宝宝们你追我赶地嬉闹了一会儿，青龙宝宝提议带上同为水族的玄武宝宝，大家比比谁游得快。

"等……下……"玄武宝宝对第一名志在必得，慢吞吞地爬上岸运起灵力。只见一阵柔光流过，玄玄的龟壳脱落，"咣"地砸在地上，听起来少说也有二三十斤。

玄武可借助灵力让龟壳与本体分离，但幼崽期灵力微弱，不能分离太久。

脱完龟壳，玄玄龟速向池中挪动。

"玄玄太狡猾啦！"烛龙宝宝皱起小眉头，"龟壳是你的一部分呀！"

穷奇宝宝凉凉地道："你也把蜡烛放下了，蜡烛也是你的一部分。"

烛龙宝宝噎住，不敢吭声了。

反驳倒是能反驳，蜡烛比龟壳轻得多，不能这么比，但是……

会被奇哥"做掉"的！烛龙宝宝虎目含泪！

接着，五只宝宝分别占据五条泳道，随着女土蝠宝宝一声令下，五道胖乎乎的身影游鱼般弹射而出，排开层层水浪。

骤然卸去二三十斤重量的玄玄身轻如燕，他四肢摆动虽仍然较慢，却不同于只靠物理方式游动的龙族，周身有玄水之力加持，迅疾得仿若一道幽影，几轮动作后，竟将四条龙宝宝远远地甩在后面。

十二秒后，玄玄力拔头筹，又过了几秒钟，四条龙宝宝也接连抵达对岸。

趴在池底打盹儿的应龙眼皮一抬，见龙族后生尽遭碾压，神色微愠，薄唇轻启，吐出一串泡泡。

"咕噜，咕噜。"

没出息。

液体传声效果好，龙宝宝们听见龙哥吐槽，不禁憋红了四张小圆脸，角龙宝宝逮住玄玄，奶声奶气道："不许赢了就跑，我们再比一场。"

十几秒后，玄玄再次碾压他们。

第三场……

第四场……

玄玄始终保持着绝对优势。

"三、二、一……开始！"第五场，在岸边担任裁判的蒲卢宝宝下令。

玄玄小短腿一蹬，惊觉身侧急急地掠过一道颀长的身影，与肥嘟嘟的龙宝宝们明显不是一个体型。

是应龙！

"嗯？"玄玄动作一滞，忙追上去。

在他距终点还有十米时，应龙已率先抵达。

应龙哥哥碰巧也想游泳，不是和我们比赛……玄玄想。

他正想着，应龙却已沉着脸冲他竖起食指摇摆，又用大拇指指指自己。

——老子第一名。

"……"玄玄惊呆了！

应龙哥哥的脑袋是不是还没恢复好？！

应龙目光凌厉，瞪着他。

玄玄蒙蒙的，试图据理力争："应……龙……哥……"

应龙阴森地打断："第二，不错。"

玄玄："……"

随后赶来的龙宝宝们一时不知该如何是好，既有点高兴这场比赛龙族拿冠军了，又有点儿莫名的丢脸。

烛龙宝宝软软地道："嗯，哥哥，神兽宝宝比赛和大神兽比赛是不是该分开呀？"

应龙横他一眼："谁说的？"

倒是也没谁说，烛龙宝宝撇撇嘴，不吭声了。

"再……来。"玄玄恼火地爬上岸，背起龟壳。

第六场开始。

应龙再次无耻地蹿出赛道。

与此同时，玄玄周身白光流过，化身为更能发挥玄水之力的原形，通体碧青如玉的小乌龟被身后疯狂涌动的水浪推动着，速度瞬间翻了一倍有余，把应龙远远地抛在身后。

调动原形的玄水之力太强大，本来不想这么作弊的……玄玄伸出乌龟爪，泄愤似的狠狠拍了下对岸的池壁，成功夺回第一名！

"……"三秒后，应龙"哗"地从水里冒出来，面无表情道，"再来。"

玄玄正要应战，应龙的身形却陡然暴涨，化作原形！

泳池中蓦地多出一条庞然大物，透蓝的池水四下奔涌，两个龙宝宝甚至直接被这溢水送出泳池外，顺着水势在地上滑出好几米。

应龙打雷一样的声音在水下隆隆地响起："三、二、一，开始。"

语毕，四十五米长的应龙在五十米泳道中前进了五米。

玄玄再次惊呆！

应龙一点老脸都不要了，沉声道："到了。"

玄玄整只乌龟都僵住："……"

见应龙耍赖，穷奇宝宝绷着小脸蛋儿，起身，走向儿童泳池区。

应龙好整以暇地退回五米："三、二、一，开始！"他又游出五米，"到了。"

应龙："开始，到了。"

应龙："开……"

扑通一声，有什么东西落水了。

接着，一只馒头似的小胖手攀住了应龙的龙须。

犼宝宝套着儿童救生圈，漂在龙头旁，奶气兮兮道："龙哥哥怎么欺负小孩子呀？"

应龙尿到龙鳞泛白。

犰宝宝摇晃着兔耳朵，神色天真道："欺负小孩子的大人会被大白兔叼走砸坏脑壳的。"

应龙头一摆，将龙须从犰宝宝的手中扯出，随即身子猛地往后一缩……四十多米一秒缩短到一米八，一下就与犰宝宝拉开了近五十米的距离，一个在泳池这头，一个在泳池那头。

接着，应龙捞起泳裤，连正反面也顾不得看一眼，匆匆套上，疾步溜出游泳馆。

玄玄四下张望，发现龙宝宝们居然也无声无息地不见踪影了，龙族五尿当真名不虚传。

"吭。"玄玄变回人形，嘴角耷拉着，望着被应龙的原形弄得一片狼藉的成人泳池区，闷闷不乐。

千年老龙欺负三岁小孩子！

穷奇宝宝不大自在地瞟了玄玄一眼，迟疑片刻，随即扑通跳进旁边的儿童泳池，一只手叉腰，一只手垂在身侧，稍微侧过脸，淡淡道："来比赛。"

"……啊？"玄玄茫然。

穷奇不会游泳，他知道。

穷奇宝宝烦躁地挠挠头："我让你'虐菜'。"

玄玄的瞳仁一点点地亮了起来，却不是因为可以"虐菜"。

就在两只崽崽友谊升华的伟大时刻，随着女土蝠宝宝一声令下，星宿崽崽们下饺子一样跟着穷奇跳下水，力求让玄玄大人享受疯狂"虐菜"的快乐。

一进到水里，体型太小的危月燕和虚日鼠直接沉底，五行属火的室火猪则吐着泡泡翻白眼，眼看这三只就要再陨落一次……

虽说"虐菜"很爽，但这未免也过于菜了！

玄玄忙将溺水的宝宝们顶到岸边，小圆脸上满是无奈："都……别……跟……我……了。"

蝠宝宝委屈地鼓鼓面颊："我们北方七宿，不侍奉北方之神，那要侍奉谁呀？"

玄玄正没主意，忽然想起穷奇宝宝抱怨过手下"马仔"少，灵机一动，道："侍……奉……奇……哥。"

星宿崽崽们："嗯？"

玄玄"连珠炮似的"道："我是，你们的，老大……他是，我的，老大。"

见星宿崽崽们仍有迟疑，玄玄嘴角一沉，道："是……命……令。"

星宿崽崽们得令，硬着头皮去给穷奇大佬当"马仔"。

…………

每晚七点以后是崽崽们在儿童寝室的自由活动时间，也是穷奇帮"非法集会"的时间。

奇哥率穷奇帮全体成员潜入幼儿园的放映室，狐军师调试设备并寻找播放源，在占据整面墙的幕布前，整齐摆放着两排卡通板凳，分别属于邽山奇哥、兔头军师，几位堂主以及七个星宿"马仔"。

邽山奇哥是穷奇宝宝最近给自己新起的名号，据《山海经·西山经》记载，穷奇的栖息地位于邽山，根据兔头军师分析总结得出，"邽山奇哥"与"铜锣湾陈浩南"属于同样的命名结构，而且"邽"音同"龟"，暗示玄玄，玄玄又是奇哥过命的好兄弟，这样一来，谐音也有意义，堪称完美。

前奏音乐响起，《古惑仔之猛龙过江》开始放映，变幻的光影投射在神兽崽崽们稚嫩的脸蛋儿上。

随着剧情不断推进，奇哥见缝插针，为懵懂的新"马仔"们讲解江湖道义。

奇哥奶声奶气地训诫道："我们在道上混的，一是讲义气，二是讲究遵守法律法规，三是注意安全，四是不挑食。"

犼宝宝凝眸托腮："嗯……"

虽然这四条是辰辰哥哥教的，但他总感觉哪里不对！

然而，新来的七宿宝宝已点头如捣蒜，齐声道："是——奇哥——"

一部电影看完，集会时间结束。

"散会。"奇哥起身，朝宝宝寝室走去，走廊中"马仔"自动排为两排，浩浩荡荡，排场极大。

有人形的宝宝们统一着装，一水的 Burberry 儿童黑风衣，颇具气势，衣摆斜斜地扬起，在劲风中猎猎抖动。

体型最小的虚日鼠被吹得边走边前滚翻。

身处队伍后方压场的鲲鹏宝宝在电影结束后切换至鹏鹏人格，一双小胖手不住地结印施咒，以灵力纵风，疯狂地吹动小朋友们的风衣，模仿电影特效，给足奇哥面子。

…………

这天下午一点，午觉时间。

作为今日保育员，叶辰安静地在一号宝宝寝室巡视，不时为踹被子的宝宝扯扯被子，掖掖被角。

"吱。"见叶辰朝这边走来，虚日鼠宝宝用淡粉色的小肉爪扒住床栏，示意要"嘘嘘"。

叶辰捧起鼠宝宝，不经意地抬眸一扫，发现玄玄的小床上不知什么时候没人了。

叶辰四下张望，不见玄玄的影子，只好先带鼠宝宝去"嘘嘘"。

他一迈进洗手间的门，就看见玄玄神色凝重地蹲在他的儿童脸盆前，盆里盛着水，水面色泽迷离，光影变幻不息，仿佛投影的幕布。

"玄玄？"叶辰定了定神，认出这八成就是境灵推送文章中介绍过的水厄术——是水族神兽专有的一种小法术，可以以水为媒介，在一定程度内预知自身镇守区域内的灾厄。

"地……震。"玄玄焦虑地捏着自己脸蛋儿上的肉。

叶辰忙贴近了看："哪里？什么时候？"

儿童脸盆中出现的画面不断变换，先是呈现出山体崩塌、大地破裂的景象，随即，剧烈的波动蔓延到震源附近的村子，结构不甚牢固的自建房如折纸般脆弱，残垣断壁下，枯白僵硬的手臂探出缝隙……

玄玄慢吞吞地挤出一个地名，又道："三……天……后。"

"好，我知道了。"叶辰掏手机准备联系成年神兽们开个紧急救援会，研究一下怎么在惨剧发生前偷偷摸摸做抗震工作。

神兽们存在的意义就是庇佑黎民苍生，这些都属于他们分内的工作。

"必须……玄玄……去。"玄玄急得冒汗，用小馒头手缓缓地攥住叶辰的衣角，飞快道，"玄玄是……镇守……北方的……主神兽。"

身为四象之一，玄武眼下虽只是个幼崽，地位却极高，除去直属他麾下的北方七宿外，许多神兽在地位上都远不及他。而身为生来镇守华夏北方大地的主神兽，北方的许多自然灾变只能由玄武与七宿化解，其他神兽的灵气与北方大地缺乏契合度，要么事倍功半，要么束手无策。

灾情紧急，不能耽误，叶辰本来怕玄玄太小担不起重任，见他态度坚决，便不再犹豫，叫来几个灵气丰沛的成年神兽给玄玄做灵气补给站——按照玄玄的说法，他可以吸收这些大神兽的灵气并以消耗三成为代价在体内将它们转化为玄武灵气，这样一来，就不用担心玄玄身为幼崽灵气不足的问题。

应龙载着神兽抗震委员会，取直线飞往三天后的震源。

大山深处，渺无人烟。

应龙盘旋着降落，扭头把脸探到玄玄的面前，玄玄攀住龙须，应龙默契地一摆头，荡秋千般将玄玄轻轻甩到地面上。

应龙睨他一眼："龙族会飞。"

玄玄："……"

玄玄抿了一下嘴唇，"啪嗒"跪到地上，双手按住地面，沉下心感应位于这片山地下方几百公里深处的灵脉。紊乱的山川灵气如同酝酿中的暴风雨，正在混乱中不自知地积蓄力量，待到混乱与压力抵达临界值，就会导致灵气爆发，发生复杂的地层断裂。

玄玄闭眼，周身泛起灵力光晕，用绵长温和的玄武灵气安抚地层深处狂躁如野狗的灵脉，将灵脉淤积的灵气团一点儿点儿地打散，引流入支脉与地下水体。

过了一会儿，玄玄满头大汗地睁开眼，一屁股坐到地上，软软地道："累……死……啦。"

"歇会儿。"穷奇宝宝递过去一瓶插好吸管的 AD 钙奶，笨拙地用纸巾给玄玄擦脸，毕安安则在一旁捡玄玄脸蛋儿上沾的纸屑，并把自身多余的灵气渡给他。

玄玄肉嘟嘟的面颊微微内陷，奋力吸着 AD 钙奶，穷奇宝宝用小手扳住玄玄的头，使劲按到自己的肩膀上，淡淡地道："肩膀借你。"

两个宝宝一样高，玄玄的脑袋瓜几乎与脖子成直角，扭得很疼，却一声不吭，坚决不丢奇哥的面子。

叶辰见状，一言不发地把奇奇拎起来，往他的屁股下面塞了个靠枕，把他垫高了。

两只神兽团子就这样软乎乎地依偎在一起，从某个角度望去，他们被油彩般明亮的夕阳恰到好处地框在了一起，看起来很暖。

引流山脉下紊乱的灵气是个大工程，玄玄需要大约一星期的时间，才能将地震的隐患彻底清除。

这几天早晨，玄玄和奇奇每天都早早地起床，穿好背带裤和小白鞋，背上各自鼓鼓囊囊的书包，在至少一位成年神兽的照看下手拉手地穿过混沌印记，去山上修灵脉，书包里装的都是中场休息时要吃的零食和小奶糕。

毕竟这位镇守北方大地的神灵，还是一只幼崽。

穿越了混沌印记，玄玄摆开架势，准备修复灵脉。

穷奇用手指头滑开平板电脑的屏幕，淡淡地道："我念故事，你听。"他怕玄玄会觉得修灵脉无聊。

穷奇帮的人的待遇真的非常好！

"好……的……"玄玄慢悠悠地笑了起来。

穷奇宝宝清清嗓子。

"在很久很久以前——"

番 外 四
旧 日 重 逢

又是年关将至。

沈默风工作室提前几个月为旗下两位艺人空出春节档期，在叶辰的公司担任各部门主管的神兽经过让人焦头烂额的年底加班后，赶在大年夜前完成收尾。叶辰踩着工作日的尾巴把年终分红给神兽们发了，山海境中的种植、养殖与修复工作也暂告结束，全员休假。

四合院中，热火朝天的忙碌倏地沉寂下来，一宿过后，又在年三十清早被暖烘烘的年味蒸腾起来，与洒扫时掀起的灰尘一同喧闹地飘浮。

幼崽房里的两排小床上，神兽宝宝们正歪七扭八地酣睡着。地上掉着几床宝宝们半夜蹬掉的小被子以及玄玄半夜蹬掉的乌龟壳；凤凰尿床烧穿了鸡窝和床板，稀里糊涂地趴在地上，身上翎毛凌乱；桃桃搂着半个枕头，小眉头拧着，呼噜中洋溢着激愤，不明白蛋糕吃起来为何会像棉花……屋外，成年人已开始大扫除。

神兽们这些年来大多沉睡着疗伤或隐居避世，受现代社会影响尚少，不嫌过年烦琐累人，而是觉得凡人鼓捣的节庆热闹有趣。至于叶辰，他年少孤苦，对一大家子欢腾团圆地过年没有排斥，反倒是向往，什么大扫除、包饺子、贴春联、放鞭炮……这些事他都不嫌烦，打算挨件做过来。

他换上干活穿的旧衣服，"啪"地撂下一沓从阅读癖负员那搜刮来的旧报纸，席地而坐，折防尘帽。折完，他乐颠颠地捧着一摞纸帽，逢人就扣一顶，最后轮到沈默风时，那人正叼着烟往竹竿上绑小扫帚，见叶辰过来，便抬手分他一把。

两人戴上报纸防尘帽，头顶"回收二手空调"与"男科医院"的广告，清扫棚顶死角的灰尘，说着话，叶辰从里到外都比平时活泼三分。

"叔叔阿姨真不来？"叶辰不甘心地游说，"一起吃个团圆饭多好啊。"

"问过，今年他们去我爷爷家。"沈默风漫不经心道，"我们过我们的。"

叶辰不满沈默风敷衍的语气，啧啧摇头，为叔叔阿姨打抱不平。

沈默风伸手把叶辰捏出个鸭子嘴，不许他出声："明天就陪我回去拜年。"

叶辰一扭头，恢复嘴部自由，释然道："这还差不多，算你有良心。"

沈默风本想顺势问问叶辰想不想回老家看看，给他父母拜个年，略一思量，就放弃了这个念头。

叶辰那对甩手父母唯一的优点就是没在叶辰出名后厚起脸皮来问他要钱，至于为人父母的其他方面，全该打零分。

并不是所有破裂的关系都需要用血脉强扭出一个畸形的团圆，叶辰一个字都没提，大约就是没有硬着头皮与他们修复关系的意思。

叶辰性子软，也知道感恩，谁对他好一分，他恨不得还给人家十分，可他的父母除了赋予他生命之外，着实连一分的好都不曾给过他。

沈默风瞥了叶辰一眼，深深呼吸，压下心头的酸涩。

另一边，大神兽们也忙于搞卫生、贴春联、剪窗花、挂灯笼，没人顾得上弄早饭，李力便骑着小三轮采购了一车斗的豆浆、油条、包子、烧饼。八点过后，幼崽们陆续醒来，叶辰放下手头的清洁工作，照看他们穿衣、洗漱、吃饭，并对年兽宝宝加以重点关注。

年兽宝宝前几天就开始焦虑，表现为做噩梦、失眠与精神紧张，怕挨打，怕听分贝超过五十的声音，白生生的小脸上挂着两个黑眼圈，一边洗漱，一边唉声叹气，毫无当年被万民驱逐而面不改色甚至还嬉皮笑脸地跟着大家过年的凶兽气度。

周步初瞥见年兽宝宝的尿样，乐道："你陨落前放爆竹放得比谁都欢。"

年兽宝宝听见敏感词，嘴一撇，人工和谐："嘤……"

叶辰见状，忙把年兽宝宝抱起来，温声哄着。

"他们凡人……呜呜呜……"年兽宝宝有辰辰哥哥撑腰，奶气地放声大哭，"都要……都要'过'我！年年做错了……什么！他们都要'过'我！"

叶辰耐心地听年兽宝宝抽抽噎噎地表达对过年的恐惧，擦掉年兽宝宝的眼泪和大鼻涕，安慰他并保证以后不会有人在过年时打他，朝他扔爆竹。

"……现在市区都禁止燃放烟花鞭炮了。"叶辰温声道，"晚上他们要放也是进去山海境放，你在外面听不见。"

听叶辰说市内不让放鞭炮，年兽宝宝神色稍缓。

沈默风凑过去，对年兽宝宝使用"钞"能力，轻声细语道："别哭了，风风哥哥给你发压岁钱。"

"我就是……"年兽宝宝两眼一翻，哭得更凶，"嘎"的一声险些抽过去，"我就是……压岁的那个'祟'啊！"

压岁钱的由来是"压祟"，目的是帮助幼童镇压邪祟凶煞，其中自然也包括年这只凶兽，真是提起压岁钱就要掬一把伤心泪！

沈默风："……"

叶辰拼命地冲他使眼色叫他走，不要帮倒忙。

250

沈默风默默地遁到叶辰的身后。

叶辰在哄崽方面是熟手，没多一会儿就安抚好了年兽宝宝的情绪，放他回宝宝卧室玩平板电脑，不用参与过年期间的集体活动，其他幼崽则投入到大扫除的工作中来。

他们人手一块小抹布，擦拭家具上的浮灰——叶辰没指望他们干什么，主要是有个参与感。可出乎叶辰意料的是，动作迟缓的玄武宝宝在掌握玄水之力后竟成了家务小能手，只见他瞳仁微微一亮，小水桶里的清水便反重力上行，团成水球浮在空气中。

接着，水球随玄武宝宝的视线移动飘落在家具与地板上面，带走污渍与灰尘，却不留一点潮湿的痕迹，过一会儿，变得脏兮兮的水球哗啦掉回水桶，穷奇宝宝就提着桶去换水。

有玄武宝宝这个清洁能手存在，除夕的大扫除结束得意外早，可以着手准备年夜饭了，众人拎着筐、背着篓、提着刀，进山海境采集食材。

境中天候与现世不同步，现世晴空万里，境中阴云密布，叶辰正仰头观望，一朵雪花融在他的鼻尖。

——下雪了，而且看这乌云的架势，小不了。

叶辰拢拢夹克的领口，远远地招呼趴在浣水岸边打盹儿的应龙："龙哥——我们要摘菜——下雪不方便——"

应龙的外形已年轻回来，冲着模样二十几岁的人叫"爷爷"相当别扭，叶辰与其他神兽幼崽早已改口叫"哥"。

应龙打盹儿被吵醒，眉眼间满是暴戾，抬手朝天一指，训孙子似的呵斥那雪："滚回去！"

尚未落地的雪花能听懂人话似的，纷纷在半空急刹车、掉头，悠悠地飘回云里去了。

雪还没怎么下就停了。接着，穷奇宝宝右拐直奔猪圈，给猪放血，与猪搏斗，向猪咆哮；混沌宝宝扑着小翅膀飞到二十多米高，撞击灵气红松的树梢，撞掉松塔三五颗，球状身体骄傲成尖角，岂料还没骄傲够本，树下的桃桃忽然化作原形一头撞向树干，松树摇晃得像犯了癫痫，松塔落得像下雨；叶辰背着菜篓，拽着沈默风东逛逛、西逛逛，像个巡视领地的国王……他把色泽鲜亮的红薯、萝卜、土豆每样挖了几颗，抹去泥土，丢进菜篓，又抱住一棵卷心菜利落地一转，菜茎断折的清脆声音足以让人舒适。摘够绿叶菜后，他们再摘些怕压的浆果与西红柿摆在其他菜的上方，最后沿着李力修在池面上的栈道寻觅反季节生长的灵荷。

　　这池塘下方有炎心，别名不冻池，池水温润，略带暖意，在寒冬蒸腾出氤氲的水汽。叶辰扯下大片肥厚的荷叶反手盖在菜篓上方，荷叶上的露水滚落下来，挂在菜篓的缝隙间，没一会儿就被冻成了冰珠。他装满一篓，沈默风就接过一篓，又塞给他一个空篓子。

　　离开栈道，叶辰又溜达着去摘了大半篓水果，攒了一把饱满圆润的车厘子，回身想塞给沈默风吃，却发现身后没人了。

　　"哥？"叶辰四下张望。

　　"怎么了？"沈默风从一棵树后绕出来，看着没事儿人似的，外套的口袋却微微鼓着，像是趁叶辰不注意偷偷溜去摘了什么。

　　叶辰端详他："干什么去了？"

　　沈默风演技全开："抽根烟，这不是怕熏着你吗。"

　　叶辰鬼头鬼脑地凑过去，瞄着他的外套口袋，用胳膊肘捅他，嘀嘀咕咕道："偷摸摘什么去了？大年三十的，你干什么，还让不让人好好压个岁了？"

　　沈默风按住他乱转的脑袋，失笑："给你发压岁钱还不行吗，摘你的菜去。"

人多力量大，时间才过中午，年夜饭要用的食材就已准备完毕。眼见着一大帮人带着满载的筐筐篓篓往山海境外去了，应龙追上，俊美如神祇的脸憋得泛起难看的紫，逮住叶辰，问："能下雪了？"

叶辰忙不迭道："能、能、能，您憋坏了吧。"

应龙舒了一口气，一身弓弦般绷紧的肌肉松弛下来，眨眼间，雪虐风饕。

细小的雪粒与冰晶在云层中酝酿已久，憋得不成样子，雪片体积惊人，应龙的脸色也随之好看起来，重新端起架子。

············

厨房里，叶辰与几个擅长下厨的神兽着手准备年夜饭，沈默风也系着围裙，专门给叶辰打下手。

神兽崽崽们用小短指头给坚果剥壳，处理好的果仁一盆盆簸里啪啦地掉进铁锅——这锅淋上一层薄油，撒上几撮咸盐，果仁爆出焦香，表层泛起金色；那锅石英砂混着白砂糖，裹着生板栗翻转；还有一锅咕嘟嘟地冒着小泡的糖稀。锅铲相击的欢快的噪音持续半晌，各色坚果先后出锅，被一格格分装进盛炒货的木盒，有焦香的松子、挂饱糖浆的琥珀核桃、合不拢嘴的熟板栗、喷香的腰果……一只骨节分明的手伸过来，在某一格上空撒了一把细碎的熟芝麻，大功告成，神兽崽崽们欢呼着，各自端着盛炒货的八宝盒去上菜。

另一边，半扇半扇的猪横陈在案板上，露出红白相间的五花肉，李力毫无心理障碍地操刀分肉。他对猪的生理结构了如指掌，古有庖丁解牛，今有狸力剁猪，技艺皆是炉火纯青、无可挑剔。

大块肥实厚重的五花三层肉被丢进滚水，溅起油花，载沉载浮，在煮出肉腥味后捞出来，就被切成规整的四方块，炒糖色、加水文火慢炖。精瘦肉则被切成薄片，一小份一小份地备好，炒各色蔬菜时都可倒一份肉片提味增香。

不想当厨子的农民不是好影帝——另一边，已被叶辰调教得四体既勤、五谷也分的沈默风正在准备饺子馅。他身材颀长，自带优雅气度，立在一块用树墩做成的菜板前，两边袖子皆挽至手肘露出小臂，一只手一把敦实沉重的菜刀，有规律地左右轮流剁在案板上。即便只是在剁菜，他也是脊背笔挺，双肩端平，每剁好一部分，就拿菜刀在砧板上一刮，修长的五指在刀面一抹，将那些馅料逐样倾倒入盆。

葱白被横切成一个个细巧的空心圈，姜丝嫩黄纤细，肉馅红白肥瘦，辣椒红得晃眼，芹菜清透如碎玉……叶辰挨着沈默风这个食材供给站，时而从他那先后拈起一撮葱、姜、辣椒碎炝锅，时而端走一盆肉馅，再抓几大把芹菜沥干水放进盆中，再加调味料搅拌。待到饺子馅准备得差不多了，案板边上就围满了会包饺子的，各色馅料皆被纳入小云朵般的饺子皮里，一拢一捏，便成了形。

············

年夜饭摆了好几桌，众人吃得酒足饭饱。收拾好杯盘狼藉的厨房与饭厅后，时间已过了午夜，周步初被似乎不怀好意的毕安安拉去搓麻将，其余神兽有些加入战局，有些旁观。叶辰忙了一天，体力不比神兽，洗漱完，回卧室倒头就睡。

沈默风冲完凉，披上浴袍，摸到叶辰的卧室，戳一戳他，低声叫："叶辰？"

——仿佛是在测试叶辰的熟睡程度。

见叶辰睡得死沉，他不知从哪变出一把果子，摊平手掌，挺新鲜地看着它们。

这些果子有大拇指的指甲大小，外壳透明流光，像肥皂泡，壳内丝丝缕缕地萦绕着质地奇妙的紫色物质，仿佛清水中的紫色颜料。因果实成熟度不同，紫色的深浅度也各有差异。这种灵植的学名艰涩拗口，俗称则几乎家喻户晓——梦貘草。

梦貘是一种存在于民间传说中的奇妙动物，在不同的故事中，它被赋予不同的能力，但这些能力无一例外都与梦境有关。梦貘可以操纵或食用梦境，这是幻想故事中常见的设定。

然而，境灵记载中的梦貘其实是一种植物，使用过这种植物的人或其他智慧生物可以模拟出与梦境相关的能力，于是一种叫作梦貘的奇妙动物便从民间口耳相传的奇闻逸事中诞生了。

"嚓"的一声脆响，沈默风捏碎了整整一把果子，果壳包裹的紫色雾气钻出指缝，在卧室中弥漫开，气味腥甜、迷幻……几秒钟后，沈默风眼中的卧室景象如镜花水月般溃散了，周遭的色彩像胡乱绘制的油画，混乱地搅在一起，又在沈默风的下一次呼吸间重组成有意义的画面。

画面中，叶辰正在与某个明星对戏，梦境中被放大的焦虑导致他无论如何也看不清剧本上的字，他正急得满头大汗。

沈默风忽地扬手，用暂时获取的梦貘能力将这幕无意义的梦境挥散了。叶辰的梦境化成碎片，碎片消失干净之后，四下尽是伸手不见五指的漆黑。叶辰的潜意识之海兜头罩下，将沈默风包围……

当沈默风体内的谛听从漫长的沉睡中苏醒后，由于常年将沈默风的身体当作养伤的容器，他帮了沈默风一个小忙，作为额外的小小报酬——他驱使沈默风读取叶辰脑内关于山海境的记忆，帮沈默风和叶辰钻了"天机不可泄露"的空子。

可在读取山海境的记忆时，首次操纵谛听神力的沈默风对神力的掌握并不精准，还不慎读到了一些其他的记忆——不过，"因神力掌握不精准而误读了一部分与山海境无关的记忆"是白泽提出的可能，沈默风当时也信了，但随着他对谛听的了解加深，他开始怀疑这是谛听为了"吃瓜"看热闹故意把神力流向搞乱导致的后果，虽然谛听并不承认……

他误读的记忆中碰巧包括叶辰为了三百块钱当假粉的记忆，这导致叶小骗子的骗局全面崩盘，"翻车"翻得天崩地裂。

除此之外，他还不慎读到了其他几段与当假粉和山海境都无关联的记忆。

而这几段记忆之所以如此轻易就被他误读，是因为它们相当痛苦而深刻，它们漂浮在记忆之海的表层，一览无余，并未随时间推移而淡化或沉淀，就像皮肤表面经久不愈的伤口，不肯变成无害的伤疤。

因为对善意敏感的人，同样也会对恶意敏感，包括那些孤独、痛苦、无助的时刻，接收恶意的时刻，被世界抛弃的时刻。

…………

十五年前，小叶辰五岁。

他的母亲是自小追求者众多的美人，父亲则是从众多追求者中靠脸脱颖而出的佼佼者。

继承了父母优质基因的小叶辰比荧幕上洋娃娃似的小童星还出挑。以黄种人的标准来看，那稚嫩的脸庞上眼睛所占的面积大得略显夸张，又是个睫毛精，打眼一看，简直像是风格唯美的漫画角色"脱纸而出"。

但对于不幸摊上冷血父母的五岁幼儿而言，外貌的优势带不来什么好处，对各自急于组建新家庭、迎接第二春的父母而言，他

256

只是个好看的拖油瓶。

母亲未来的再婚对象不愿意抚养继子，在母亲半步也不肯退让的抗争后，法院把叶辰判给了父亲，一纸判决下达，他跟着父亲回到空荡寥落的新家。

父亲很忙，没空去联系新家附近的幼儿园，动辄一整天不着家。小叶辰饿得发慌，又想妈妈，却毫无办法，自己默默地踩着板凳，翻储存食物的柜子，学着父亲给他泡面的样子，战战兢兢地打开煤气炉，用奶锅烧水。

眼见水沸了，小叶辰用一双稚嫩的小手去抓锅柄，由于力气不够，没拿稳，奶锅倏地一歪，沸水倾斜，眼见就要溢出锅沿，洒在小叶辰的手上……

小叶辰瞳仁骤缩，察觉到灼痛将至，却无法在一秒不到的瞬间改变任何事情。

沿着这条时间线继续下去，他的右手将会受到浅二度烫伤，痛一个月，再脱一层皮。水浇灭煤气炉的火，产生大量一氧化碳，哭得撕心裂肺的小孩子会被碰巧赶回家的父亲不由分说地痛揍一顿。

可就在这时，一只有力的大手忽然从小叶辰的身后伸出，覆住他的小手，同时也握住了锅柄，反向一压，倾斜的奶锅"砰"地回归原位，有两滴沸水溅到大手的手背上，他却安然无恙。

小叶辰以为是父亲，瑟缩地抬头，却看到一个陌生人。

陌生人长得比他的父亲好看，也比父亲年轻，比父亲高，俊美得无可挑剔，神情温柔，浑身上下洋溢着可靠的气息。

"小心。"陌生人道，说话的音色令人想起大提琴。

家里进了陌生叔叔，按理说是可怕的事情，小叶辰在幼儿园受过安全教育，知道要远离陌生的叔叔阿姨。他平日也怕生，见了陌生人就不敢吭声，可不知为何，他对眼前的陌生叔叔半点儿也畏惧不起来，甚至有种莫名的亲切，仿佛已经认识对方很久了。

陌生叔叔伸手去拧煤气炉的开关。

火苗腾地蹿出五厘米高，沸水疯狂地吐泡泡，水珠飞溅，烫得他直缩手……

小叶辰茫然地望着他。

陌生叔叔微怔，又将开关反拧到底，火熄了。

小叶辰："……"

陌生叔叔："……"

陌生叔叔轻咳，道："没用过煤气炉。"顿了顿，他像怕被谁瞧不起似的，着重补充道，"但我会用电磁炉。"

小叶辰挠挠头，礼貌道："谢谢叔叔。"

——这一切都发生得极其自然，小叶辰甚至都没想起来要问问这位叔叔是怎么进来的、门是不是没锁、他有什么事、是不是找叶爸爸的……有某种神秘的力量在潜移默化中让小叶辰问也不问就接受了这一切。

可陌生叔叔对小叶辰的礼貌嗤之以鼻，阴森地道："叫哥哥。"

明明是叔叔辈的呀……小叶辰心里嘀咕着，嘴上却乖乖地叫："哥哥。"

陌生哥哥看看灶台边上孤零零的三鲜伊面，又垂眸看看还没他腿高的、瘦得像根火柴棍的小孩子。

小叶辰隐约听到一声叹息。

"哥哥带你吃好吃的，"他把奶锅里的开水倒进保温壶，方便面丢到头顶的柜子里，揣摩着小孩子的喜好，"薯条、汉堡包，行吗？"

小叶辰不好意思吭声，但口水的分泌骤然旺盛，吞咽的动作很明显。

陌生哥哥笑了："走吧……自我介绍一下，我叫沈默风，遵纪守法，不拐小孩子。"

小叶辰似懂非懂地点头。

这时，叶辰的父亲回家了，他对沈默风这个大活人视若无睹，只懒洋洋地瞥了叶辰一眼，便走进厨房，给饿了一天的儿子煮方便面。

"这爸当得……"沈默风轻轻嘲笑，打了个响指，灶台前的叶辰的父亲就如青烟般消散了。

这里是叶辰的梦境，掌控着梦貘的力量，就能操纵梦境。

小叶辰惊恐得像只跟丢了老母鸡的鸡崽，咻地伸长脖子，稚嫩的童声又尖又细："呀！爸爸！哥哥，我爸爸呢？"

沈默风目光慈祥："哥哥送他上班去了。"

这是个很扯的理由，爸爸在原地消失也相当惊悚，但在未知力量的影响下，小叶辰对沈默风有着百分之百的信任，闻言，便不再追问。

"家里有车吗？"沈默风问。

小叶辰摇摇头。

沈默风一笑，逗人玩似的："玩具车。"

小叶辰蒙蒙的，奔去卧室，打开玩具整理箱，箱子里是他可爱的全部小家当，有小轿车、公交车、轧路机、消防车、战斗机、客机……还有一整套塑料恐龙，是叶辰五周岁生日时爷爷送他的礼物。

爷爷奶奶对小叶辰很好，他们比爸爸妈妈更有耐心，也比爸爸妈妈负责得多。

"想坐哪辆？"沈默风蹲在玩具箱前，托着下巴，"要不哥带你开飞机？还是骑恐龙？敢骑吗？"

小叶辰以为哥哥在逗他玩，摇着头，咯咯地笑出声。

"不敢？就有骑猪的能耐？"沈默风玩闹地捅捅叶辰的肚子，小叶辰一弓腰，捂住肚子扭着躲，笑得更厉害了，一边笑，一边想自己也没骑过猪啊，骑猪多傻啊，他才不骑猪呢。

沈默风嘴角一扬，收回手："自己选辆车。"

小叶辰不信陌生哥哥能把玩具车开走，也没过脑，随手一指，指到了公交车。

沈默风拿起公交车玩具，道："吃汉堡去。"

五根细小的手指立即紧紧箍住沈默风空闲的手,怕他跑路似的。

叶辰的父亲带他住的是他二爷去世后遗留下的房子，二爷无儿无女，妻子早亡，把一点微薄的遗产送给了侄子。房子在老城区，破旧的筒子楼，居民都盼星星盼月亮地盼着拆迁，院子里横七竖八地停着自行车、三轮车、糟烂的旧家具、颇具年代感的垃圾桶，石子路歪斜翻浆，没素质的养狗人在路面中央留下狗的排泄物……穿着考究、容貌俊美的沈默风出现在院子里，突兀得像个穿越者。

小叶辰也模糊地意识到这种违和，臊红了脸，急急地晃着他的手，想让他快点走。

沈默风却满不在乎，弯腰把玩具公交车放在地上，随即，他像个刚点燃了二踢脚的小男孩一样拽着小叶辰往门洞跑，语气急促又不太严肃，像故意逗人："跑、跑、跑！快跑！"

小叶辰又咯咯笑起来，玩性被勾起，小短腿跑得飞快，赶超故意放水的沈默风，先行抵达门洞，一转身——

地上约莫只有五厘米长的玩具公交车毫无预兆地开始变大！

　　金属板与机械零件在变大中发出令人牙酸的"嘎吱"声，挡风玻璃与大灯发出清脆的破裂声，像身子在火速拔高的少年，也像落着春雨的夜晚抽条吐芽的树苗。瞬息之间，它的长度已突破十米，除了过于崭新的车况与迎合儿童偏好的鲜艳涂漆，与马路上跑的真的公交车没什么区别。

　　"还真行……"沈默风喃喃自语，眉眼间透着些微诧异，好像对这个结果缺乏稳定的预期。

　　小叶辰惊愕不已，又极度欢喜，心脏跳得胸腔发痛——他见证了魔法、奇迹！

　　他咧着嘴拼命地笑，想表达自己的喜悦，那张小脸庞都快盛不下他的笑容了。他抬头望向会魔法的哥哥，却诧异地发现哥哥不见了——一秒钟前还在他旁边的哥哥，原地消失了！

　　小叶辰心里"咯噔"一声，喜悦暂停。

　　然而这时，公交车的喇叭"嘟嘟"地连响两下，像在催促磨蹭的乘客上车，小叶辰飞奔到车门，发现沈默风已经坐在驾驶位了。他身上的衣服不知何时变成了公交车司机的制服，洁净的白衬衫被紧实的肌肉撑得微微鼓胀，黑领带、臂章与贝雷帽，双手被裹在瘦长的白手套中，搭着规格远超普通车辆的方向盘。

　　穿上这身制服，他一扫方才贵公子的慵懒气质，神态流露出公交车司机式的妥帖周到……简直像个演员。

　　小叶辰笑嘻嘻的，觉得这简直太好玩了。

　　他蹦蹦跶跶地上了车，看见投币箱，又愣住了。

　　沈默风看看他，像个没有感情的广播喇叭，一板一眼道："请乘客自觉刷卡投币，上车往后走，给老人和带小孩子的妇女让个座位……"

小叶辰眨眨眼，搓搓空空如也的裤兜。

沈默风忽然一笑，像公交车司机偷偷给熟人放水般，用气声说悄悄话："你'刷脸'——找地方坐——"

小叶辰不太懂"刷脸"是什么意思，但猜到沈默风这是让他免费坐车，欢乐地挑了个位子坐下，屁股还没沾椅子一秒钟，又起身"噔噔"地跑开几步，挑了个他认为更好的——虽然沈默风看不出区别——小手把住前座塑料椅背的边缘，乖乖地打报告道："哥哥！我坐好啦！"

突突突，引擎发动，公交车在凹凸不平的居民区小道上开起来，却平稳得像行驶在高速公路上，颇具卡通感的、笨重的大红色车头如幻影般轻盈地经过成排的自行车、树木、行人和楼宇，车身越飘越高，越飘越高……而人们都像看不见这辆车一样，对它的存在毫无反应。

沈默风好听的声音传出扩音器："车辆起飞，请乘客坐稳扶好，下一站云海，请下车的乘客做好准备……"

公交车沿着无形的透明公路向天空攀升，公路呈四十五度角倾斜，小叶辰被重力牵扯着，牢牢地贴在椅背上，惊叹地望着下方快速远去变小的陆地。

接着，淡白的水雾包裹住车身，公交车穿梭在云间，高空的景色消失了，小叶辰放弃望穿云雾的尝试，斜着半个身子，看向神奇的驾驶员哥哥。

沈默风通过后视镜看小叶辰，抬起被白手套包裹的修长的手指顶了顶帽檐，将它向上推推，似乎是为了更方便地观察路况，随即，他凑近车载话筒，提醒道："车辆即将驶出云层，请乘客小朋友向窗外看。"

小叶辰扭头——

车头率先冲出云层，无遮挡地沐浴在澄净的光芒中，而那云朵上方，在云与太阳之间的巨大空间中：体态飘逸雍容的水母悠闲地掠过；银鱼如利箭般飞梭挽折；长着小红脸蛋儿的海兔扑腾扑腾地跃向太阳；游弋在云海波涛间的靛蓝岛屿喷出冲天的水蒸气，宛如岛屿的巨鲸懒懒地一摆尾，掀起滔天巨云。随即，云中的鲸张开深渊一样的巨嘴，令云絮倒灌入口，又喷涌而出，用口中的鲸须过滤着云雾中闪闪发光的蜉蝣⋯⋯

云海站——到了。

云海，字面意义上的，云汇聚成的海洋。

一个饱受风吹雨淋的公交站牌插在云里，几条长着腿和翅膀的大鱼抱怀站在站牌边，像在等车，它们的模样又奇怪又好笑。

英俊的司机一本正经地胡说："云海站到了，下车的乘客请注意鲨鱼。"

他嘴上这么说着，却没在站台停靠，等车的怪鱼们愤怒地冲司机展示肌肉，样子更"沙雕"了。司机转过脸，没感情道："本趟公交车为辰辰专线，其他乘客一律禁止上车。"

小叶辰被逗得哈哈大笑，笑得脸都红了，肚子也疼了，他童年里从没这样快乐过。

下一瞬，公交车的车窗像肥皂泡泡一样破了，暖融融的云与无害的云海生物飘进车厢——五岁的叶辰还不知道真实的高空中往往刮着寒冷的强风，他想象中的云朵上方就是这样暖乎乎的，云团都被太阳晒得像棉被一样松软，而且云彩上面一定有很多神奇的事情⋯⋯

果然有，我就知道。小叶辰想着，抱住一条温顺如猫的大鱼，撸猫般抚摸它雪亮的鳞片，手上沾满了棉絮似的云，他就在衣服上胡乱地揩去。

　　辰辰专线公交车在云端徜徉许久，才慢悠悠地飘落，它还经过了许多奇奇怪怪又可爱的站点，都完美契合一个幼儿对世界天马行空的幻想。最后的最后，车子停在一家快餐店门口，广告牌上的外国老爷爷笑得和蔼。

　　小叶辰下车，进店，店里空无一人，方才还穿着公交车司机制服的沈默风眨眼间又出现在柜台后，换上了一身快餐店店员的服装，整个人也变得热情洋溢。他露出一个职业化的笑容，问："小朋友喜欢吃什么？"

　　小叶辰玩疯了，直到闻见从备餐区飘来的炸鸡香气才觉出饿。他规规矩矩地点了一份儿童套餐。沈默风装模作样地在收银机上敲了几下，旋即推出一个大号餐盘，黄澄澄、油汪汪的炸鸡与薯条在纸盒里堆成小山，浇果酱的冰激凌散发着甜香，烘烤的鸡翅、蛋挞、水果派……品种比儿童套餐丰富多了。

　　沈默风瞎扯道："这是本日特惠。"

　　小叶辰欢乐地啃着炸鸡，阳光穿透落地玻璃窗，快餐店像个巨大的玻璃杯，盛满熔金般灿烂的光。

　　没有泼出奶锅的沸水，没有烫伤的手，没有难闻的煤气，没有父亲的打骂，没有稚嫩而深沉的痛苦……

　　这就像个令人不愿醒来的好梦。

　　……像个梦！

　　小叶辰微怔，像肥皂泡被戳破，啃到一半的炸鸡"啪嗒"掉在托盘。他模糊地察觉到什么，抓起纸巾用力地擦去手上的油，噙着泪奔跑到快餐店的收银台后，两条小树枝似的细胳膊一把抱住沈默风的大腿，力道霸气。

"……怎么了？"沈默风拍拍他。

"哥哥别走……"小叶辰哽咽道，泪水滂沱。

沈默风略一思索，大约揣摩透了小孩子的心路历程，没直接回应走不走的问题，因为这不是现实世界，等下肯定会走，他不能撒谎，于是绕过表象说重点："我是真人，而不是梦。"

见小团子还是不大信，沈默风拎住他，把他往后推开些，蹲下，与他平视，温声道："真的。再过十二……十四年，你就能遇到我了。"

"好好长大，好吗？"

小叶辰止住泪水，拼命地点头。

梦境中的时间流逝到尽头，世界被温暖的鸦羽覆盖，陷入恬静的黑。

此时距离他们非正式的相遇还有十二年，距离他们正式的相遇还有十四年。

…………

沈默风并非真的穿越时空，回到过去，他只是徘徊在叶辰以梦境形式呈现的一段记忆中，并在一定程度上操控了梦境。

当叶辰醒来，他的记忆并不会因此遭到改动，但每当想起这些令人难过的记忆，他也会同时想起另一个温暖而奇妙的版本——理智上，他会清楚地意识到这是沈默风的虚构之作，可感情上，他仍然能够感受到那份烙印在旧时光中的温暖与奇妙。

这是沈默风送给叶辰的新年礼物。

…………

一段梦宣告结束，叶辰还未醒来，梦境世界如谢幕的剧院，三百六十度呈现出令人屏息的、沥青般的黑暗。

可这种黑暗并没持续多久，另一段梦境便接踵而至。

这一次是十二年前，小叶辰八岁。

对孩子毫无耐心的父亲并没独自抚养叶辰多久，为了方便自己开启新的人生，他自私地将孩子送到父母家，每月仅支付微薄的抚养费。爷爷奶奶心疼孙子，在有限的条件下尽量呵护叶辰，生活拮据却有爱，对小叶辰来说，其实比跟着冷漠的父母好得多。

午夜，月光洒入这间面积只有五平方米的儿童卧室。

卧室中摆着一张单人床，床对面的墙上固定着爷爷亲手打的折叠桌板。桌板平时扣在墙上，小叶辰写作业时就拉下来。那厚实的木板被爷爷打磨得极细致，还涂过清漆，生怕叶辰的小手扎进木刺。桌板边上是爷爷打的四层书柜兼展示柜，碍于整体空间，柜板做得窄小，放不了体积大的东西，但摆书和放玩具没有问题。柜子最下面两层的儿童读本都被叶辰包上了书皮，至于上面两层的玩具……"防尘王者"叶奶奶给它们量身定做了毛线套，说是怕落灰。小叶辰抗议无效，只能哀怨地看着士兵玩具与塑料恐龙们穿上了色彩喜庆的微型套头毛衫……

总而言之，卧室中的家具、墙纸与地板虽老旧，却被爷爷奶奶收拾得洁净，不乏温馨感。

可此时此刻，八岁的小叶辰正失魂落魄地抱着一块软垫，软垫上沾满污秽的呕吐物与肮脏潮湿的毛发，他却像丧失了辨认脏的能力，只死死地攥着，紧绷的指节泛起青白。

软垫中裹着一具猫尸。

这是只狸花猫，叶辰的爷爷奶奶养的，名叫小花，比叶辰还大六岁。十四岁的老猫，身体机能极衰弱，被一场急性肠胃炎要了命。

它活了这么久，很通人性，在小主人怀里不闹不叫，临闭眼还安抚地舔舐着叶辰的指尖，似乎没有太多痛苦。

"呜……"小叶辰止不住地淌眼泪，用脸蛋儿磨蹭着老猫冰冷的头和僵硬的肉爪，回忆着前几天夜里它趴在自己床尾打呼噜的模样。

养了这么多年的宠物，和家人也没两样了。

小叶辰还记得自己更小的时候，爷爷奶奶家的邻居养了条大狗，许是当时叶辰个子小导致的视角偏差，让他觉得那狗都快赶上自行车那么大了。邻居声称自家狗聪明，不咬人，从不拴绳子，有时甚至连人都不跟着，家门一开，就放那狗自个儿去院里方便。他怕它怕得要死，觉得它一口就能把他的脖子咬断——客观来说，咬断不太现实，但咬死不成问题——所以每次见了那大狗，他就吓得逃跑。

大狗本能使然，人越跑，它越追，一副凶穷极恶、口角流涎之相。小叶辰吓得魂不附体，哇哇大叫着捡小石子丢它，一人一狗就这样结下梁子。

叶辰的爷爷奶奶担心孙子被咬，找那家人理论，那狗主人是个壮汉，仗着老人和小孩子好欺负，嘴上"嗯嗯"地应付着，实际上根本不管，老人说多了，他还瞪眼睛。

那天，爷爷忘记关纱窗，老猫顺着二楼的窗户就溜了出去。它潜逃时，爷爷奶奶碰巧都不在家，小叶辰到处找不着猫，扒窗台一看，老猫不知何时溜到院里那棵大树上，惬意得不行。

"小花——小花——"小叶辰喊，老猫却不理他。

但凡是猫，多少都有些自己的想法与行事风格，不存在主人一叫就巴巴地摇着尾巴奔来这种事。小叶辰怕老猫跑丢，抓起备用钥匙下楼擒猫。

"小花——你下来啊！"小叶辰站在树下，仰着小脸蛋儿放声大喊。

老猫却眯着眼，好玩地打量着傻乎乎的小主人。

这时，也不知是听见声音专程来寻仇还是纯属巧合，那家的大狗一阵风似的冲出楼道，狂吠着直奔小叶辰而去！

"啊——"小叶辰脸都吓白了，急忙捡小石头，而片刻前还惬意地眯着眼的老猫忽然如豹子般跃下，挡在叶辰的身前，脊背高拱，猫毛根根立起来了，嘶声大叫："喵——"

大狗看它体型小，不当回事，从它的侧面绕开去扑小叶辰。

老猫趁大狗不备，纵身起跳，瞅准狗与自己擦肩的当口，一爪挠向它的眼睛。

大狗反应及时，脑袋一歪，眼睛下方多出三道又深又长的血口子。老猫一击得手，立时退开半米躲避反击，蓄势再扑，可那大狗是个外强中干的货色，不待老猫再出手，便呜呜哀叫着溜回家了。

从那往后，大狗再没被邻居放养过，叶辰也摆脱了一大安全隐患，敢在院子里和别的小孩子一起玩了。

小花就是这样的老猫，是叶辰重要的家人。

可如今它死了。

爷爷说要找个地方把它埋了，小叶辰却死也不肯把它交给他，不想让它躺在冷冰冰的泥土中。爷爷拿他没办法，勉强同意让它陪他最后一宿。

当时的叶辰还不知道如何形容自己的感受，如果放到长大后来说的话，就是好像心都缺了一块。

总之，他哭得停不下来，绵延不绝的、稚嫩的悲伤如浸了水的毛巾般包裹着他，紧密、顽固，难以挣脱。对孩子来说，面对死亡是一件需要学习的事情。

他正哭着，一只拿着纸巾的手探到他的眼前，拭他的泪。

小叶辰抽泣着抬眼，看见身边不知何时多了一个莫名熟悉的年轻男人，他披着一身月光，像覆着一层清霜。

一如之前，小叶辰被冥冥中的神秘力量影响着，并未对陌生人突然出现在家里一事感到惊恐或疑惑，只觉得这个陌生哥哥的出现是再正常不过的。他们仿佛已经认识很久，已经很亲密了。

"别哭了。"男人轻拍小叶辰的头，"你看它——"

他的声音低沉温和，像月光下微漾的海洋，回荡在卧室中，轻柔地拍击着墙壁，随着他的话音落定，小叶辰怀中死得透心凉的老猫竟微微动了一下。

"小花？！"小叶辰颤抖着搂紧老猫。

"喵……"伴随着一声虚弱的猫叫，小花颤巍巍地踩着小叶辰的大腿，站了起来，冷硬如石的肉垫重新染上了生命的热度，可小叶辰还没来得及看个究竟，小花便一跃而起，幽灵般穿过紧闭的玻璃窗。它踩着外面的窗沿，偏着头向小叶辰递去一瞥，转身离去。

陌生哥哥言简意赅道："追它。"

语毕，陌生哥哥打开窗子，长腿一迈，灵巧地站在一巴掌宽的窗沿上。

小叶辰追猫心切，哆哆嗦嗦地跟着爬上窗台，雪白着脸踏向窗沿，接着，他僵在窗沿上，死死地攥着陌生哥哥的衣角，不敢动了。

而小花，它蹲在三楼左侧的空调外机上面，懒懒地睨着小叶辰。

"小花……"小叶辰僵硬地拔起腿，朝左滑一步靠近小花，用哀求的语气道，"你下来。"

小花却一扭头，朝四楼攀跃而去，身形矫捷得像一道流光。

"我不敢上——小花——"小叶辰快急哭了。

这时，陌生哥哥轻轻道了句："这样就敢了。"

他的说话声是从叶辰的脚边传来的，好像他很矮，或是正蹲在窗沿上。

小叶辰困惑，循声望去，却见脚边端坐着一只通体乌黑、碧金异瞳的大猫，猫毛映着月色，缎子般雪亮。

"哥哥……"小叶辰一句话没问出口，眼前的事物骤然向上飞去，他惊叫出声，过了一瞬，才明白不是世界向上飞，而是他在向下坠。又过了一瞬，他又发现不是他向下坠，而是他瞬间变小了。

四只软嘟嘟的肉爪像棉花糖，短短的猫尾巴插在屁股上，面团似的身体又肉又圆……窗沿上多了只奶猫。

大黑猫轻轻嗤笑一声："小孩子。"

叶奶猫震惊："我变成猫了！"但说的仍旧是人话。

大黑猫张嘴衔住小叶辰的后颈，猫的胡须扫过他的背。

猫的尖牙咬着皮肉，却毫无痛感，小叶辰凌空挥舞着四条短腿，被大黑猫带着跳上三楼的空调外机。接着，它又叼着小叶辰，一路扒着窗沿、砖缝、墙体的凸起与固定墙外管道的金属横挡向上飞掠，在小叶辰陌生而新奇的视角中，墙面就像一条灰色的、向下方流淌的大河。

最后一次起跳——落定后，黑猫与小叶辰落在这座居民楼的楼顶。

视野豁然开朗，夜色中的城市与街道徐徐展开，黑猫放下似乎已习惯了高空与跳跃的小叶辰，道："掉不下去，放心跳吧。"

老猫站在楼顶的边缘，纵身跳向相邻的另一座楼。

小叶辰的悲伤已被冲淡了不少，他倒不是真的认为老猫没死，因为它刚才直接穿窗而出，这是活猫无论如何也做不到的，可他感觉它是想引着他看什么东西，他也迫切地想看到，这使他无心沉醉于悲伤。

大黑猫尾随老猫，矫健地跃向另一座更高的楼，两座楼间的距离无法测算，但若按照力学常识，这两只猫理应在半空被重力拉向大地，可它们都安全地抵达了对面。

没人衔着小叶辰跑了，叶奶猫竖起碍事的尾巴，撒开四条腿跑到天台边缘，探头往下看。

不知怎的，畏高的感觉变得极淡，小叶辰心中莫名地涌起一股能与另两只猫一样成功飞跃的自信。这种自信来得突兀，他仿佛身陷缺乏逻辑的梦境。

变成奶猫的小叶辰踽踽着退开几步，助跑，加速，短小无力的奶猫后腿拼死压缩肌肉，骤然爆发！

苍穹降下流风，如幻想之翼萦绕在身侧，他粉团般的身体在深暗色中拖曳出航迹云般锐利的残影，重力与空气阻力双双下落不明，他的高度、速度丝毫不见颓势。接着，令人屏息的空中旅程结束，一对羸弱的前爪稳稳地扒住对面大楼的窗沿，他扭动着滚圆的小身子攀上窗台，一骨碌倒在大黑猫的脚下，肚皮朝天，一脸震惊。

方才这一跳，四舍五入就是飞了。

大黑猫低低地笑了一声，用猫爪挠挠叶辰的小肚皮，小叶辰嘻嘻笑着蜷成一团。

"继续。"大黑猫道。

大黑猫跟在老猫身后，叶辰奶猫跟在大黑猫的身后，三猫成一条直线，以轻盈到违反力学法则的动作飞跃到一幢幢写字楼、居民楼的天台，踩着行道树粗壮的树枝在月光与叶隙间穿梭，柔软的猫爪点落在广场雕塑的肩头，又踏上公园大门的门柱，没有任何障碍能够阻挡三只猫在月色下的奔跃。

它们这样跑了许久，小叶辰目不转睛地盯紧前方的大黑猫，无暇他顾，直到大黑猫猝然停住脚步，他才发觉他们已来到一座二十多层高的大楼天台。

叶辰的老家是座小城，经济不发达，二十几层高的大楼足以成为一大片地区的标志性建筑。站在天台上，他们能够俯瞰周围成群的、低矮的居民楼与商铺，而一抬头，就能看到……

小叶辰双眼圆瞪，竖瞳倏地收成一道直线。

他看见了月亮。

并不是寻常的、视觉效果只有碟子大小的、挂在遥远天际的月亮，而是一轮占据了他大部分视野的月亮！

它巨大到难以置信，近到令人担忧它是否已冲破了地球与月球之间的洛希极限，它寂寥、明亮、庞然、唯美……按常理来说，当巨大天体贴近地球表面时，人类会产生难以名状的恐惧感与压迫感，即便是精度不高的模拟画面，有时也会唤起这种对天体的畏惧，可小叶辰感受不到任何恐怖。

——这轮庞大的月亮给人以一种明快的卡通感，它通体呈现澄净活泼的嫩黄色，没有陨石坑与斑驳的月岩，缺乏细节，颇像从动画片中剪切粘贴到现实的一张贴画。三只猫咪肩并肩地蹲坐在高楼的天台上，从后方看去，它们的身影被容纳在月亮的背景中，像三道纤巧的剪影。

忽然，月亮表面飘起一些金粉似的东西，它们合成一座悬空桥，从月亮表面直直地伸向大楼天台。待"桥"离得近了，小叶辰才发现那是一根根鱼骨头，它们晶莹剔透、边角柔润、散发着微光，不是真的鱼骨，而像黄玉的雕刻。这些鱼骨头的骨缝互相拼接、契合，迅速汇聚构筑成光的桥梁，并发出玉石环佩般清越的声响。

当啷！鱼骨桥的最后一块拼图拼合完毕。

小叶辰变成的奶猫早已看呆了，愣愣地蹲在原地。

这时，老猫朝小叶辰走来，抬起前爪，轻抚小叶辰的猫头，神情像个慈爱的老人。

小叶辰下意识地用毛茸茸的脑袋蹭老猫的爪，老猫喉间发出低沉温和的咕噜声，像在安慰他。

"喵——"老猫抬爪指月，示意自己会去月亮上。

叶奶猫人立而起，扑向老猫，用头顶猛蹭老猫的下颌。

大黑猫一歪头，走过去，碰碰小叶辰，翻译道："它说它要回猫的星球了。"

"猫的星球？"小叶辰抬眼，忽然发现周围多了许多猫，它们中有家猫，也有流浪猫。它们从城市的四面八方来到这座大楼的天台，行走在横贯天际的鱼骨桥上，脚步轻盈。

它们如此可爱，如此快乐，仿佛从不曾品味过痛苦，前方的猫星球上也不会有任何不愉快。

老猫温柔地叫了一声："喵——"

大黑猫翻译道："它说谢谢你和爷爷奶奶这么多年的照顾。"

小叶辰眼泪汪汪道："谢谢你来我们家当猫！"

老猫隐约像是点了点头，它告别般向小叶辰甩甩尾巴，踏上了鱼骨桥。小叶辰拼命地伸长脖子看它，看得眼睛发酸流泪。

猫咪跳进月亮里。

　　·············

老猫彻底离去，小叶辰心里却释然多了。

他觉得小花并不是死了，而是换了一种形式存在，也许是精神，也许是在某些常识无法解释的地方……这道理总结起来对八岁小孩子来说略显艰深，但他有这样模糊的感受。

他用猫的形态奔跑跳跃了一整晚，跑时不觉得如何，如今大哭一场，疲倦忽然自身体深处涌出，令他精疲力竭。

"睡一会儿吧。"大黑猫温声道。

叶奶猫用前爪揉揉眼睛，眼皮缓缓地耷拉下去，依偎着大黑猫睡着了。大黑猫用粗大的尾巴覆着小叶辰的背，满载猫咪灵魂的猫星球久久不曾离开。

⋯⋯⋯⋯⋯

再一次，梦境世界漾起水波纹，这波纹变得越来越密，当水波纹的密集度达到最高点，梦境便如被击碎的浪花般消失了。

温暖沉静的黑暗中，大黑猫恢复成沈默风的模样。

哄小孩子是真的累人，尤其是考验想象力……沈默风下意识地摸裤兜找烟，却摸了个空，只能进入下一个梦境再具现化一根。

短暂的黑暗过后，梦境再次降临。

⋯⋯⋯⋯⋯

四年前，叶辰十六岁。

周五，高一年级放学早，铃声响过一轮，叶辰背好书包去走廊取伞。

十六岁的少年，五官漂亮立体，惹眼得不行，瘦瘦的身体被藏在宽大的运动服里，跑动起来衣服有些晃荡，头发的长度在教导主任的勉强容忍与即将爆发两种长度标准间反复横跳，誓不肯剃成平平无奇的平头。

午休时，叶辰打伞出校门买过饭，回来时伞是湿的，他便把伞撑开放在走廊上晾着。其他人的伞、地上的湿脚印、抖开摊在暖气片上的雨衣……走廊被学生们弄得一直水淋淋的，一把伞死活晾不干，他就一下午没收回来，结果……

少年叶辰冒出一句粗话。

他找不到伞了。

泛绿的走廊地面，左右两排尽是等待晾干的伞，像长满艳丽的毒蘑菇的花园走道，随着同学迅速离校，伞的数量飞快减少，叶辰来回走了两遍，确定自己的伞被偷了。

雨是午休时才开始下的，截至上午最后一节课都是大晴天，叶辰看过天气预报才带了伞，想必是有没看预报的人不想淋雨，就极没素质地顺走了他晾在走廊上的伞。

空中滑过丝丝白线，雨水沿着屋檐流下，而且有越下越猛的气势。

阴冷的风挤压窗户缝隙，发出尖锐的呜呜声，贯穿整条走廊。

祸不单行的是，叶辰的自行车昨天坏了，今早才送去修，家离学校步行要二十分钟。高一上学期开学一个多月了，他还没发现哪个同学住得离自己家近，谁也不可能在大雨天绕远路送他——一个多月还不怎么来得及发展同学情，男生还没有和他关系瓷实的，女生的话，如果他肯软语求人，倒说不定有愿意为他跑一趟的。毕竟他这颜值太"能打"，入学这一个多月，他在女生间掀起的讨论热度是海啸级别的。内向些的女生和他对视一眼都要脸红，但他不好意思麻烦女生。

然而祸不仅不单行，也不双行，而要三人行。前段时间，叶辰的奶奶生病住院手术，术后饮食有许多禁忌。爷爷二十四小时陪床看护，老人家体力不行，连轴转支撑不住，又请不起护工，儿子与二婚的儿媳虽还活得好好的，但在二老这边约等于一双死者，所以周六周日给奶奶做病号饭与看护的工作就落在叶辰的身上，他得赶快回家做饭。

如果按照这条时间线继续下去——

大雨不见预势，叶辰等不起，他会回座位翻出中午买盒饭留下的塑料袋，把周末要做的卷子和练习册塞进去扎紧袋口塞进书包，然后把校服外套当披风用，把头和书包一蒙，冒雨一路飞奔回家。

起初他会试试打车，可大雨天车很难打，后来他全身湿透，即使有空车那些司机也不愿意载他。雨天路滑，路上他会摔一跤，磕破膝盖，等到跑回家，他已经成了落汤鸡，"急三火四"地冲澡、换衣服、做饭。做完，他会咬咬牙，打车去医院。雨天各交通干道堵得要死，出租车时距并计，跳字跳到贫穷少年心律失常。最后当他拎着保温桶赶到医院时，饭点早就过了，两位老人早已饿得发昏……

这是他少年时期印象最深刻的倒霉日，天不时、地不利、人不和，糟心事全赶一起去了。

更崩溃的是，怕爷爷奶奶担心，他还得装得大大咧咧、毫不在意。

我要是个女的，我非得让你们见识见识王者级别的哭戏！晚上，叶辰拖着疼痛的膝盖一瘸一拐地走在医院走廊去打热水，看着来来往往的病号和医护人员，恶狠狠地想着。

但我是男的，所以，这次就算了……叶辰默默地吸溜鼻涕，把想哭的冲动压回去，誓要以最昂扬乐观的精神面貌面对奶奶。

可是……

这一次，剧本并不是这样写的。

············

暴雨倾盆，银丝细密，遮雨檐化身水帘洞。

叶辰用塑料袋把卷子、练习册扎好塞进书包，用外套罩在头上，眺着雨幕深深呼吸："呼——"

做好淋成狗子的准备，他一头扎入楼外的暴雨中，瘦长有力的腿在半空画出跳跃的弧线，旧但洁净的运动鞋朝积着薄薄一层雨水的地面踏去。

"哗啦"一声水花飞溅、豆大的雨珠眨眼便打透外套、潮湿的布料黏糊糊地裹在身上、地面又滑又泥泞……这些全部没发生。

叶辰只听见脚下传来"噗"的轻响，随即，一蓬细软洁白的东西袅袅地浮起落下，他垂眸一扫，惊得险些坐在地上。

水——全没了！

代替混合着尘土的污脏雨水出现在地面上的，竟是棉垫般厚实、新雪般洁白的一层蒲公英种子。它们铺天盖地，放眼望去，就如同秋雨霁时化作初雪。

叶辰震惊到失语，揉揉眼，再睁开，蒲公英种子仍在代替暴雨纷扬飘洒，它们干燥且柔顺异常，落在身上，轻轻一拂就掉。

这种时刻，叶辰的正常反应应该是：第一步，怒掐大腿，确认不是梦或幻觉；第二步，既然是真的，那就别管三七二十一，赶紧自拍一张发朋友圈；第三步，陷入茫然，"怎么会这样""究竟发生了什么"，搜新闻、实时微博、打电话问别人他们那边是不是也在下蒲公英……连给奶奶做病号饭这等大事都可以暂时往后推推。

然而，一如往常，有某种冥冥之中的力量扰乱了叶辰的逻辑和感受，他置身于梦中，对奇怪设定的接受速度远超常理，所以最初的震惊过后，他莫名镇定地接受了眼前的异象，占据在脑海中的念头居然只是"太好了，不用淋雨了"。

他放下罩在头上的校服，朝家的方向跑去。

路上，行人们依旧打着伞、穿着雨衣，个个神色如常，仿佛他们没发现雨水已变成蒲公英。叶辰奔跑在纯白而柔软的天地间，只觉得世界奇妙如梦，思维竖起无形的屏障，阻碍他进行现实向的思考。

他回到家，省去冲澡换衣的步骤，麻利地做饭。蒸锅白汽喷涌，是水开了，锅里是清淡的蒸菜，是他专门给奶奶做的。

叶辰调整功率记好时间，着手做自己和爷爷的家常饭。去市场上买菜回来做饭比买现成的省钱，还能吃得好些。他们家除了父亲每月支付的一点抚养费，就只有爷爷奶奶的退休金以及叶辰偶尔违规打零工挣的外快。这么点收入要交学费、维持一家三口的生活，还要保证两位老人能看病买药，不节省点儿，会喝西北风。

叶辰却满不在乎地哼着歌，眉眼皆透着点笑模样，那是少年式的对生活的无畏，没淋雨就挺开心，其他的事，他都应付得来。

饭菜都好了，叶辰匆忙扒了几大口填饱肚子，把剩下的饭菜在保温桶中分门别类地放好，窗外云销雨霁，满地毛茸茸的蒲公英种子也变戏法般消失了。太阳已落至地平线下，残存的霞光却不肯退去，天幕半是夜的暗蓝，半是夕照的暖红，混融出近似粉与紫红的温柔色泽。

暴雨虽已停歇，交通状况却未见好转，这座小城的道路规划方面存在缺陷，交通高峰时段，动辄堵得密不透风，前段时间还被媒体戏称为"超越首都，成为'首堵'"，因此，叶辰的潜意识固执地把堵车的情节安插进了梦境中。

"……这打车得几点能到医院啊。"叶辰焦虑地提着保温桶，踮脚眺望着远处拥堵的十字路口，一时犹豫不决，琢磨着要不先去修车师傅那看看自行车修好没，如果能直接骑走，那八成比坐车快。

他正没主意，耳畔忽然响起"咔"的一声。

那声音微弱，在此起彼伏的鸣笛声中约等于不存在，可叶辰莫名地捕捉到了，它听起来像是秒针往前走了一小格。

声音落定的刹那，叶辰发现周围不对了。

上一秒纷乱刺耳的鸣笛声忽然全部消失，与它们一同消失的，还有行人说话的声音、车轮滚过地面的声音、风摇撼树冠的声音、发动机轰鸣的声音、鸟雀啁啾的声音……地球像被一块专门吸收声音的行星级海绵兜头摁住，声波被吸纳得一干二净。

这是叶辰仓促间感受到的首个异常，而当视线上移，他迅速察觉到了更大的异常。

—— 一切都静止了。

包括步子迈到一半的路人，奇迹发生前正在跳跃而导致双脚悬空的小男孩，凝固在半空的落叶，舞步戛然而止的广场舞大妈……最离奇的是，连气体分子的运动都静止了，叶辰在原地呆立片刻，忽而一阵窒息，停滞在鼻端的空气不够吸了。他忙走开几步，吸着另一片区域的空气。

为了方便他送饭，全世界的时间都暂停了。

真是无法更有排场。

⋯⋯⋯⋯⋯

叶辰梦游似的去修车师傅的小摊找人，发现自己那辆已修好了，正靠墙立着。他从书包里掏出纸和笔给师傅写了张"车已取走"

的字条，和修理费一起摆在一动不动的师傅面前，把保温桶和书包放进车筐，骑车走人。

由于置身于梦中，思维方式与现世不同，叶辰没有慌乱，也没担忧如果时间一直停止该怎么办，他在潜意识中知道这次时间停止是因他而起，只要他顺利赶到医院，一切就会自然而然地恢复。

他骑着用在小饭店打黑工挣来的钱买的帅气自行车，愉悦又新鲜地穿梭在静止的马路上，地球自转暂停，残霞凝固在苍穹，叶辰前往医院的全程，天空都维持在粉紫色的状态不变——这是他最喜欢的天色。

············

半小时后，叶辰拎着保温桶"噔噔"地跑上医院住院部四楼，他没开盖检查，但他猜保温桶里饭菜的温度应该半点儿也没降。

住院部南侧的走廊呈现出静止的热闹，散步的患者、跑腿的家属与神色匆忙的护士都如同仿真度极高的蜡像般定在原地，走廊深而长，尽头是窗，一个男人逆光站在窗前，身形颀长，遥遥地将叶辰望着。

叶辰往奶奶的病房走了几步，忽然一愣——他发现站在走廊尽头的男人在动。

那人没有掩饰的意思，只不紧不慢地朝叶辰走来。作为陌生人，他注视叶辰的眼神稍显越界，可由于潜意识作祟，叶辰并没有产生受到冒犯的不适感。

在两人即将错身的一瞬，那英俊的男人垂眸望向自己的手。叶辰循着他的目光看去，见他握着一块做工精致的怀表。

接着，一根修长的手指揿动表盘上缘的按钮，叶辰耳畔再次响起秒针走动的轻微咔嗒声……下一秒，世界恢复了正常，喧嚣的声浪充斥着片刻前死寂的走廊，一切事物都动了起来。

叶辰恍惚片刻，见那人没有要停下的意思，忙冲他的背影结巴地喊道："谢……谢谢您！"

男人没回头，只挥了一下手。

梦境再次被柔和的黑笼罩。

沈默风飘浮在梦与梦衔接的缝隙中，静静地等待黑暗过去。

他知道叶辰在遇到他之前吃过很多苦。

小朋友总是那么乐观、善良，不曾被落魄与贫穷摧毁，还会用自己独有的离奇幽默感来对抗不幸，可他明白这只是因为叶辰生来如此，并不能归功于痛苦的磨砺。痛苦不是好东西，他只希望叶辰没经历过那么多难熬的时刻。

…………

如此这般，沈默风又闯入叶辰的几段梦境，通过梦境，他回到虚幻的过去，回到所有叶辰需要帮助，可他还没来得及出现在叶辰生命中的过去。

…………

晨光熹微，叶辰半梦半醒间把眼睛睁开一条缝。

他这一宿，梦就没断过，梦都关乎他的过去，却一个比一个奇妙唯美，而且十个里有九个是沈默风的专场……不过，不包括醒来前做的那个梦。

叶辰刚刚梦见自己刚辍学当北漂那段时间的事了。那时候他自己住一间几平方米的小破屋，穷得恨不得把螺丝钉上的铁锈都刮下来吃掉补补铁。梦里，一穷二白的他某天脑子一热，救助了一只受伤的大黑猫，等它伤愈后，把它放生。

大黑猫极通人性，扭头就报恩。梦中，叶辰每天起床，都会发现门口多了钱包、金条、古董……也不知道大黑猫都是从哪偷的，梦里的叶辰也是遵纪守法好少年，把大黑猫叼来报恩的东西一股脑地上交给警察叔叔。

直到那天早晨，叶辰打开门，看见门口多了很多猪肉……

大黑猫舔着爪子蹲坐在一旁，异瞳猫眼好玩地端详着叶辰，仿佛在说：看你这回怎么上交给国家。

梦中的叶辰："……"

接着他就被这个"画风"突然跑偏的梦惊醒了。

他睁眼时，看见沈默风正走进他的房间。

"哥，"叶辰半梦半醒，喃喃道，"我梦里怎么全是你啊……"

沈默风厚颜无耻："想我想的。"

其实，叶辰清醒过来仔细一想就会知道是怎么回事，可这会儿他神志不清，就被沈默风糊弄着呆呆地"嗯"了一声。

沈默风忍住笑："接着睡吧，还早呢。"

叶辰就又闭眼睡了过去。

吃完团圆饭，他们在过去的时光中团圆了。

又是一年新春。

【全文完】